衡量天下

蒋胜男 著

浙江出版联合集团
浙江文艺出版社

梦碎朝歌 ✦

西施入吴 ✦

衡量天下 ✦

目录

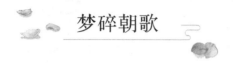

梦碎朝歌

一　妲己

我站在窗前,看着鹿台上的熊熊大火。

这火已经烧了快三天了,还不肯熄灭,是他——还不死心吗?

我似乎还能听到他在鹿台上疯狂地叫着我的名字,真可怕!

我打了个寒噤,忙把视线收了回来。

现在站在院外的,是西岐兵。

被我的侍女们称之为像魔鬼一样可怕的西岐兵,一个个黝黑强壮,满脸杀气,身上的血迹未干。

可是我看着他们,心中却油然生起亲切的感觉,那一个个剽悍的兵士,与往日站岗的那些脑满肠肥的贵族子弟兵真是有天壤之别。

尽管,我现在是他们的囚犯。

"王后娘娘——"侍女们的声音使我回过神来。我连忙整了整衣饰,回头一看,并没有人来。

"怎么,武王还没有来吗? 你们这些奴才,有没有把我的话传到?"

侍女忙跪了下来:"娘娘明鉴,奴婢的确已经让门外的兵士把话传出去了,可是……"

"可是？可是什么？"我看得出她们的神情，笑话！她们以为我的命令是一厢情愿吗？

"大胆的奴才，若让我知道你们没有办好差，我就把你们扔进虿盆。"

恐惧的神情刻在她们的脸上，她们完全没听出我是在说笑，我现在的心情这么好，怎么会把她们扔进虿盆去呢！

可是我真的不耐烦再等下去了，三天了，我的耐心已经到了极限。

好吧！姬发，你不来看我，那就让我去看你好了。

我微微一笑，看着镜中的自己，虽然时光荏苒，但苏妲己依然是妩媚多姿，倾国倾城！我回过头去，吩咐道："去拿一套侍女的衣服来。"

我捧着金盒走出宫门，立刻有两名西岐兵如临大敌地拦住了我，大声喝着："干什么的，去哪儿？"

我嫣然一笑："两位大哥，我是苏王后的侍女，奉苏王后之命，把传国玉玺送给武王陛下，哪位大哥帮忙带个路呀？"

我这一笑，立刻笑傻了一个，另一个留着最后半丝的理智，可是声音已经明显轻了下来："姜元帅有令，不可以……"

我的眼波一转："不可以什么？"

"不可以……不可以……"他傻傻地站在那儿，只会重复这三个字。

可怜的孩子，我怜悯地看了他一眼，在西岐那地方当兵，这辈子连个平头整脸的女人都少见吧！

反正宫中的路我是极熟的，捧着金盒，我的微笑与秋波，是无与伦比的通行证。

姬发住进了受辛原来的住处，门外的两名卫兵争着要为我去通报，其实何必通报呢？我就跟在他们身后走进了大殿。

一群乱糟糟的人围住了正中，好像在争论什么事情，我隐约听到"妲己"二字，两名小兵浑然忘了规矩撞了进去："武王，有位宫女送来了传国玉玺——"

众人散开，姬发出现在我的视线中，他皱眉道："宫女？什么宫女？"

那小兵道："就在宫外——"他一回头，发现我已经站在他的身后，不由得瞠目结舌："你、你进来了？"

姬发自竹简中抬起头来，他忽然怔住了，他不可置信地跳了起来，撞翻了玉案："妲己，是你——"

立刻——

人仰马翻，西岐的文臣武将都跳了起来，脸上的恐惧比见到了猛虎还要厉害，有人声嘶力竭地叫着："快——保护武王——"

我不禁笑了："你们怕什么？我又不是老虎，还能吃了你们？"

我并没有意识到，我的出现对于西岐文武大臣意味着什么。

西岐兵身经百战，是将纣王四十万大军一击而溃的士兵，可是这铁军对我苏妲己竟然毫无作用，我竟然可以这么轻易地来到了姬发面前，正当他们以为已经胜利的时候，忽然发现自己已经败了，而且败得这么毫无还手之力。

苏妲己这个名字，本来就已经是一种可怕的梦魇，而现在，我却站在了他们面前。

姬发缓缓举手，立刻压下了这一片混乱："好了，你们出去吧！"

立刻有人惊叫起来："武王，这怎么可以，这苏妲己——"

姬发的眼神锐利地看了他一眼，他立刻矮了半截："是，臣遵旨。"

一个一个的文武大臣，看着我的眼神，就像看着恶魔一样，离着我远远的，贴着墙壁走了出去。

只有一个白胡子老头，是那种老得一脚已经踏进棺材的老头，固执地不肯走，好像姬发的眼神也对他无用了："王上不能单独见苏妲己，臣必须在这儿看着。"

看着就看着，哼，都这么老了，我怕你看得会就此撅过去呜呼哀哉！

此时此刻，所有的人对我来说都是不存在的，我的眼中只能看到这一个人。

看着姬发，千言万语，竟不知从哪一句话说起："姬发，十二年了，你……好吗？"

姬发大步上前,我身子一软,已经靠在了他的怀中,听得他的声音低沉而痛楚:"妲己,十二年了,妲己。"

我抬头看着他,他更高大了,胸怀也更宽广了,让我在他的怀中,更切实地感到了安全感,我抚弄着他的胡髭,扑哧一笑:"姬发哥哥,你都有胡子了!"

姬发低头凝视着我:"妲己,我老了。"

我吓了一跳:"你、你都老了,那、那我是不是也老了?"我第一个念头就是去找镜子。

姬发拉住了我,低低地叹道:"妲己,你是永远不会老的,你永远这么美啊!"

二　姬发

妲己来了,她终于来了。

十二年了,我又见到了她。

当她倚在我的怀中,我犹在怀疑自己仍在梦中。

听着她轻声问我:"姬发,你还爱我吗?"

妲己,你还不明白吗,就连岐山上鸟儿的叫声,都是"姬发爱妲己"呀!

第一次叫出这句宣言时,我们正年少。

你是冀州侯的女儿,我是西伯侯的儿子,两家父亲的莫逆之交,使我们从小青梅竹马。

妲己,你是苏伯父最珍爱的女儿,我却是我父亲最平庸的儿子。

我的大哥伯邑考不论容貌或是才学武功,都近乎完美。而小弟旦则从小到大,都是人见人爱,我则不上不下,尴尬地成为你戏谑的"呆二哥"。

或许我此生唯一的成就,是娶你为妻。

"姬发,你都不来看我,我只好自己来了。"

我还记得上一次你说这句话的神情,也是这样娇嗔着。

自从你们短暂地作客西岐离开后,我天天寻着事找机会让父亲派我去冀州。或是带一句问候信,或是打到岐山的猎物要送一份给冀州,总是无事也能找出理由来。父亲知道我的心意,也很高兴地成全。

那一次父亲去朝歌晋见纣王,已经两个月了,我忙着庶务,寻不着理由开溜。

妲己,我每天都会来到岐山上,我们以前常玩的小溪边,吹着你爱听的竹哨。比起大哥可绕梁三日的琴声,这竹哨实在难登大雅之堂,可是,就为你爱听,我一遍遍地吹。

一双温柔的小手,轻轻地捂住了我的眼睛,我惊喜,以为是在做梦。

我回头,你瘦了也黑了,衣服也划破了,鞋子也脏了。你轻咬着下唇,齿如玉,唇如樱,声音美得像天籁:"你不来看我,我只好自己来看你了。看看你在做什么,忙到不能来看我吗?"

我禁不住拥你入怀。妲己,你一个小女孩,要用多大的勇气,经历多少艰难才能来到这儿,只是因为我竟然混账到让你思念让你牵挂,而未能及时来看你呀!

她转过身去生我的气,连背影也是如此的楚楚动人。我低声下气地百般劝慰,不由自主地千般许诺,待得她回嗔作喜,我才发现我已经欠下无数的债来。翻跟头、学猴子、当马骑、买礼物都可以立刻兑现,可是那梳头千次,描眉千次,等等,看来是要用一生的长侍妆台才能够还得清了!

妲己脸儿微红,笑得得意,笑得温柔:"你可记住,你是欠了我一生的。"

我向着山中高呼:"姬发爱妲己——"一遍又一遍,回响在岐山中,连鸟儿都快乐地学着叫。

一生怎么够,妲己,我要二生,三生,生生世世与你相伴。

我焦急地等候父亲的到来,等候他回来向冀州侯提亲,等他回来给我们完婚。

但是父亲一直没有回来,却从朝歌来了令我极度震惊的消息。

冀州侯苏护造反被擒。

为什么?为什么会这样?

我瞒了妲己,再去打听。

竟是因为妲己,纣王听说妲己的美色,下旨封妃,冀州侯一怒之下反出朝歌,只是为着爱护妲己,哄着她先离开,教她来西岐找我。

如今冀州城破,朝歌很快就能知道妲己去了何处。

不行,我必须保护妲己,决不能让她落入纣王这暴君之手。

我匆匆回府,收拾了行装,告诉妲己,我要带着她到岐山上住几个月。原因嘛,我支吾着说是我打伤了人闯了祸了,要躲几天。

妲己当成是一场野营,喜滋滋地准备这准备那,行李多得差点变成一次大搬家,眼见时间来不及,我不顾她抗议,只将她一人抱上马就跑。

眼见岐山在望,然而我忽然僵立。

入山口,大哥伯邑考白衣飘飘,早已经候我多时。

三　妲己

我已成为殷纣王的妃子。

伯邑考从岐山把我带走,从姬发的手中把我带走。

伯邑考的白衣上不沾一点尘灰,他的声音里,没有半丝温度,他站在那儿,宣布事情的真相和他的决定,每一个字,像是从地狱里传来。

冀州城破,苏家三百口已落入纣王的手中。只为苏妲己逃往西岐,西伯侯姬昌被扣在朝歌,武成王黄飞虎已经带着大军向西岐而来,索要苏妲己。

我求死不得,入地无门。

伯邑考整个人像是一块白玉雕成似的,完美无瑕,却没有一丝的温度。从小到大,我都一直怀疑他是不是一个活人。

伯邑考带着我离开。

姬发的血,犹留在我的衣角,他绝望的呼叫,犹留在我的耳边。

我却已被交给了殷军。

大军缓缓地行进,将我押送往朝歌。

车外,风呜呜地吹着,车内炉火熊熊,一室如春。我的血液却慢慢地凝结,心中有一种从未有过的感情在形成,我知道,那是恨。

纣王,你不是"要"我吗? 我要你知道,"要"我的代价。

三月后……

姜后被挖目、割舌、炮烙双手,惨叫而死。

她的叫声凄厉,在王宫中久久不能散去。

我至为惊悸,数日不能入寐,深夜惊醒,总见纣王一脸温柔地在枕边安慰。

我看着他的脸,我原是存心要他痛苦的,要他也受夫妻骨肉分离之痛。

这刻骨之痛,这铭心之苦,我与姬发都曾经深受此痛此苦!

那日我欣赏着他的进退维谷、痛苦不堪,那毕竟是他结发之妻、爱子之母,曾经十载共枕的爱人。

"堂堂天子,拿不了一个妇人的口供吗? 莫不是对她余情未了,若以后再有他人造反,大王何以对天下?"

他骄傲,受不住激,既已经认定了她的罪,就不能再教他认自己错;她倔强,本已经有受冷落的怨,又有受屈的恨,宁死不招。两人的脾气顶上了牛,刑具一层层地加码,到最后,脱离了我的想象力,脱离了他的怒气。

姜后的最后一声惨叫使我顿时清醒自己在做什么。是什么支持着我说出这般恶毒的话来,这么深这么重的恨呀,我原是指向纣王的呀!

可是我却是唯一为此辗转不安的人,他的痛苦只保存了一日,我的惊悸却久久难愈。

我看着眼前的人,温柔得令我刻骨生寒,十载共枕的妻,却可以眼也不眨地下这般毒手,若无其事地转身忘记,温情脉脉地对着我山盟海誓,他甚至已经快忘记姜后是谁了。

我绝望地问自己,我在跟着怎么样的一个魔鬼同床共枕? 我到底报复了谁? 殷王宫是个什么样的地方呀,我要活下去,是否也要变成一个魔鬼?

后宫妃嫔宫娥们,在我面前强掩着恐惧的笑容,未等我完全转过身去,她们眼中的妒意和恨意便能把我杀死一千次一万次。

走在后宫,到处可以听到窃窃私语,到处有窥测的鼠一般的眼睛,我满心恐惧,更甚于走入虎豹成群的森林。

我强颜欢笑,然而却日渐憔悴、度日如年,几近崩溃。

一则自西岐来的消息让我又活了过来:西伯侯之子携稀世珍宝为父赎罪,已然来到朝歌。

纣王这几天格外地温柔,他答应把这些珠宝都赏给我,甚至还说要让西岐的使者进宫为我展示他们的珍宝。

今天是姬发进宫的日子,我一夜未寐。等纣王上朝去了,我在百余件衣裙中挑选,不能穿得太素淡,让他担心我过得不好,亦不敢穿得太艳丽,更不想他误会我过得很好。

挑花了眼、想疼了头,终于勉强能看。坐在殿上等着,我心跳得极快,像里面藏了一只小鹿。

终于听到长廊外一声大笑,纣王带着一个人走了进来。

我早已正襟危坐,然而,我看到了纣王身后的人,心中的小鹿忽然似从万丈悬崖上直摔下来。

来的是伯邑考,而非姬发。

为什么会是伯邑考?姬发呢?他出了什么事了?为什么他没有来?我明明得到消息说他也来到了朝歌呀。

表面上,我不露声色;暗地里,手却差点掐出血来。

老天,你为什么给了我希望,却又将它重重摔碎?

心中百千万个疑问,却不敢显露,只强颜欢笑:"大王,他就是你说的客人?"

纣王兴致极好:"正是,伯邑考年少英俊,更难得文武双全,尤其是一手好琴,真可谓绕梁三日。当真想不到西岐小地方,竟也有这般人才。寡人阅人多矣,竟找不出第二个及得上伯邑考这般人品样貌的美少年。爱妃,你说是不是?"

我微笑:"大王过誉了,伯邑考纵然出色,但立于大王身边,便黯然失色了。"

他眉毛一挑:"哦?你倒说说看?"

我客观地评价他们两人:"大王之耀眼夺目,宛若丽日当空,令万物皆沐荣光;伯邑考之玉树临风,犹如明月照人。月亮太清冷了,比不得太阳光芒四射。"只因为心中无私,才会这么客观吧!不要问我姬发可比拟为什么,在我的心中,姬发是全世界。

然而纣王,你已经得尽上天的恩宠,为何还要这般不知足?

他聪明、英俊,不可一世,建立起了最大的功业,还想要最美的女人,因此我连死都不可能。只因为他的意志不容违抗。

想到这儿,我好恨。

当他要伯邑考留下来教我弹琴时,伯邑考显得惶恐不安,连连推辞。他笑了:"你若不肯教她,我也不敢再让她虐待我的琴,好好的可人儿,不肯弹琴,却去吹什么竹哨,哪有贵人吹竹哨的?伯邑考,你以前就没教过她吗?"

我一怔,怎么好好地把我扯到伯邑考的身上去?正疑惑间,纣王却又立即转过了话题,东拉西扯。伯邑考眉头轻蹙,神情凝重,谨慎地随着纣王的话题应付着,额头微汗。我听得不耐烦想走开,可是心里却急着想问伯邑考有关姬发的事儿,不得不耐着性子等着。

我轻轻击掌,侍女们摆上酒宴,伯邑考顿时站了起来,就想告辞。我岂肯轻易放他走,纣王也开口要他留下,我看着伯邑考的神情有些无奈,却不知道为什么。

我在宴前歌舞,劝着纣王饮下一杯又一杯的酒,他的酒量真大,我偷偷地倒了十几杯酒,他才颓然而倒,不一会儿,鼾声如雷。

我挥退侍女们,伯邑考立刻站了起来:"娘娘,大王醉了,下臣也该告辞了。"

"慢着,"我风一样地奔下王座,拦在了他的面前,"伯邑考,你为什么这么急着走?难道我会吃了你吗?"

伯邑考无奈地站住了:"娘娘……"

我顿足,我有多恨这称呼他不知道,他居然还敢叫:"不许叫我娘娘,伯邑考,难道我没名字吗?"

伯邑考还在装傻:"娘娘请自重,大王还在这儿。"

我白了一眼上面酩酊大醉的家伙:"放心,他醉成这样,就算在他耳朵边打雷都听不到。我已经遣走侍女,没人敢偷听的。你再不放心,我们到隔壁偏殿上,那儿没人。"

不容伯邑考分说,我硬是拉了他到偏殿:"姬发呢? 他好吗? 他没事吧? 为什么今天来的不是他? 我明明听说他到了朝歌了。"

伯邑考依然是那么不动声色:"他很好,我怕他鲁莽,所以没让他来。甚至——"他停了一下,"我也不该进宫来见你啊!"

"是啊——"我怨气顿生,"伯邑考,你根本就是个冷血的人。"

伯邑考轻叹一声:"我该走了,妲己,你自己保重。"

我一腔热望,被他三言两语化作一团冰块:"我自己保重……回不了西岐,我、我还有什么值得保重的……"我哽咽住了,眼泪一滴滴地垂落。

伯邑考看着我,眼中露出无限的悲哀,他终于走近了我,抚住我的肩头:"妲己,妲己——"

我不能自抑,哭倒在他的怀中。

忽然,背后传来一声冷笑:"好一对痴男怨女啊!"

我打了个寒噤,猛然间如坠冰窖,惊惶地回过头去。

纣王面无表情地站在我的身后。

阴谋。

整件事一开始就是阴谋。

我浑身冰冷。

伯邑考的脸上却是更深的悲哀。

他已经有所预感了,自入殷王宫之始,他的一言一行,无不证明他已经是步步为营了。

可叹坏事的是我,蠢的是我,竟然真的以为纣王对我千依百顺,毫不疑心。

入宫前的夜奔西岐,本已经令他生疑,西岐使者来朝歌的消息竟可以使我病体奇迹般地痊愈,又令得他旧事重疑。

而我,竟然一步步地向着他设下的陷阱快乐地走下去,还拉上了伯邑考。

只是为什么不是姬发,而是伯邑考?

我已经无暇去想了,然而心中唯一感谢的是老天爷垂怜,进宫的是伯邑考,而不是姬发,纣王没有听到我所说的第一句话,这就足够了。

只要姬发平安,我纵死黄泉,亦是快乐的啊!

伯邑考被拖下去了,我闭目等死。

然而,一片寂静,死一样地寂静。

我睁开眼睛,宫中竟空落落地只剩下我一个人。

纣王走了,他真的饶过了我吗?

我太天真了。

半夜,侍女把我从床上叫起来:"大王要娘娘侍宴。"

现在?立刻?

我艳施脂粉,强颜欢笑,为他起舞。

他若无其事地喝着酒,吃着肉,叫好鼓掌。

歌舞停下,我被他拥入怀中,他将一碗肉糜置于我前面,示意我吃下。我心怀恐惧,食难下咽,却不敢拒绝,只能木然咽了几口下去。

"好吃吗?"他问。

我勉强浮现微笑,点头。

他微笑:"自然好吃,这肉特别,只赏与你和姬昌吃。"

心忽然缩成一团,我脸色惨白,强笑:"妾不明白大王的意思。"

他残忍地笑:"玉树临风,明月照人,天下第一美男子已在爱妃的腹中了!"

天哪——伯邑考的肉!

我推开他,奔至窗前狂呕。

他先是笑,见我吐得厉害,才过来:"妲己,跟你开玩笑的,不过是鹿肉罢了!我怎么可能教别的男人与你血肉相和……"

　　一只手搭在我的肩上,我已经吐得失去判断能力,本能地一挥手。他手中本端着一盏酒予我,此时"啪"的一声全打在他的头脸上。

　　这辈子从来没人敢这么待他,他勃然大怒,将我一把扼住,我听得我全身的骨节在他的巨掌之下咯咯作响。

　　我闭上眼睛,死了罢,一了百了!

　　我曾亲眼见着一个妃子无意中冒犯了他,就是这样被他一把扼住,掷下高台,摔作一团肉酱。

　　然而我耳边却是低低的一声叹息:"为什么我竟会对你下不了手?"

　　我睁开眼睛,看到纣王的眼中有着与伯邑考一模一样的悲哀神情。

　　我深吸了一口气,决定不再放过这个机会。

　　我伸出手臂,绕住他的脖子,轻轻地、轻轻地唤着:"大王,大王——"

　　他浑身一震,我滑入他的怀中。"大王,你若是真爱妲己,就不要再折磨妲己了。"我仰起脸,一滴泪珠欲坠未坠,柔声道,"放了姬昌,放了西岐所有的人,我再也不想在朝歌看到西岐人。我想一心一意地待你,让我们重新来过,好吗?"

　　他抱住我,软弱地说:"我不能放了姬昌,他是个危险的人。"

　　我在他的肩膀上轻咬了一下,立刻感觉到他身体的反应:"在妾眼中,大王才是世上最危险的人呀!你如此待我,我还是爱上了你。我总觉得我欠伯邑考一条命,我怕他的鬼魂会入梦!放了姬昌吧,这样我就不欠他了,切断我的过去,好教我一心一意地爱你呀!"

　　他答应了。

　　突然间心里一个念头闪过,伯邑考的眼中,为何会有与纣王一样的悲哀神情?

　　我不敢再想下去,只是抱紧了纣王。

　　我赢了第一步。

　　来日方长啊,大王!

四　姬发

我与父亲飞驰在通向西岐的小道上。

自父亲被囚之后,西岐上下日夜苦思营救之计。

重金贿赂纣王身边的佞幸之后,终于传来消息,纣王答应我们用重金赎回父亲。

可是,纣王指定要我与大哥同去。

为什么?对外的事务一向都是大哥在做的,他是长子,朝歌怎么会知道我的名字?

我们站在纣王的面前。

奇怪的是,他好像对我们两人的兴趣大过那些穷尽西岐之力搜寻来以求赎回我父亲的奇珍异宝。

这是我第一次见到纣王,很奇怪他并不是我想象中暴虐无理的昏君,除了大哥伯邑考之外,他是另一个教人一见之下就会被他征服的人。

他相貌堂堂,才思敏捷,三言两语便可说得人心悦诚服。然而,言语之中可见他的极端自负和深沉无情。

他看着我们两人,像是有些犹豫。

我们两人站于一处,极不相称。

大哥如一尊玉像,一袭白衣更显得他卓尔不群,他为纣王演示古琴,神态雍容。

而我,自妲己走后,本已日渐消沉,是大哥把我拉了回来,嘱我:"只要活着,便能再见着妲己!"于是,南山打虎、北河抗洪、东城抵寇、西坡种粮、安置流民、收服夷人……我都身先士卒,只有用一刻不停的苦役,方可令自己不至于在相思中没顶吧!

相思已经刻骨。然而,每完成一件工作,不期然而然地有种满足感,每安置一名百姓,便于他的笑容抵消些痛楚。

此刻我站在纣王面前，黑、瘦、粗手大脚，带着伤痕，还有些土气。我虽素不拘衣着，也知今日大哥为我挑的衣服极没有品位，然而我一向敬重他，并不在意。

纣王的眼光只在我身上扫了一下，便移到大哥身上了，脸色越发凝重。

我心中有一丝不好的预感，进宫之前，大哥絮絮地交代我许多事，郑重地像是要离开许久，他为何要这么做？

纣王赐酒，大哥趁我不备，推了我一下，酒洒在我衣上，大哥诚惶诚恐，言我粗鄙，纣王一笑遣之。

我出宫了，心中的不安却更加强烈，然而，我无法推测这不安来自何处。

大哥受纣王喜爱被留下，随他继续宴饮，晚上的时候，却传来他因调戏妲己而被纣王处死的消息。

我整个人都呆住了，怎么可能？大哥与妲己？

大哥死得极惨，被剁成肉酱，赐食父亲。

纣王，你这毫无人性的暴君！

我一口鲜血吐出，恨不得冲出去与这暴君拼了这条性命，被左右扈从紧紧拉住，天大的仇天大的恨，不能于此刻发作。

父亲，尚在他的手中。

我忧心如焚，妲己、妲己，你可安好？这些日子你在这样的暴君手中，受了多少折磨呀！

所有的扈从去打探消息，毫无所获。

然而三天之后，事情忽然急转直下，王宫来人，通知我们到里城接父亲出狱。

我立刻前去里城，父亲已被折磨得病骨支离，两鬓俱衰，大哥的不幸，更令他雪上加霜。

心中一千个一万个放不下妲己，然而我别无选择，只能立刻带着父亲上路。

纣王生性多疑且狠毒，我不敢相信他真的放过了我们，我选了两名忠心的臣子扮作我父子二人上路，我与父亲乔装混在流民中逃走。

果然不出所料，未过渑池，纣王立刻反悔，那两名忠心的臣子，代我父子死在追兵的手中。

经历千辛万苦，终得回归西岐。

西岐百废待兴，父亲虽抱病体，犹汲汲营营，渭水边访得当世奇才姜子牙为相，又修书与各路诸侯，共讨纣王恶政。

正当西岐大业略有起色时，父亲的身体却再也无法支撑了。

跪于父亲的面前，我坚辞承接大位。

我自知才能智慧远不及大哥伯邑考，虽然大哥已经不在，然而诸兄弟之中亦有聪明能干之人，我自忖心属妲己，唯恐因私情而累了国事。

父亲闭目，叹了一口气："你可知道你大哥因何而死？"

我摇头，大哥的死，始终是我们心头最深的痛处，平时谁也不敢提及。

父亲缓缓道出真相，谁料想真相竟是如此惨烈，大哥竟是代我而死。

妲己入宫，虽强颜欢笑，毕竟天真单纯遮不住心事，纣王生疑，竟得知她曾逃至西岐，便动了杀机，遂借释放父亲为名，引我们兄弟入朝歌。

大哥聪明，不下于纣王，立刻察觉危机。若教一个公平的机会，大哥与纣王不论武功才智，战场上决高下，均堪做唯一的对手。然则时也、势也、运也！他为刀俎，我为鱼肉，他既动杀心，我兄弟二人，必死一个！

我、妲己、纣王，三人性情，大哥了若指掌。我若死，妲己必不肯再活，则纣王迁怒，只怕要血流成河，父亲更是在劫难逃。

因此，大哥精心安排，从容赴死。

他之死，消了纣王之疑，妲己才可用心设法营救父亲，我若知此事，必不肯依，因此他连我也瞒住。纣王以貌取人，大哥虽死，然而这一场与纣王的暗斗，却是他赢了。

然而赢得是如此惨烈呀，大哥，你怎能如此冷静、如此不动声色地安排了自己的惨死呢？

我如霹雳当头，如梦方醒，欲哭无泪。

父亲言到此处，张口已是一口鲜血喷出："我曾将全部的希望寄予伯邑考一身,伯邑考之死,令我的心死了一半。可是为什么我回来之后,却还在四处求贤访能、操练兵马、招募流民、联络诸侯……为什么? 难道是为自己吗? 我已经如风中之烛,活不了多久了;我本是朝歌的臣子,我在生一日,便不想以臣子之身取而代之。我为什么要不顾性命地这么做?"

我摇了摇头,我也不明白。

父亲看着我,微笑道:"只因为我进城的第一天,我遇着的头三个人,我问他们为什么来到西岐,为什么留在西岐。那三个人,第一个是流民,第二个是士兵,第三个是农夫,可是他们的答案却都一样,你猜他们说什么?"

我向来不擅长猜谜,我再次摇头。

父亲的脸上显露出自豪的笑容:"他们说,他们是为了二公子姬发。他们为姬发而投奔西岐,他们为姬发而守城,他们将收获的粮食奉献给姬发……因为姬发爱百姓,爱兵士,爱天下人呀! 姬发,我儿,得民心者得天下呀! 殷商气数已尽了……"

我震撼了,突然间热泪盈眶,我凭本心而付出点滴,但百姓却以涌泉相报! 我当以什么回报你们的赤诚?

父亲的声音已经变得断断续续:"从那天开始我才明白,原来为王者最重要的,并不是聪明才智,而是看他是否心怀百姓。纣王无道,天下百姓如在水火之中,西岐只是小小一域,你纵然可安置了西岐的百姓,难道就不顾天下百姓了吗? 姬发,我要你不仅继承西岐,更要你为王天下。姬发,你、你一定要答应我……"

我长长地呼出一口气:"好,父亲,我答应你。"

父亲微微一笑,这笑容就此定格。

我惊呼:"父亲——"

然而父亲却再也没有回应,他走了,却将天下的重任交给了我。

五 妲己

我站在鹿台高处,向着远方眺望,远处旌旗招展,是纣王行猎回来了。

我笑盈盈地走下高台去迎接他。

伯邑考的死,是我一生中最大的刺激,若继续这样下去,我怎么可能活着再见姬发。

一夜之间,我似是脱胎换骨。

我把我的爱,我的恨,全部深深地隐藏在心里的最深处,用我全部的身心、全部的天赋和心计来迎战纣王,这个最自负、最残忍的——男人!

最初他最爱拉了我去看那些血肉横飞的角斗,看他想出的种种极残忍手段,什么炮烙、虿盆、挖心、剖腹……但他最大的乐趣,却不是看着那些人的痛苦呻吟,却是观察着我的神色。他舍不得杀我,又不肯轻易饶我。他要看着我害怕、痛苦、崩溃、乞求,可是我再不是初入宫时那个见着血腥就永困噩梦的小姐已了。

他要我看,我便看。我若无其事地看、吃、喝、说、笑,要想不被他击垮,我便得比他的心肠更硬,更无情。

可怜那些受刑的人,只不过是为着纣王与我的这场游戏,要多承受生不如死的折磨。

为着我的不肯动容,纣王不断地想着更精巧、叫人死得更难受的刑具,他真想看到我崩溃的那一刻吗?

我依然不肯动容。

他的眼神,渐渐地从居高临下的得意,到无从发作的恼怒,到对我镇静自若的欣赏。慢慢地,他软化在我的笑语盈盈中、明媚秋波中。

我在镜中练习着最妩媚的笑,计算着每一滴眼泪垂落的最佳时机,揣摩着他喜怒无常的性情,迎合着他那些残忍暴虐的爱好,说着他最爱听的话语,精心地服待着他的衣食住行,候着他出宫,等待着他回来……

他渐渐地离不开我了。

夜夜,必至我宫中;每餐,必召我同食;衣服,必要我经手;出宫,必等我相送;回宫,眼光第一个就搜索我的身影……

他的眼光停留在某个宫女身上三次,我便微笑着走开,安排这宫女去服侍他。第二日清晨他便跑回我的身边,带着一丝懊恼:"那个女人简直是块只会发抖的木头,妲己,她连你的一个脚指头也及不上。"我笑了,笑着将他搂入怀中。

他酒后偶然说起当年行军水粮皆断时,曾梦想眼前会出现一座长满了肉的林子,盛满着酒的池塘。我竟夜不寐,召人淘空御花园的池子,搜遍全城的酒与肉。第二日醒来,他便见着了酒池肉林,我看到他眼中不能自己的激动,猛然将我紧紧抱住了。

他忽然说要封我做王后,我反而怔住了,我根本想都没想过这个问题!

他看见了我的神情,拥我入怀,一遍又一遍地亲着我,喃喃地道:"妲己,妲己,我现在才知道,你爱我之深,竟是全然地付出,而没想过回报。"

他像是要变本加厉地待我好,他为我起鹿台,置放天下的奇珍异宝;为着我一句要摘天上星星的玩笑话,造起高耸入云的摘星楼;不惜快马为我送来家乡冀州的土产;我偶有不适,他便急吼吼地要杀多少御医;我试探着发作点小脾气,他低声下气地哄着我,最多不过是将在我这儿受的气,加倍地转嫁到文武百官的身上……

百官渐有不满之音,他为此不悦。

我用看着神祇一样的崇敬的眼神看着他:"那人何德何能,敢来对大王指手画脚。"

他的眼中闪过一丝杀气,这类问题从此再没烦过他了。

人们看着我的神情便不同了,此时流言渐渐传开,渐渐不堪,我在刑台上的强颜欢笑,变成我天生残忍,见着了血腥方肯一笑,纣王为着取悦我,才教这么多人受苦;又说,炮烙、虿盆等物,本是我设计出来害人的;渐渐地,似乎朝歌城中每一个人的死,好像都与我有关……

我不在乎,只因我已经麻木。在不断地取悦他和摆布他的心情中,渐渐如一具行尸走肉,以为便这样了此一生了。

直到有一天,我听到西岐的消息,姬昌死,姬发继位,拜姜子牙为相,自称武王,列纣王十大恶状,讨伐朝歌。

如一个人，在我睡梦中忽然拿了一只巨鼓，重重地在我耳边敲响。

我骤然跳了起来，才发现以为早已经死去的心中，又萌生出了生的希望。

六　姬发

面对朝歌的攻势就要展开，我与姜子牙日夜研究着战略。来投奔西岐的人越来越多，纣王之不得人心，已经日益加剧了。

可是摆在我们面前的最大的难题，是西岐太少军事人才了。西岐毕竟原来是个小城，从来没有过大的征战，因此我们缺少能征善战的宿将和训练士兵的人才。而朝歌却一直不停地在征战，他们拥有训练有素的兵源，猛将如云，谋臣如雨。

这一日我正在校场阅兵，忽然，卫兵来报：武成王黄飞虎投奔西岐来了。

我简直不敢相信自己的耳朵。

殷商王朝有两大擎天之柱：太师闻仲一生都在南征北战，开疆拓土，从未有过败绩；武成王黄飞虎坐镇朝歌，四方不敢妄动。单是黄氏家族的将领，就胜过整个西岐了。

黄家七代为商王朝的大将，黄飞虎积功而封为武成王，妹妹入宫为贵妃，黄家三子俱为殷商大将，黄家在朝歌，可谓是一人之下、万人之上。黄飞虎武艺超群，胆识过人，对纣王更是忠心耿耿。这样的人，怎么会来投我这小小西岐？

我不及思索，问道："来了多少人？"

卫兵报告："黄家三百余口，老弱妇孺都有。"

我下令道："立刻大开城门，恭迎武成王。"

西岐文武大臣随我一起出城。

夕阳西照，黄飞虎伫立在夕阳里，风吹着他的衣襟，显得很萧瑟。他的身后，是黄家三百余口家眷，一个个风尘仆仆，脸色憔悴，每个人的右臂上都扎着一块白麻布。他们在为谁服丧？

我急忙上前："武成王来到西岐，姬发不胜荣幸，西岐不胜荣幸。"

对于西岐的倾城相迎,黄飞虎有些诧异,但神情依然矜持冷淡:"西伯侯客气,黄飞虎落难之人,但求借西岐暂避,不敢当贤侯大礼。"

大夫南宫适怒道:"武成王,请注意你的礼节,站在你面前的,不是什么西伯侯,而是大周武王陛下。"

黄飞虎的嘴角,却有淡淡的一丝不屑之色。他百战封王,我的父亲文王,昔年的西伯侯亦是他的下属,更何况在他的眼中,我不过是借父荫而立的一个后辈小子,焉能在他的眼中?

我止住了臣子们的不平,不在意地笑了:"武成王,路过也好,暂避也好,长住也好,既来到西岐,就是西岐的贵客。各位一路辛苦了,请尽快入城吧!"

大夫散宜生低声问姜子牙,要将黄家安置在何处,只因为随着投奔西岐的人越来越多,一时很难找出一个可以同时容纳黄家三百余口的地方了。

我道:"就将我原来的住处给他们住下吧!"

散宜生吃惊而犹豫:"可是,那是潜邸,又与王宫连通……"

君王即位前的住处叫潜邸,自从我称王之后,大臣们好像多了许多装模作样的规矩。

然而在我的心中,我自知称王,只不过是为了打破纣王在人们心目中至高无上的位置。上天要我取代殷商而为王,不是看我的排场规矩够不够得上君王的规格。我时常脱离于这些规矩,他们硬要把我从前的住处供奉起来,我实在是不以为然。

我看了他们一眼:"不必犹豫,就这么办。你们只管招待武成王一家住下,不必干涉他们的行动。"

三天后,两名大夫来报,黄家人走遍了西岐城中每一处地方,打听,询问,甚至黄家的女眷还去拜访了我的母后。

左大夫猜测:"大王,我们是否要阻止黄家人的行动,他们四处打听,会不会是朝歌的奸细,故意装作来投靠我们,其实是来打探我军虚实,为殷军做内应的?"

我微微一笑:"朝歌若要派奸细,以武成王的地位,还请不动他。要做奸细,也该是独来独往,怎么可能携带三百余口家眷? 你们听着,武成王可以在任何时候来见我,他们可以去西岐任何一处参观,也可以选择任何一种方式住下。若是他们要离开,我们会派兵保护他们去任何他们想去的地方。"

姜子牙露出了微笑:"武王的意思是……"

我一字字道:"西岐尽可敞开怀抱,让每一个来这儿的人都看清楚,想明白,最终自己决定是不是留下来,与我们共建西岐,开创天下。"

我的耳边听到了震耳欲聋的声音:"武王仁德,天下归心——"

十天后,黄飞虎求见。

我并未在大殿见他,而是在偏殿,我不喜欢大殿中那种高高在上的气势,除非是重大事宜,我基本上都在偏殿与臣子们促膝而谈。

黄飞虎走了进来,忽然跪下:"黄飞虎无礼,请武王恕罪。"

我忙上前扶住了他:"武成王不必如此,有话请起来再说。"

黄飞虎坐在我的右侧,他从怀中取出一只锦囊,递给我道:"这是有人托我带给武王的东西,武王可认得此物?"

这个时代,锦是一种非常贵重而罕有的织物,普通人家是绝对用不起的。我接过锦囊打开一看,里面是一块扁圆形的石头,这种石头别处没有,但是在岐山上却是很常见的。

从旁边侍从的眼神中可以看出,此刻我的脸色一定变得很奇怪:"武成王,这东西你是怎么得来的?"

黄飞虎的神情变得凝重而悲怆:"一言难尽……"他停顿了好一会儿,才缓缓道:"就在一个多月之前,我还绝未想到,我黄飞虎——殷商的武成王,会投向西岐……黄家七代朝歌为臣,子封王,女为妃。我就是做梦,也未曾梦到一个'反'字啊!"说到这里,他禁不住重重地将旁边的木几一拍,木几竟断为两截。

侍卫吓了一跳,忙冲上前来,我只是摆了摆手让他们退下。黄飞虎也为自己的失态吃了一惊,见我神态不变,才长长地吁出一口气来,神情平静了些。

他眼望远方，长叹一声："事情——要从一个多月前说起。那一日元旦，我妻入宫朝贺，谁料奸妃设计，昏君无礼，致使妻妹皆惨死在摘星楼。我领了家将，欲进宫与纣王理论，谁知到了宫中，却是四门紧闭，我人马未至，宫墙上却不由分说，乱箭射下，这个时候竟会满城皆叫'黄飞虎反了'。我纵不反，亦是百口莫辩了，而朝歌，已经无我容身之处了。我只得领了三百家眷，五千家将，逃出朝歌。追兵于身后紧紧追赶，我们逃至黄河，前无退路，后有追兵。想不到我黄飞虎一世英雄，竟落得有家难回，有国难投，有冤难诉……我们背对着黄河，眼看追兵越来越近，决定拼死一战。"

我听得紧张，不由得问："结果如何，你们打赢了吗？"

黄飞虎苦笑一声："一队老弱残兵，怎么打得过上万追兵？就在千钧一发之时，忽然，追兵停住了，然后渐渐退后。过了一会儿，追兵竟忽然转身退走。他们退走之后，原地只余一人。"

我心头狂跳："是什么人？是男是女？"

黄飞虎摇头道："那人一身黑色盔甲，连脸都用铁甲盖住，只露出一双眼睛，声音含糊，也听不清是男是女。我正奇怪他有何能力，竟能指挥追兵退去。那人走近我，问我们意欲何往。唉，普天之下，莫非王土。何处又是我们的容身之所？那人道：'纣王失德，殷商大势已去。西岐武王仁德布于天下，将来必会取代殷商而为天子。只有投奔西岐，黄家才能重见光明。'说完，他交给我这个锦囊，让我转交给武王，说是您一看就会明白的。"

我心潮澎湃，久久不能言语，仅有力气点了点头。

黄飞虎忽然向着我深施一礼，道："黄飞虎无知，虽然得那高人指点，却依然自负，在城门竟对武王无礼。然而武王却不与我一般见识，我入住三天之后，才知道我们所居之所，竟是武王的潜邸。这十几日，我们走访了西岐内外各处，所到的每一处地方，每个人都很忙碌，修城墙、练兵、备粮草、造工具，然而每个人的脸上，都有着笑容和自信。路不拾遗，夜不闭户，这是我在朝歌从未见到过的情景。在朝歌，每个人的脸上，只有恐惧和不安，街上大白天都很少有人走动。我才真正明白,为什么天下人会说,纣王无道;为什么会说武王仁德,天下归心。我黄飞虎服了,若武王不弃,黄家上下,愿投身于武王麾下,共打天下。"说罢,他站了起来,恭敬跪下。

我肃然而坐,受他大礼参拜。等他平身之后,我微笑:"我早就说过,武成王弃暗投明,是西岐之幸,也是天下之幸! 你在朝歌是镇国武成王,来到我大周,便是开国武成王!"

黄飞虎出去后,我退下侍卫,独坐于偏殿之上,看着手中的石头,自从看到它的那一刻起,我已经失去了所有的克制。

这是一块普通的石头,然而它又绝不是普通的石头,我闭着眼睛,都可以想象出这上面的纹路来。

这块石头上,有天然生成的纹路,从一个特殊的角度来看,很像是一个男孩和一个女孩手拉着手。这块石头,是我十三岁那年,从岐山上的小溪边找到的。那时候,我也正拉着一个女孩的手:"男孩是我,女孩是你,我们一辈子都这样手拉着手。妲己,你说是不是?"

妲己回冀州时,她带走了这块石头:"姬发哥哥,我每天看到这块石头,就像看到我们手拉手在一起的时候一样高兴。"

这么多年过去了,我没有想到,妲己依然珍藏着这块石头。

而今天,她让武成王给我带来了这块石头,我明白了她的心意,明白了武成王为什么会来投西岐。

妲己给我送来了武成王!

妲己竟然给我送来了武成王!

七 妲己

我站在摘星楼上,看着远处越来越近的烽火,周兵——越来越近了。

一件披风轻轻地披在我的身上,我回头微微一笑:"受辛——"

这两三年来,在只有我们两人的时候,他不再让我称他为"大王",而是称他的名字"受辛"。"这样听起来,更像夫妻。"他这样说。

我偎依在他的怀中,久久不说话。

"你在想什么,妲己?"他问。

我把耳朵贴着他的心口:"我听你的心在跳,扑通扑通的。"

他笑了,拉起我的手,放在他的心口:"这颗心,在十年前就已经交给你了呀!"

我的手贴着他的心口,感觉着他的心像是在我的手中一样。

这颗心如今在我的手中啊,我该怎么对它?

他低下头,在我的耳边低低地说:"不必担心,我让祭司卜过卦,问过神明。我是一国之君,天命在我。"他仰天大笑,"我还有十七万的军队呢。明天我会在牧野与姬发决战,我们的军队是他们的三倍呢,我们一定会赢的。"

是吗? 一定会赢? 天命在你? 既然这样,你何必笑得这么用力,这么大声?

受辛,你不知道吗? 你已经没有天命了。在你夺人所爱,在你滥杀无辜,在你逼父食子,在你骄奢淫逸,在你看着北里之舞听着靡靡之音;在你以血腥为乐,以人命为草芥;在你逼着恨你的人强颜欢笑的时候,你的天命已经一点点消失了。

你的十七万军队啊,东南的俘虏、牢中的囚犯、黄发的童子、白头的老翁,朝歌城中还有一口气在的男人,都成了你新征的兵,你就带着这样的兵上战场吗?

大厦将倾,奈何奈何?

我想起了太师闻仲,那个曾想以一己之力将倾倒大厦重扶的人。

西岐军压境,所有的人把希望押在了闻仲的身上,然而闻仲出征的条件之一是:诛妲己。

听到这个消息时,我很想笑。纣王,他怎么可能舍得杀我? 可是,自黄飞虎反出朝歌后,这像是一个信号,又像是堤坝开了一个口子,然后越来越大。黄飞虎是一面旗帜,这面旗帜插到了西岐,朝歌便溃不成军。

闻仲是另一面旗帜,是朝歌最后的希望。

情况已经僵持了许久,纣王运用他所有的辩才去说服和拖延闻仲,纣王的聪明和才干,本就如太阳般光芒四射,记得比干死前说他什么来着:"聪明足以拒谏,巧言足以饰非。"

今日鹿台设宴,他请了比干,嘱我藏于深宫,不要外出。

我卸去所有的脂粉饰物,披散了长发,赤了双足,抱起侍儿送来的小狸猫,走向鹿台。

透过珠帘,我看到了闻仲,他强硬得像一座铁做的山峰,无可动摇。纣王的劝说,对他完全无效。

我放开了手中的小小狸猫,如我预料的,它跳到了闻仲的桌子上,纣王的脸色变了,他认出了这只猫。

我轻笑一声,旁若无人地跑到闻仲的面前:"你这小东西真是淘气,老是乱跑。"

纣王惊叫一声:"妲己,你出来做什么,快回宫去!"

闻仲的脸色大变,他听到了这一声呼唤,他看着我,手已经伸向桌上的金锏。我知道,就算当着纣王的面,他也敢毫不犹豫地用这金锏当场杀了我。

我无畏地向闻仲伸出手:"谢谢你了,把它给我吧!"

我从闻仲的眼中,看到了我自己,一张不施脂粉的脸,像一个淘气的小姑娘。

闻仲看着我,杀气渐渐收敛,眼中渐渐笼上一层悲哀。我看着他的眼神,那样地熟悉,脱口而出道:"父亲也曾经有过这样的眼神。"

闻仲的眼神凌厉:"什么时候?"

我喃喃地道:"那天他从朝歌回来,大王要我入宫!"

闻仲眼中的厉色渐去,小狸猫"喵"的一声,从我们中间蹿过时,闻仲一把扼住了它。

我惊叫一声:"太师不要伤它!"

我哀求:"它是我母亲从冀州带给我的,母亲已经去世了!"

闻仲看着我,慢慢地退去眼中的杀意,可是眼中的悲哀之色,却是更浓了。

他握紧手中的金锏,然后,将狸猫扔给了我,转身而去。

纣王冲上前,抱住了我:"妲己,你真吓死我了,不是叫你别出来吗?"

我浅笑:"我不是没事吗?"

他凝视着我:"妲己,你真是个奇迹,闻仲向来无情,却也对你下不了手!"

我缓缓地倚向纣王:"大王,我只是让他看清了一件事而已!"

纣王笑道:"对,让他看清,那些诽谤你的话,都只是谣言而已,你原是如此美丽可爱的人啊!"

站在鹿台上,我看着闻仲远去的背影,如此地孤独而充满悲哀。不,我只是让他看清了现实,杀一个女人拯救一个王朝的事,永远只存在于传说中,而非现实。

闻仲的背影已经苍老,他领着西征大军,去向命运做最后的挑战。

我听到的最后的消息,是他死在了绝龙岭。

失去了闻仲的朝歌,正式走向末路。

以至于今日的战事,纣王要亲自披挂上阵,朝歌原来的优秀将领,如今都在西岐。

城外的战声正酣,我倚在黄金榻上,看着这只狸猫在逗弄着一只老鼠。

猫这种动物,软软的,很娇媚,它的爪子藏在厚厚的肉垫里,谁也不知道它什么时候会亮出来。它轻抚着老鼠,看上去像是很怜爱对方,可是当老鼠要逃走时,它就用无情的爪子把它逼回来。然后,再爱抚它,逗弄它。如此一次又一次,直到最后一刻,它才肯用它最后的慈悲,结束对方的生命。

小狸猫口沾着血腥,心满意足地跳到我的身边向我献媚。我抱着它心想,在纣王与我的这场战争中,谁是猫,谁是老鼠? 又该由谁来结束谁呢?

他回来了,带着一身的血污,带着一身的疲惫,带着一身的无可奈何。这一场战事结束得很快,结束得像一个笑话:十七万人的殷军,面对着六万人的周兵,忽然像排练好的戏剧一样,一齐转身,倒戈相向。

他的武功、他的力量、他的勇猛、他的天命,淹没于潮水似的倒戈声中。

他逃回,但周兵已经把朝歌城团团围住,殷商三百年的厚重城门在攻击声中变得脆弱。

鹿台上,堆放着搜自天下各处的奇珍异宝;鹿台下,高高的柴堆堆起,卫兵们把一桶桶的桐油浇上去。

纣王身着玉衣,戴着金冠,捧着玉玺,携着我走上鹿台,坐上王座。卫兵们已经把王座也搬来了。一声声惨叫声传入我的耳中,那是他们在杀殉葬的宫妃、侍女和仆从们。

王座是他的、鹿台是他的、后妃是他的、奴隶是他的、珍宝是他的、臣子是他的,他要死的时候,他都要带走。

然而,我也是他的吗?我也要为他陪葬吗?是的,他要我穿上后服,与他一起坐在王座上升天,而不是让卫兵们砍掉我的头,像那些妃子一样。这,就是他给我的特殊荣宠。

我也是他的,不论生与死,他都不会放掉我,就像猫不会放掉他手中的老鼠一样。这,就是他爱我的方式!

我偎依在他的身边,听着杀声越来越近。忽然,远方一面旌旗闯入我的视线,那上面是一个"姬"字。

我骤然坐直了身子。我不能死,我不能死,纵然要死,我也要在死之前见姬发一面啊!

我轻抚了腰边的锦囊一下,毅然站起身。

"宝石呢?宝石呢?"我忽然指着壁顶大叫。

他顺着我的手向上看去,脸色也变了。

鹿台的中央是摘星楼,这原是他要为我摘下天上的星星而建的,高耸入云。他摘下王冠上最大的一颗宝石,安放在壁顶,表示他为我摘下的星星。那颗宝石璀璨生辉,不亚于天上的星星。然而此时,壁顶上的宝石不见了,只留下一个黄金的底座,空洞地对着下方。

他站起来,震怒地大喊,可是此时鹿台上的活人,只剩下我和他了。

我坐在那儿,看着他从震怒到失落到醒悟自己目前的状况而无力坐下,才闲闲地道:"我想起来了,昨晚我让侍女把它摘下来,放在寿仙宫我的枕头底下。"我走上前去,抱住了他,"受辛,这么多年你第一次不在我的身边,我无法入睡啊!我只有把它放在我的枕下,我才安心。因为这颗宝石,是你为我从天上摘下的星,是你我的定情信物啊!"

他的脸色顿时柔和了,轻抚着我的头发,叹道:"妲己,妲己,你这个傻丫头。"

我柔声道:"我现在就去把它拿过来,你等着我啊!"

他拉住了我,摇头,一点也没有疑心:"妲己,不要去,周兵就要来了。"

我的双手环住他的脖子,我看到他眼中的我,楚楚可怜,深情无限,眼角的一滴泪水欲落未落:"可是,受辛,那是我们的定情信物呀,我不能不去拿,我不能让它落入那些周兵的手中。"

他不说话,只是重重地叹了一声。

我的眼泪适时落下:"更重要的是,它是从你的王冠上摘下来的呀!难道你能容忍你王冠上的宝石,再被姬发镶到他的王冠上吗?"

他的眼神变得狂怒,的确,他不能容忍。

我摘下头上的后冠,轻盈地转身:"周兵没这么快打进来的,我会很快回来的,等着我。"

我在他开口之前,扑到他的怀中,给他一个深情的长吻,堵住了他后面所有的话。在他尚未回过神来时,我转身就要向下走去。

"慢着——"他忽然拉住了我。我的心狂跳,我失败了吗?

他将一把黄金匕首递给了我:"遇到周兵时,你就——"

我娇媚地笑着,接过匕首:"妲己明白。"他不愿意下去,他怕周兵来得太快,而落到周兵的手中,失去帝王的尊严。他希望我也是如此,如果不能回来跟他殉死,那就自尽。

我怀着匕首,一步步地向下走去,一层层地走下来,走过无数殉葬的尸体,走过无穷的血腥。我越走越快,越走越快,我感觉到死亡就在我的身后,我不能回头！

走到最后一层，我拿起了油灯，点着。

走出鹿台，杀声四起，周兵已经攻破城门了。台下无人，只有柴堆高高地围着鹿台堆成一大圈。我独自走出柴堆，回望鹿台——好华美的建筑呀，金碧辉煌，高耸入云。以前从来没有过，以后——恐怕很多年之内，不会再有人造这样美的高台了。

我微微一笑，从腰边的革囊中取出一颗璀璨生辉的宝石，这颗宝石啊，比天上星星更加晶莹夺目。它不在鹿台，也不在寿仙宫，而是一直都藏在我的身上。

我微笑着把宝石向着鹿台方向扔回去，像扔回一块普通的石头："大王，我答应你，我绝不会让这颗宝石再镶回姬发的王冠了。妲己答应你的，一定做到。"

油灯的火光，在空中画过一条灿烂的弧线，自我的手中落向浇着桐油的柴堆，烈焰骤然腾空而起，一股热浪差点熏上了我的脸。

我掩面逃开，回首望去，鹿台霎时被熊熊大火所包围。

火中远远地传来纣王一声大吼："妲己——"声音中充满了震惊、愤怒、伤痛和绝望，这声音像是穿透了空间，直击我的心口。

我的心在急速地跳动，越跳越快，险些要自胸口跃出，然而却有一种极大的喜悦冲了上来，我逃出来了！我逃出来了！！我逃出来了！！！

我纵声大笑！

然而纣王在火中，疯狂地大叫我的名字，一声又一声。高高的鹿台，熊熊的大火，都阻止不了他的声音，这样清晰，这样可怕。声音从火光中穿越，像是从炼狱中发出来一样，像是要把我也抓回这个炼狱中。

我掩耳狂奔，然而声音还是极度清晰、极度凌厉地追赶着我。

我不停地狂奔，躲避着这可怕的声音。

忽然，我撞上了一个人，那人用力地抓住了我："你是谁？不许跑！"

我抬起头来，我的面前站着一队士兵，他们的服饰，是我陌生的，他们的脸色，是严肃的。

我站直了身子:"你们又是谁?"

为首的士兵响亮地回答:"我们是大周兵。"

突然间,纣王的声音奇迹般地消失了。

我的心顿时定了下来。

我长长地吁出一口气,轻轻地拢了拢纷乱的头发,微笑道:"我是苏妲己。"

八　姬发

大军进入朝歌,百姓箪食壶浆,以迎王师。

从黄河的百舟迎渡,到牧野的前徒倒戈,再到朝歌的阖城相迎,一路行来,感受到百姓如此地盼望结束暴政,迎接太平之世。

十余年间,多少往事如梦。

曾经多少次梦想着打到朝歌去见妲己,但我入朝歌后遇到的第一个问题却是:诛妲己!

东伯侯姜桓楚要杀她,武成王黄飞虎要杀她,还有许多被纣王杀死的臣子的亲友后代要杀她。纣王已死,所以所有人的满腔怨恨就理所当然地发泄在了妲己的身上。

进宫已经整整三天了,我日夜思念着妲己,近在咫尺而不能相见,比远隔重山更加难以忍受。

可是我不能见她,我若与她相见,我便不能再站在为王者公正的立场去裁决她的是与非。

当年起兵,是谁提出的"伐暴君,诛妲己"的口号? 也许当时我就不该让这句话出了我的营帐,可是,当时妲己还在纣王的身边,我能为她辩护吗? 话一出口,就是妲己的死路啊!

我想尽了方法拖延,妲己被安置在偏远的宫殿中,我这里所有的纷扰,到不了她那儿。

可是我阻得住别人去找妲己,却阻不住妲己来找我。

妲己站在宫殿的中心，就这样微笑地看着我："姬发，十二年了，你、你好吗？"

我所能做的，只是用力将她抱入我的怀中。

八百诸侯在宫外，等着杀她。

她在我的耳边轻声问："姬发，你不来找我，是因为无法启齿吗？因为你不能兑现我们在岐山时的诺言，娶我做你的妻子、你的王后，因为我曾是殷商的王后，纣王的王后，是吗？"

"王后？"我苦涩地笑。妲己，我现在唯一所思所想的，就是如何能让你活下去。我抱紧了她："妲己，我不会让任何人来伤害你的，绝不会。"

她笑了，柔媚地用她的双臂搂住了我："怎么会有人来伤害我呢！你会保护我的呀，姬发。现在你是武王，谁也不能再伤害我了，是不是？"

我紧紧地将她抱住："是的，妲己。"

她柔柔地道："你打败了纣王，按照传统，失败者和他所有的一切，都要成为战胜者的战利品。所以，我也成为了你的战利品，不是吗？只要能够跟你在一起，姬发，我宁愿不做王后，而做你的女奴。"

她顽皮地从我的怀中溜出，做一个女奴的姿态，伏在我的脚边。

我大笑着去拉她，所有的忧虑竟在她顽皮的笑容中忽然消失。

她从地上缓缓站起，看着我的眼神竟是如此执着："姬发，我当真愿意的。能够做你的女奴，也胜过做殷商的王后。"

妲己，妲己，你何必来做我的俘虏，我早已经成为你爱情的俘虏了。我不敢去见你，是因为我知道，见了你之后，再也无法放开你呀！

夜深了，妲己躺在我的身边，睡得像个孩子，她天真地笑着："好多年没有这样安心地睡觉了。"

我望着月光如水，无法安眠，多希望这一刻能够永驻，直到地老，直到天荒。

妲己集天下怨恨于一身，而纳了妲己的武王，在八百诸侯、天下百姓的眼中，是不是变成了另一个纣王？诸侯不服，百姓有怨，这十年征战到了最后，竟不是天下人所期盼的太平，而是另一场分裂之战？

但是，我又如何可以无视妲己这十二年的深情如海，十二年的深宫挣扎，十二年的殷切期盼，十二年的用心良苦。父王的归国，武成王的投奔，鹿台的火焚纣王……这桩桩件件中，她的心血，她冒的生命之险，不能辜负。若是辜负这样一个痴情女子，这样的姬发，连我自己都要鄙视和痛恨的呀！

不负天下，便负红颜？不负红颜，便负天下？

第二日，相父姜子牙早在外殿等候着我。

我劈头只有一句话："相父，我要留下妲己。"

姜子牙镇定地道："可以。老臣倒想了一个办法，只需将一名女囚，蒙面斩首，告诉天下武王已诛妲己。这样武王的两难之境都可以解决了。"

我疑惑地看着他，不敢相信他这么好讲话。十年相处，我明白他的忠心，更知道他老谋深算且诡计多端，更清楚他为达目的的强悍与坚韧："你要寡人欺骗诸侯，欺骗天下？纵然骗得过一时，又如何骗得过一世？"

姜子牙长揖于地："大王英明，天下之幸。大王既然明白这一点，又怎么能再留下苏妲己呢？"

我纵声大笑："寡人不负天下，便要负一个女子不成？当日是西岐将她献给纣王，今日西岐却又为她曾是纣王之后而杀她？用这样一种冠冕堂皇的理由，去辜负一个对我付出一切的女子？一个人连自己的真情也会背叛，又有什么不能背叛的？相父，你真要寡人成为这样的一个冷血之人吗？"

姜子牙淡淡地道："老臣明白大王的情义。但是今日的苏妲己，已经不是过去的苏妲己。十二年殷王宫的王后生涯，足以让一个曾经天真的少女，变成一个邪恶成性的妖姬。这样的人，老臣怎么敢让她再留在武王的身边？"

我心头一凉，忽然想到昨夜与妲己言及群臣反对之事，记得妲己曾笑道："你是大王，难道还不好处理吗？"说着，她的纤手优雅地自颈边划过，做一个杀头的手势。我惊呆了，人命在她的眼中，竟是如此地轻描淡写吗？曾经如此单纯的妲己，何以会变得如此？

宛若看到一块美玉裂为一半，宛若看到百合花坠落悬崖。

然而,这是我心之所系、情之所钟。妲己,我不是纣王,我不会因你而杀人。然而,不管你变成什么样,我都不会放弃你。

我淡淡地笑道:"这点相父尽可放心,近朱者赤,近墨者黑。今日的妲己,亦再不是过去的妲己了。"

姜子牙的眼神利得像剑:"武王是太相信妲己的情义了吧? 当年的纣王,何曾不是以为妲己一心一意地爱着他。前车之鉴,武王怎么能让天下人放心呢?"

我看着姜子牙,突然间明白了他的意思,妲己必须死,不仅仅是因为她曾是纣王的王后,更因为我是武王,我要留下她。

金戈铁马十二年,支持我自寒天雪地、烈日酷暑、尸横遍地、血流成河的一场场战争走下来的,不仅是父王和天下的重托,更有着强烈的要重见妲己的心愿。

如果一早知道,我们打进朝歌,竟是令我与妲己自生离变成死别,我不知道我还能不能支撑到现在。

突然间万念俱灰,我淡淡地笑道:"我明白了,你是怕我变成第二个纣王。好,我不做这个大王,我把王位让给旦,你们就不必担心妲己再有祸乱天下的机会了。"

姜子牙忽然怔住了,像是不能相信自己的耳朵:"武王可知自己在说什么?"

我微笑:"我知道自己在做什么。我并非冲动,自进城的那一天起,我就在想这件事了。我不能负天下,亦不能负自己的心,这是最好的办法了。"

看得出姜子牙在强行抑制着自己的激动,好一会儿,他才深吸了一口气,道:"不行,武王,公子旦尚年轻,难以服众。这么多年,是您领着我们打下的天下,诸侯也只服您一人。难道您就为了妲己这一个女人,忘记了文王的嘱托、天下的期盼、百姓的寄托? 天下未定,百废待兴,您有您的责任未了呀!"

我淡淡一笑:"你们要我承担起天下的大任,却要我先负自己的心,我做不到。相父,旦已经成人,只要有相父,有众臣齐心协力,我相信天下一定会太平的。"

姜子牙沉吟片刻,忽然冷笑:"武王要牺牲王位,只怕未必就能如您所愿,妲己过惯了王后生涯,会留在一介平民姬发的身边吗?"

我淡然:"对于妲己,姬发对她的了解,要比相父多得多。"

姜子牙仍在努力要改变我的心意:"就算大王让出王位,只怕天下人未必就此放过妲己,没有王权的保护,大王还是保不住妲己的性命。"

我微笑,突然间不再有负担了,我温和地道:"若当真如此,我与妲己求爱得爱,求仁得仁。"

姜子牙怔住了,他长叹一声,道:"大王心意已决,臣当真无话可说了。"他忽然向着我的身后道:"苏姑娘,你都听见了吗?"

现在怔住了的是我,我回过头来,看见妲己从珠帘后走了出来。她含笑,但是已经泪流满面。

妲己飞扑到我的怀中,哽咽着道:"姬发,你好傻,你真的好傻,我不配你为我放弃王位,更不配你放弃性命来保护我。"

我抱着她:"妲己,在岐山上,我发过誓,我要保护你一生一世,不管你变成什么样子,姬发永远只爱你一人,你忘记了吗? 当年让你走,我用了十二年的时间来后悔,难道你要我再用一生的时间来后悔吗?"

妲己抬头看着我,再也说不出话来,只是一遍遍地叫着我的名字:"姬发,姬发——"

这个时候,姜子牙一躬身:"两位,姜子牙告辞了。"

这老狐狸,这事没这么简单,绝没有这么简单。

我刚想叫住他,他已经用极快的速度溜走了。

妲己捧着我的脸,一遍遍地叫着我的名字:"姬发,你答应我,你不要放弃王位,你要做一个有史以来最伟大的国君,你答应我。"

我轻抚着她的头发:"那么,你怎么办?"

妲己微微一笑,晨风中她的笑容如盛开的百合花:"姬发,你不必再担心我了。"

她忽然倒下,像是狂风忽然吹折了百合花。我急忙扶住了她,她的嘴角,渗出一丝黑血。

我惊恐，一件我最惧怕的事情终于发生了："妲己，你怎么了？"

妲己温柔地一笑："姬发，你不肯负我，我好高兴。我这十二年的等待，我一生的爱，没有爱错。我从珠帘后走出之前，刚刚饮下瓶中的鸩酒，那是我好多年前就为自己准备的。不要怪相父，他没有逼我，他只是让我在珠帘后面听，让我自己选择。"

我的泪水流下，我有多久没有流过泪了！自从大哥死后，我只流血，不再流泪。可是现在我再也无法控制："妲己，你好傻！"

妲己深情地凝视着我："不是我傻，是你傻呀，姬发！你知道吗，若你真负了我，我决不会甘心就死，我会想尽一切办法地挣扎和报复。可是你却用这样的深情待我，叫我怎能承载？姬发，是我太天真，十二年来夜夜梦回岐山，却不知道，我们已经回不去了，回不去我们曾经无邪的日子。既然命运要让我非死不可，那我最大的期望，就是看到你——姬发，我最爱的人，能够好好地活下去。为你的父王，为着爱你的天下人，也为着我，成为最伟大的君王，成为流芳千古的君王。"她神情急切地看着我，盼着我的回答。

我含泪回答："好，我答应你。"

她微微一笑，把右手举到我的面前："昨晚我在你身上找到这块石头了。女孩是我，男孩是你，我们手拉着手回到岐山，一辈子就这样手拉着手，再也不分离，对吗？"

我握住她的掌心，也握住她手中那块来自岐山的石头，微笑道："对，我们手拉着手，再也不分离。"

妲己微笑着侧一侧头，神情妩媚，像是想到了以前的欢乐时光。

我心头忽然一阵剧痛，我大叫着妲己的名字，可是她不再有回应。

我们的爱情，峰回路转，终于要走到这样一个悲剧性结果吗？

我的心中一片冰冷，生命对我已经不再有意义。从今往后，活着对我来说，只是一种责任，一个承诺而已。

我低下头,对着她的耳边轻轻地道:"妲己,你等着我,等我完成了我的责任,我就来找你。我们一起回岐山去,我们一起手拉着手,再也不分开了。"

九 后记

周武王十一年,牧野之战,武王克商。纣王战败,在鹿台自焚。武王诛妖姬苏妲己。

周朝建立,武王即分封列国,在短短两年内,建立了完整的官吏制度——宗法制度、分封制度、爵秩制度、礼乐制度、井田制度等,这些制度不但奠定了周王朝八百年的天下,更有许多沿袭至千秋后世,定国安邦。

然而周朝制度初定之后,周武王姬发便于公元前 1043 年去世,距妲己之死仅三年。

武王父、弟、子,均享长寿,武王姬发为何英年早亡,是史学上的一个谜。

西施入吴

一　若耶溪边

这一日,苎萝村西头施家的女儿夷光提着重重的竹篮,走到若耶溪边浣纱。

自从三年前吴越大战之后,作为战败国,越国百姓的日子就越来越难过了。大王勾践与君夫人入吴国为奴,越国每年的出产,都要先挑最好的送到吴国去。而今,越国大部分男丁都战死沙场,只余老弱妇孺于乡中耕作农桑。

苎萝村以盛产苎麻而闻名,从山上采下的苎麻,先打散纤维捶成麻纱,村里的女孩子们,每天要提着十余斤重的粗麻纱到若耶溪边浣洗干净后,才能搓成麻线、织成麻布做衣服。

苎麻又粗又硬,浣纱的女孩子们,经常会被扎伤手,一不小心就是一道血痕。这些天秋风渐起,若耶溪的水一日寒似一日,冷得刺骨,洗得半晌,似乎手都麻得不似自己的了。

这天气,太阳下山得又快,夷光站起身来,见天边一片晚霞,红得耀眼,映得她的脸也一片红艳。忽然,一阵熟悉的痛感传来,她捂住心口下方。她自小体弱,浣纱等工作便慢人家一拍,经常浣纱完毕,便错过了吃饭的时辰,久而久之,便落下心口疼的毛病。

若耶溪边,晚霞映着她那轻颦的丽容,早已经落入有心人的眼中了。

范蠡上前一步，扶住了她："姑娘小心。"这边已经帮着她提起了竹篮。夷光回头，不禁脸一红，眼前的锦衣男子这样的衣着，这样的容貌举止，她一个生于小山村的村姑，何曾见过这样的人物，吓得低下了头。

范蠡伸出手来，托起她的脸庞，仔细地看着："姑娘，你好美，你叫什么名字？"

夷光红着脸退了一步："我姓施，名夷光，住在村西头，所以大家都叫我西施。"

范蠡眼睛一亮："西施——果然名不虚传，是个美女。还有一位叫郑旦的姑娘，她在哪里？"

夷光看着范蠡，这人的眼睛里有一种令她害怕的东西："郑旦姐住在溪对岸，你是什么人？"

范蠡微微一笑："在下——越国大夫范蠡。"

夷光顿觉耳边轰的一声，眼前的男子，身上似散发出一层层的光环来。范蠡大夫，越国上下无人不知无人不晓，这个来自楚国的奇男子，是世间最聪明的人，他随越王入吴为奴三年，成功地使越王自吴国脱险回来，重建宗庙。想不到这个传奇人物竟站在自己的面前，想不到他竟是如此的年轻英俊，温文尔雅。

一个浣纱女的命运，自此改变。

二　土城受训

范蠡带着自越国各地选来的百余名佳丽，回到了王都。

勾践自吴国为奴三年，终于得以回国。他接受大夫文种定下的复国七计。这就是其中的第四计——美人计："高飞之鸟，死于美食；深泉之鱼，死于芳饵。"要想复国雪耻，就应投吴王夫差所好，衰其斗志。他亲下密旨，大夫范蠡亲自赴全国各地挑选美貌佳丽，准备进献吴王夫差。

君夫人站在高台上，看着下面参差不齐站着的数百名美女，脸色阴沉。她曾经美丽的容颜，已经在三年的奴隶生涯中，在痛苦和怨恨的煎熬中变得苍老而憔悴，她的声音变得粗哑难听，她的身材走形，已经彻底成为一个农妇。然而她的眼光依然尖锐,她的鉴赏力,她的教养,依然是君夫人:"粗、俗、土、笨,范蠡你就拿这些村丫头去献给吴王?"

范蠡微笑:"三年前吴兵入境,大肆掠夺,城中哪还能有多少美女可寻?只能向山野寻求。这些村女,虽不曾精雕细琢,却也有天生丽质,只是欠缺一点调教而已。不是吗,君夫人?"

勾践皱眉,他亦是不满意的,然而只能点头:"纵然是有些天生丽质,然乡女粗鄙,也难当大用。就在这城外设一土城,待调教训练之后,再看看吧!"

君臣分工,王勾践卧薪尝胆,大夫范蠡负责练兵,文种管理国家政事,君夫人训练美女准备送去吴国。

君夫人带着越宫旧妃及诸官之女,来到土城,巡视众美女。从民间选来的众女虽然大多数都是面黄肌瘦,手足粗糙,却是荆钗布衣,不掩美色。

君夫人一个个细细看过,不由得暗叹范蠡果然眼光极毒,竟能于一大堆灰头土脸的山女村姑中挖出如许有潜质的美玉来。

战败之国百废待兴,物产极度缺乏。然而这土城中的百余美女,食物中却有大鱼大肉,享用着卿大夫也难得有的佳肴,且自此不必做粗活,不必行于烈日之下。众女如登天堂,三个月后,皆已经养息得肌肤如雪,面若桃花。

三个月之后,淘汰二十余名肌肤无法改善者、粗手大脚者、呆笨不堪教者,被淘汰者思之从今以后须重回田间劳作,深受日晒雨淋之苦,再无鱼肉可食,无不放声大哭,如丧考妣。

有幸未被淘汰者,战战兢兢,如临深渊。此时再紧缠帛布使之腰纤,头顶水缶练之颈美,置天足于鞋袜之中,改粗俗之举止,每日练歌习舞,识字读书。这一关最是难过,腰痛、头痛、足痛不说,且众女习艺若稍有懈怠,必遭荆杖之痛。众女大多来自山村,皆是粗材,习此细致之事,惨过饿饭,苦过劳作,白日咽泪习艺,夜间哭爹叫娘,呜呜咽咽之声长存。

这期间,每次考核,上上者多半是诸卿大夫之女。勾践得报,心中嘀咕:"山野之女,固然天生丽质,然而不堪承教,莫非此计失策?"

范蠡微笑:"大浪淘沙,方见金子。山野之女也并非尽是不堪承教,比如这西施与郑旦二人,每次考核,都名列前茅。"

勾践点了点头:"这二女容貌如何?"

君夫人叹道:"西施、郑旦不但学习得快,而且长得最美。她们不但不以为苦,而且像是对于这一方面,有着特别的天赋和兴趣。不得不说,有些女人是天生要做美人的。而且……"她锐利的目光扫过范蠡,"若是范大夫多去几次土城,我相信那些丫头会学得更快更有兴趣。"

文种不解:"为什么?"

君夫人淡淡地笑道:"士为知己者死,女为悦己者容呀!"

勾践大笑,范蠡微笑不语。

土城受训的人数渐渐减少,百名美女,现在已经只剩一半的人了,而课程更加紧张。

两个月前,来了三个老嬷嬷开始教她们一种新的语言,那真是一种美女的语言,那语调软软的、糯糯的,说起来又轻快又温柔。但是学起来并不轻松,她们许多人一直是舌头转不过这个弯来。

那天,她们五十来人排成队,三个老嬷嬷一个个地考核,轮到左大夫的女儿时,这个平时眼睛长在头顶上的贵女,却涨红了脸也说不出来,嬷嬷要她跪下受罚时,她大声叫了起来:"我就是不会说,又怎么样? 为什么要我学这个? 这是吴语,这是吴国人的语言,这是屠杀我们的吴国人说的话! 我们为什么要学吴语,唱吴歌,学吴国的采莲舞? 你们是不是要把我们送到吴国去,送给那些杀人不眨眼的吴国人?"

众美女都被她突如其来的爆发给吓傻了,更被她说出来的真相给吓慌了:"什么? 要把我们送到吴国去……"

"我们学的是吴语……"

"采莲舞是吴国的歌舞吗……"

"我不去吴国,那些吴国人会把我们的头给砍了……"

"那我们怎么办?我们怎么办……"

"要不要逃呀……"

"妈呀,我要回家,我要回家……"

一时间,群雌粥粥,乱成一团。那三个老嬷嬷被冲挤到了一边,连几个教习拿着荆条,都弹压不住这空前混乱的局面。

一群美女,有哭的、有叫的、有闹的、有跑的、有坐在地下哭得昏了过去的……把平时所教的风姿懿范全部抛到了九霄云外了。众教习惊惶失措地看着这一切,也不知该怎么办好,偏偏今日君夫人又不在。若是等君夫人回来,这里不知已经会闹成什么样的场面。

就在这个时候,忽然传来一声:"范大夫到——"奇迹似的,混乱的人群立刻静了下来,所有的女人都停下了哭、停下了叫、停下了闹,连躺到地上的都一下子爬了起来。

只见范蠡迈着轻快的脚步走了进来,笑道:"出了什么事了,惹得各位姑娘这么伤心?"

郑旦迎了上去,拭泪问:"范大夫,为什么教我们学吴语?是不是要把我们送到吴国去?"

范蠡微笑道:"我道是为了什么事弄成这样,原来是为着这。学吴语有什么值得大惊小怪的,越国是吴国的属国,当然要会说吴语了。大王会说吴语,君夫人也会,我也会,要不要我说几句吴语给你们听听?"

方才的一片愁云惨雾,被他此刻轻描淡写的几句话,顿时化作烟消云散,众美女不由得破涕为笑。

左大夫的女儿慌了,还不甘休地问:"范大夫,你还没说,是不是准备要把我们送到吴国去?"

范蠡收敛了笑容,道:"你以为吴国是什么地方,你想去还未必去得了呢!吴国是我们的上国,姑苏繁华热闹,远非这里可比。我刚才在走廊上就已经听到了,什么吴国人杀人不眨眼,你们见过几个吴国人了,怎么就传出这样的谣言来?"

一个少女怯怯地说:"可是,可是我们家乡人都是这么说的呀!"

范蠡淡淡地道:"吴越曾经交战过,战场上本来就有死人的。现在吴越和好为一家,无分彼此。以后你们不要再信这种谣言。"他亲切的微笑,和蔼的话语,有着一种不容置疑的威力。

在场的少女们,都不由自主地点了点头。

关于吴国的风波就这样过去了,左大夫的女儿因为带头闹事挨了三十鞭子,众女看着她受刑皮开肉绽,听着那惨叫之声,吓得抱成一团,再也没有人敢问什么说什么了。

此后,教习嬷嬷们便有意无意地说些吴国的事情,姑苏的繁华,吴宫的绮丽……还有吴王夫差——一个喜怒哀乐会影响到越国命运的人;伍子胥——一个坏脾气的老头儿……

大家的心中,对于吴国,再不觉得是个地狱般的地方,也开始对它一点点好奇起来。

三 月夜诉情

西施觉得很快乐,十五年来,她第一次尝到心动的感觉。范大夫,她暗恋着的这个男人把她从若耶溪边带出来,带到了另一个全新的世界。

她走进了完全新的感觉里,她学着唱歌跳舞,学着梳妆打扮,学着敷粉涂朱,学着弹琴画画。她穿上高高的木屐,梳起高高的发髻,穿着罗衣,披上轻纱,在月下婆娑起舞,在回廊中弹琴,引来鸟儿的和鸣。

她不明白为什么会有人对这种生活叫苦,再苦也比在冬天里到溪边浣纱强啊!在于她,是全部的身心都投入到这种学习中去了。

她第一次知道,原来做女人,可以做得这么讲究,这么美丽,这么动人。看着镜中的自己一天比一天靓丽,一天比一天妖媚,她觉得她几乎要爱上自己了。如果范大夫来了,看到她已经与过去完全不同,他一定会很诧异吧! 他一定会说:"西施,想不到你这么美,你是所有的姑娘当中最出色的!"

想到这里,她的脸也红了,镜子里的自己,眼睛里也闪闪发光。她吓了一跳,连忙用力把镜子扣下了。

想到那天混乱的局面,只要他一来,天大的事也能够化解;想到他那温柔亲切的笑容,令人的心也暖了。

转眼间,她们到土城已经三年了。

这一天,大王勾践亲自来到了土城,众美女穿上新赐的锦衣华服,歌舞翩跹,展示才艺,土城一片乐声,而其中,又以西施与郑旦最为夺目,最为靓丽。

勾践的眼前,忽然出现了如云的美女,一个个天香国色,多才多艺,美若天仙。他不由得呆住了,不敢相信这就是三年前灰头土脸的那一群村丫头。

歌舞完毕,乐声停止,众美女盈盈下拜,勾践这才回过神来,他转过头去看着范蠡:"范大夫好眼光,我们越国的美人,简直可把各国的美女都比了下去。她们要是到了吴国……"他看着手中的酒爵,森然道:"绝对能够醉死夫差!"

范蠡躬身道:"下臣不敢居功,真正能化腐朽为神奇的,还是君夫人呀!"

勾践把手中的酒爵交给了身后的妻子:"不错,夫人,你辛苦了!"

君夫人微笑着饮下了爵中之酒:"一切,都是为了王的大业啊!"

紧接着,大王勾践宣布,收西施与郑旦为王妹,赐以华服。这真是万想不到的荣宠,从浣纱女而为王妹,一步登天。西施与郑旦相互拉着手,十分惊喜,简直不敢相信这从天而降的幸运。

而其他的美女,勾践也下旨,前十名收为宗室之女,接下来的二十名由卿大夫将军收她们为义女。

西施与郑旦率众美女盈盈下拜,勾践微笑着扶起她二人。

西施是第一次与勾践如此面对面地接近,她抬起头来,心头不由得打个寒战。勾践鹰目鸷鼻,面相阴沉,陡然见着他的笑容,显得十分突兀,倒像是这笑容与这脸配错了地方似的,极不协调。

她的预感很快变成了现实,认亲的仪式一过,晚宴开始,勾践便宣布:"为表示对上国吴国的恭敬与诚意,越国决定与吴国结为秦晋之好。王妹西施、郑旦与十名宗室之女入宫侍奉吴国大王;二十名卿大夫之女,也同样匹配吴国的二十名卿大夫;其余人,为她们的陪嫁。"

范蠡也笑着举杯道:"范蠡在此也预祝各位姑娘此去吴国一帆风顺,各位将肩负起和平的使命,从此,吴越和好如一家。"

像是空中陡然一个惊雷炸响,众美女都呆住了,关于去吴国的传说,今日终于变成了现实。然而有了左大夫女儿受刑的前车之鉴,有了这些日子以来的洗脑,现场再也没有惊叫,没有纷乱的局面出现。

此刻又是左大夫女儿率先站了出来:"臣女等谢大王恩典,臣女一定不负大王所托,完成吴越和好的使命。"与她一同站出来的,还有四五个出身高贵的美女。

她们这一带头,那些惊呆了的美女也恍恍惚惚地跟着跪了下来,鹦鹉学舌地说了一遍。

勾践满意地点了点头,率众先去了。

君夫人与范蠡会意地点了点头,这样的局面,完全控制在范蠡的掌握之中,有了左大夫女儿的带头,一切都很顺利。

夜深了,西施却仿佛还在梦中似的,一天之内,她的心情忽而直上九霄,忽而跌落谷底,她不知道这是怎么一回事,仿佛一天之内,世界都变成了另外一个样子。

范大夫,范大夫你在哪里? 你告诉我,我该怎么办?

西施忽然站了起来,眼前出现了希望。对了,去找范大夫,他一定能救我的,他把我从若耶溪带到这儿,他也一定能够救我,把我留在越国的。

吴国,那不可知的地方,那不可知的命运,令人胆战,令人畏缩,令人不顾一切,想逃避这样的命运。

西施对着镜子,仔仔细细地梳妆过了以后,再披上今天大王新赐的华服。她走在长廊里,走在月光下,片片梨花飘下,落在她的身上。澄清如水的月光,纯白无瑕的梨花,一如西施的心。

范大夫,我不想走,自从若耶溪旁见到你的那一刻起,我就已经爱上了你。你把我从若耶溪带到了土城,不管土城的学习是多么艰难,不管有多少人哭着想要回家,不管每一次的竞争是多么激烈,我都咬着牙挺了过来,我争取做到最好,因为我希望我能够配得上你,不管站在哪里,我都是最出色的。

因为你也是最出色的呀。从那一天起,我就知道了,每一次你看我的眼光是那样温柔,你对我是那样关心,你是那样了解我。在最混乱的时候,在我的心最害怕的时候,随时出现在我的面前。我知道的,你也是喜欢我的,是不是?

"我不要走,不管她们现在把吴国说得多么好,不管我到了吴国之后有什么样的荣华富贵,不管大王会给我什么样的处罚,不管将来会有什么样的命运,只要我们能够在一起,只要我能够天天看到你,我什么都不怕!"

西施惊愕地站住了,她的心声,为什么会在她的耳边回响。她已经走到范蠡所住的馆舍院中了。她循着声音看去,月光下,小院中,一个少女伏在范蠡的怀里,低低地倾诉着,她穿着和西施一样的衣服,她的声音是同样美妙动听的吴语,她的身影是同样的婀娜动人。

她是谁?是另一个自己吗?是因为她太想太想范蠡了,她人走得太慢,而她的魂儿走得太快了吗?因为她犹豫紧张,她怯于出口的话,就从另一个她的口中说出来了吗?

月光下,范蠡的眼神依然温柔,他轻叹道:"你为什么要这么说呢?你明知道这是不可能的。你是个难得的好姑娘,又美丽又温柔,你爱上我,是我的荣幸。可是,我不能带你走,我是越国的大夫,你是越国的王妹,我们必须为越国着想。吴国是我们的上国,越国的命运,决定于吴王的喜怒哀乐之中。为了保全越国,大王与君夫人不惜王者的尊荣,而在吴国忍辱负重,为奴三年。我寻访天下,找来你们,君夫人在土城主持训练你们,大王收你为王妹,为的就是给你们一个尊贵的身份,跟吴国和亲,从此长长久久地保得我们越国太平。因为越国要把足够的出产献给吴国以保子民的平安,你可知大王和文种大夫都要亲自下地耕作,你们在土城锦衣玉食,可知你们的所食所用,每一点一滴,都是越国所有人的奉献……这家国大义,你就一点也不管吗?你能走吗?你该走吗?"

月光下,那温柔的声音仍在低低地哭泣:"是的,我只是个小女子,你说的这些我不明白。可是,我不要背井离乡去吴国,我只想和我心爱的人在一起,我可以吃苦,我宁可不要锦衣玉食,我宁可下地耕作,我不要离开你……"

西施站在那儿,一动不动。忽然,天地间好像出现了两个自己,一个伏在范蠡的怀中,低低倾诉着真情,另一个却灵魂出窍,躲在一边冷眼看着自己,看着范蠡。

范蠡的声音依然温柔,可是为什么此刻竟温柔得毫无感情,毫无热度,是自己听错了吗?

"不,你不只是个小女子,你是个深明大义的好姑娘啊!我每次来到土城,看到你越来越美丽,看到那个若耶溪边的浣纱女变得知书达理,我真的很开心。现在,你又是越国的王妹了。你不能再当自己是个什么也不懂的浣纱女呀!"

那背影微微颤动着:"不!不!"

范蠡轻抚着她如云的长发,耐心而温柔:"我们是越国的子民,不为越国,不依照大王的吩咐,你以为我们能有幸福吗?离开越国,到处都是战乱,我们又能到哪儿去?"

西施的心,渐渐变冰,难道说,难道说所有的希望都断绝了吗?难道说她的爱,错了吗?

那声音颤抖了:"为什么我要承担起国家?为什么要我承担起国家?我怎么承担得起?我怎么承担得起啊!为什么?难道说我对你的爱,错了吗?"

范蠡温柔地道:"把你的这份爱,带到吴国去吧,带给吴王吧!把这份爱,化作两国的友谊,我将会以你为荣!"

那身影已经伏倒在地,嘤嘤而哭:"好,好,我听你的话,我去吴国。你、你会来看我吗?"

范蠡缓缓地扶起她:"我会的,我一定会的,我怎么能够舍得你呢!夜深露重,你身子单薄,我送你回去吧!"他脱下身上的披风,温柔地披在她的身上。

西施忽然只觉得一阵寒意袭来,寒彻骨髓,她的双手不由得抱紧了自己,退了一步,突然间脚步纠缠,踩到了自己的裙裾,砰的一声摔倒在地。

声音惊醒了院中难舍难分的两个人,那身影转过头来,那张熟悉无比的脸,竟是郑旦!竟是郑旦!

范蠡也看到了她,他的眼神没有一点惊愕,没有一点心虚,坦荡温柔地一如对待方才的郑旦:"西施,是你,你怎么了?"

郑旦有些惊愕,有些心虚:"西施,你怎么也来了?你来做什么?"

西施缓缓地扶着廊柱站起来,缓缓地退后。我来做什么?郑旦姐,我要说的,要做的,要看的,你都已经代劳了,不是吗?

她张口欲言,忽然只觉得说什么都没必要了,突然间,她转身飞奔而去。

郑旦惊叫一声:"西施,西施——"她再也不敢回头看范蠡一眼,她再也不敢在此地停留片刻,忙追着西施而去。

范蠡的披风,并未系紧,自他的肩头滑落,月光下衣袂飘处,隐没在长廊尽头。

范蠡轻叹一声,拾起滑落地上的披风,微笑道:"你看够了吗?"

冷笑一声,从另一根廊柱后,又走出一个女子来,她轻叹道:"范蠡呀,一个晚上,你伤了两个女人的心。"她虽然在叹息,但她脸上的笑容,却是很冷,很冷。

范蠡轻叹一声:"君夫人能够教范蠡更好的法子吗?"

君夫人凝视着他:"我若是知道,我若是知道,今晚我何必还站在这儿?"

范蠡躬身:"君夫人言重了。"

君夫人轻叹一声,看着天上的月亮:"还记得吗?三年前,在吴国,也是这样的月色,这样的夜晚!我们在吴国为奴三年哪,范蠡!"

范蠡轻叹一声:"君夫人,过去的事,就不必再提了。"

君夫人惨笑道:"是的,过去的事,不堪回首!我也曾经青春年少,我也曾经貌美如花,三年吴国为奴,痛苦——在我的脸上留下一道道的痕迹,永远无法消退。短短三年,我便苍老如此,丑陋如此啊!三年吴国为奴,那是什么样的日子啊!勾践的性子暴烈,他在吴国忍辱为奴,在吴国人面前受尽了屈辱,回到石室之中,就要把所有的屈辱和怒火发泄在我的身上。他在你面前,还要顾全为王的面子,还要笼络于你,可是对我,他是毫无顾忌呀!同样是吴国为奴,你们受的是一重的罪,我受的是双重的罪啊!"她的神情惨痛,但她再也没有眼泪,吴国三年,早已经将她一生的泪流干了。

范蠡长叹一声,闭上眼睛,也不敢再听那不堪回首的三年。

君夫人看着天上的月亮,喃喃地道:"那天的月光也是这么美,我却要将自己永别这个世界。若不是你,范蠡,我早死了。是你劝我要忍下去,还有美好的将来在等着我,我会回到越国,我会再成为一国之母,我们会报这个仇的,到时候,我所受过的一切,都会十倍百倍地讨回来的!范蠡啊,若没有你,若不是你的关怀,你的安慰,你的打气,我早就撑不下去了,那种日子我是连一天也撑不下去啊!"

范蠡摇了摇头:"不,君夫人,你会撑下去的,因为你是越国的君夫人,你是一个如此坚韧而刚强的女人。我们会报仇的,吴越一统,你是万世懿范。你为越国所受的苦,会变成万世的怀想。"

君夫人凝望着他:"你可知道,每天撑着我活下来的,是你温柔的眼光,是你永远会在我最无助的时候,就出现在我身边的那份关怀。而那种时候,勾践却永远不在,永远不在啊!"

范蠡温柔地笑着,他的眼神温柔如月光,清冷如月光:"君夫人,范蠡所起的作用,微不足道啊!支持你撑下去的,还有大王啊!因为大王是多么爱你啊,你若撑不下去,教他一个人如何能够撑得下去呢?你是他最亲的人,他的委屈,不向你倾诉,又能向谁倾诉呢?你与他同甘共苦,世上只有你最了解他的心,他的痛。正因为如此,就算将来大王到了兴越灭吴、称霸天下的那一天,他的心灵上最大的倚仗,还是你呀!"

君夫人似笑非笑地看着他:"你说得对,我是勾践的妻子,勾践心中的倚仗。"

范蠡微微一笑:"夜深露重,君夫人保重!"

君夫人冷笑一声:"是啊,夜深露重,我是该走了。"她转身向外走去,范蠡抢上前一步,为她拂去挡在她前面的花枝,君夫人忽然回头,两人相距如此之近,月光下,只见她的眼睛闪闪发亮:"范蠡啊,我真想看看你,你的心是什么做的,你的心里有什么,连郑旦、西施这样的美色,你都无动于衷?"

范蠡怔了一怔,君夫人却大笑着,自行分花拂柳而去。

月光清冷,范蠡独立小院,他的心何曾不乱?他的心怎么可能无动于衷?这一个夜晚,阵阵香风,早吹绉了一池春水。

他本是楚人,恃才狂放,人不能解其才,目之为疯狂。他游历中原各国,才不得用,术无人识,志不得伸。中原人才济济,百家争鸣,各执一见而奔走于诸侯之门下。范蠡纵能跻身一侧,亦只能施展小才,不得尽用。

吴越争战多年,锋芒毕露,虽是东南小域,锋芒直指天下。于是他与好友文种,先来到楚,再来到吴,再来到越。入越之前,他在吴观察了许多,方才入越。越国败后,他入吴为奴,伍子胥又盛意拳拳,请他留吴为官。

然而他仍然弃吴而从越。留在吴,留在伍子胥的门下,他一生走到尽,最多只能做到伍子胥第二。要让天下人知道范蠡这个名字,只有打败伍子胥,打败这个传奇人物,这个率吴这样一个小国,险些灭了楚这样一个大国,将楚平王鞭尸三百的传奇人物。

范蠡的人生,才不枉度;范蠡的所学所能,才不空置。

范蠡的心很广很大,他要的不仅仅是吴越的仇,他的对手不仅仅是吴王夫差、伍子胥,他的心要的是天下,是万世。

西施也罢,郑旦也罢,君夫人也罢,在他金戈铁马一生的画卷中,只是几笔浓淡不一的艳色而已。阵阵香风,曾吹绉一池春水,但是风过后,水依旧是水。

四　西施断缆

越山青青,越水清清。

大船扬帆待发,范蠡带着西施、郑旦等百名入吴的美人,登船向吴国出发。

闻讯赶来的亲人来到河边送别,船上岸边,手牵着手,泪眼对泪眼,依依不舍,含愁带怨,哭声一片。

范蠡抬头看着日光,眼见时辰将至,开船的时间要看潮汛,此时水涨船高,正好行舟。他下令道:"来人,解缆升帆开船了。"

哭声更响了,有几个送行的老者,跳下水面,护住了缆绳,仿佛护住了缆绳,就是护住了自己的亲人,就能把她们留在越国似的。

范蠡的手已经按住了剑,眼前的这个局面,只怕凭几句温言劝告,是无法阻止的。吴将王师雄亲来接舟,潮汛待发,时辰无法延迟,眼前的状况,必须由他来做一个决断。只是如今越王正在全力博取民心,这样的长河送别、执手泪眼,他如何能够下此强硬命令。

西施静静地坐在舱中,听着流水声,忽然觉得心烦意乱。看着身边的郑旦依旧是离愁别绪满怀,可是她的心中,却希望大船早早地开,早早地到吴国去。范蠡既然心中无她,既然她已经回不去若耶溪,她只希望立刻离开这里,离开这一切。

她站了起来,走到船头。

范蠡眉头深锁,手按剑柄,却迟迟难以下令。

西施走到船头,淡淡地道:"早也是去,迟也是去,早去迟去,都是一样。"她的手按上了范蠡的手背,范蠡一怔,松开了手。西施拔剑而出,一挥——那剑本是极锋利的,缆绳便应声而断。

那护着缆绳的人们,忽然扑了个空,跌坐在水中;那拉着亲人的手,忽然脱空而去,只余几方绢帕落于水面……

眼见着风正急,水正湍,帆正紧,那船便如离弦之箭,顺风而去。

　　西施将剑放回范蠡的手中,转身回舱,范蠡怔怔地看着她,心中忽然升起一种难以言喻的感觉,他想叫住她,他想拉住她,可是这口却再难开,这手却再难伸出。

　　勾践站在会稽山上,看着大船就要远航,忽然看见一个女子拔剑断缆,失声道:"此女子是谁?"

　　君夫人的脸色变了:"是西施!"

　　"西施?"勾践朦朦胧胧地想起那天册封时的两个美女,但是他此刻已经弄不清哪个是西施,哪个是郑旦了。

　　船行行停停,日与夜不断交错,让人恍惚中,不知道这命运之舟会把自己带到哪里去。越山、越水,一日日远去,遥望岸边,总有越女的轻轻哭泣声,此一去,不知何年何月,重归故乡。

　　除了离愁,除了别恨,还有晕船的、饮食差异的……这一趟漫长的船期,对每个人来说,都是或多或少的折磨。

　　然而再长的路,也会走完。

　　终于,船沿着苏州河,进入姑苏城中。

　　经过一天的休息之后,大部分的美人已经恢复了身体,于是精心梳妆,巧饰衣着,准备觐见吴王。

　　走进守卫森严的吴宫时,越女们战战兢兢地低头亦步亦趋,不敢看吴宫的华丽,不敢看那亭台楼阁的美妙,不敢看水榭莲花开处,宫娥嬉戏,只觉得汗湿重衣,慌得抓不住哪怕是一根稻草。

　　终于她们被引到一处高台前,跪下行礼,拜见吴王夫差。

　　听说夫差喜怒无常,听说夫差谈笑杀人,听说……人到了这个时候,总会想起一些最害怕的东西来。

　　夫差看着美女如云,微微一笑。勾践还算恭敬,虽然上报自陈说今年越国大灾,但是总还是常进献珠宝巨木等,这一次,又送来了如许美女,倒也不枉自己放他回去。

伍子胥这些年也是老了,老是担心这担心那的,勾践乖得像条狗,踢他两脚还是会迎上来摇尾巴,居然会担心这种人能有什么危险。还是伯嚭说得对,放勾践回去,越人更能心悦而诚服,以越人治越人,方是征服天下的心胸。

昨日王师雄已经向他报告一路行来的状况,他有些好奇地问:"寡人听说,大船临发之时,是一位美人砍断了缆绳,她可在你们之中?"

西施深吸一口气,袅袅出列跪下:"臣妾西施,拜见大王。"

夫差只见着人群中最美的一个少女走了出来,他不由得惊异了:"是你?"万没想到,断缆之人,竟是这样一个极美丽极娇怯的女子,但见她微微低着头,更显得娇柔妖媚,弱不胜衣,微风吹来,吹得她衣袂飞扬,仿佛就要被风吹去了似的。

夫差缓步走下高台,微笑道:"真想不到,越国穷山恶水,竟也有如此绝代佳人。"

西施抬起了头来,秋波流转,在场的男人,心都不由得跳动加速。

"不,大王,臣妾不是越国人。"

夫差怔了怔:"你不是越国人?你不是越国的王妹吗?"

西施微微摇头:"臣妾曾经是越国人。可是……"她轻叹一声,这一声轻叹,仿佛似柳丝拂过所有人的心中,心中就有一种春天到了的痒痒的感觉,说不出的温柔,说不出的快乐。

西施低低的声音,清楚地回荡在每个人的心中:"自臣妾踏上吴国土地的那一刻起,我就告诉自己,从现在起,我就是吴国人了。"

夫差怔住了,所有的人都怔住了。

忽然,一阵大笑声打破了沉静,夫差大笑着冲下高台,一把抱起西施,笑道:"说得好,说得好,我从来没见过你这样奇妙可爱的女子!你说得对,从现在起,你就是吴国人了,因为你是吴国的王妃,我的王妃!"

五　郑旦之死

西施坐在铜镜前,左大夫女儿站在她的身后,为她梳头,两名侍女跪在地上,为她的双手搽上蜜油。

她看着镜中的自己,肤若凝脂,发似流云,戴着宛珠之簪,傅玑之珥,穿着阿缟之衣,锦绣之饰。她的房间涂着椒泥,挂着来自西蜀的丹青,壁上镶着夜明珠,上百个侍女服侍着她,为她穿衣敷粉,观察着她眉眼之间的喜怒。

夫差——他是那么的宠爱着她,封她为妃,赐她珠宝锦缎,赐她侍女无数。

她唯恐自己不能取悦于夫差,她用心观察着夫差的一言一行,一喜一怒,夫差赐给她的珠宝,她都毫不吝啬地送给夫差身边的近侍。土城三年的训练熏陶,让她在吴宫的岁月里受用无穷。

而在她们到达吴宫之前,范蠡派来的人,就已经把贿赂送到了各个应打点的地方,包括太宰伯嚭,包括掖庭令,甚至包括吴王后的娘家人。于是宫里宫外,都盛赞着越女的好处,尤其是西施。

在夫差的眼中,西施是楚楚动人的,西施是弱不禁风的,西施是善解人意的。西施是那么容易被取悦呀,赐她一座宫殿,与为她摘下一朵鲜花,她都会一样地高兴。她不管宫中的是是非非,不像宫中的妃子一样争宠争权争势争着为自己的娘家打算。他更心疼她了,他一天比一天更宠爱她。他为她盖起馆娃宫,为她建起响屐廊,为她建起玩月亭,为她建起赏莲池。

春天,他与她一起乘着锦帆去游湖;夏天,他与她在赏莲池闻着莲花的香气;秋天,他与她在玩月亭赏月;冬天,他与她在雪花飘飘中饮酒,看着侍女们堆雪人。

西施渐渐忘记了越国,忘记了若耶溪,忘记了土城。因为吴国里,没有越国的声音,所有的越女,都在说着吴语。

天上飘起了雪花,西施看着窗外,依稀之间,记忆里曾经有一个女孩,她住在若耶溪边,赤足上山砍柴,寒冬溪边浣纱,鸡鸣烧火做饭,灯下织布纺纱……

那是谁呢?那仿佛已经是前世的记忆,仿佛与她是两个世界的人一样。所有的细节,她已经慢慢忘却。

这天早晨,她坐在镜子前,努力回想,所有的记忆,却渐渐淡出,好像不是她的经历,而是另一个人似的。而她,仿佛生来就是吴王夫差的妃子,她生来就在这吴宫里,锦衣玉食,十指不沾阳春水似的。

恍惚间窗外有一个少女的身影,西施的眼前,似出现她在溪边浣纱的影子。她皱了皱眉头:"外面是谁?"

一个宫女忙跪行进来:"奴婢阿萝,拜见夫人。"

西施转过头去,左大夫女儿忙停下了梳子,唯恐弄疼了她,西施看着阿萝:"你在那里做什么?"

阿萝看了看西施的身后,一名侍女忙跪了下来:"是奴婢请她去打听郑旦姐姐的病情,不想冲撞了夫人。"

"郑旦?"西施浑身一震,郑旦这个名字,像是一记响钟,敲响她沉睡的心,"郑旦怎么样了?"

她有多久没见到郑旦了? 半年? 一年? 自从搬入馆娃宫,她的世界只剩下一个人,那就是夫差。

阿萝垂泪道:"郑旦姐病得很重,她、她快不行了! 求夫人允许我们去看望她,因为、因为我们都是来自若耶溪的同乡呀!"

西施看着她,忽然想起这两名侍女,当年都曾是若耶溪边浣纱女。当年她们一起浣纱,亲如姐妹,如今却是主婢身份悬殊,人生之际遇,是那么让人无法想象呀!

西施站了起来:"我也是来自若耶溪的,我也想去看望郑旦姐姐,阿萝,带路!"

西施随着阿萝,经过重重宫室,走过弯弯曲曲的长廊,长廊的尽头,就是郑旦的寝居。

西施走入房中,打了个冷战,环顾四周,这宫室低矮潮湿,而且寒冷幽暗,真想不到,吴宫中还有这么差的居处,连大白天,都要点着一盏油灯。

西施走近床头,只见郑旦满脸病容,双目深凹,气喘吁吁的样子,眼见已经是病入膏肓。见了西施到来,她忙挣扎着要起来,却是连动的力气也没有了。

西施忙按住她道:"郑旦姐,你躺着吧!"她握住郑旦的手,心中打了一个寒战,那手瘦得只剩一把骨头了,不觉垂泪,"郑旦姐姐,你怎么病成这样子了?"拭泪又问身后的侍女:"太医来看过了吗?怎么能让她住在这里?病成这样子,怎么还能住在这样的房间里?"

阿萝忙回禀道:"太医看过啦,说是心思郁结,药石无力。"

西施浑身一震:"心思郁结。郑旦姐,天大的心事,能比你自己的命更重要吗?你为什么这么看不开?"

郑旦勉强笑了一笑,她目不转睛地看着西施,眼中的神情十分复杂:"西施,你好美,自入宫以来,你越来越美了,怪不得大王这么宠爱你。"她才说得这么几个字,便喘不过气来,引起一阵剧烈的咳嗽。

西施忍不住紧紧地抱住了郑旦,郑旦的身体很冷、很轻,她以前可比自己更矫健丰腴。西施的眼泪不由得流了下来:"郑旦姐,你也很美呀。人们说西施、郑旦,是若耶溪边的两朵最美的花,没忘吧?记得初入宫的时候,大王也很爱你,他封我为妃,封你作美人,是不是?"

西施身上穿得很暖和,她的拥抱令郑旦也有些暖和起来了。郑旦的脸上浮起一层红晕来,她微笑道:"是啊,可是从那以后,大王一天比一天爱你了。"

西施缓缓地道:"那是因为,大王在你这里,感受不到你的情意,你的心永远和他像是隔了一层纱。郑旦姐,你为什么这样想不开呀!"

郑旦轻叹道:"我心匪石,不可转也!西施,我做不到,我忘不了他!我的心已经给了别人,怎么还能拿出第二颗心来?我的感情已经在土城用尽,哪里还有多余的感情,来讨大王的欢心呀!"

西施脸色一变,挥了挥手,所有的侍女都退了下去。

"难道你就这样,为他牺牲自己?郑旦姐,你知不知道,我们永远没有可能回去了,永远没有可能与他在一起了。郑旦姐,你就这么爱他,爱到连一点活路都不留给自己?"西施觉得心像是被撕裂似的疼痛。

郑旦的泪流了下来:"我知道,可是我做不到。"她从怀中颤抖着取出一只玉镯来:"还记得这个吗?"

西施扭过头去:"我不记得了。"

郑旦微笑道:"这是范大夫在临行前送给我们的,你一只我一只,是不是?"

西施看着玉镯,神情复杂:"这么多年,你一直留着它?"

郑旦看着她:"你的那只呢?"

西施冷冷地道:"早丢了,不知丢到哪里去了。"她看着玉镯,就是这只玉镯呀,害了郑旦的命。这只玉镯,她也曾经有一只,她入吴宫以后,它是第一件拿来赏人的礼物。她是刻意的,刻意地丢弃,刻意地遗忘。否则,她就是另一个郑旦了。

郑旦喘息道:"西施,我求你一件事。"

西施抱紧了她:"郑旦姐,你说吧!"

郑旦轻声道:"我是不成了,西施,我求你帮我,在我死后,把我送回越国去,把这只手镯还给范蠡。"

西施握着郑旦的手,久久无语。

郑旦急切地看着她:"西施,我求你,答应、答应我⋯⋯"她的声音越来越弱,她的喘气越来越急,她的眼神是如此无望地看着西施。

西施紧紧地抱住了郑旦:"好,郑旦姐,我答应你,我会把你送回越国,我会代你亲手把这玉镯交给范蠡的。"

油灯渐渐点到尽头处,闪亮了一下,就熄灭了。郑旦的气息,越来越轻,终于至无;郑旦的身体,越来越冷,冷得渐渐僵硬。西施抱着郑旦,独自坐在黑暗里,一动不动。

六 相见时难

郑旦的骨灰被送回越国时,越国大夫范蠡也正起程向吴国进发。

这次越国送入吴国的是两根参天巨木,是贺新年的礼物。另外,他还带来了还给吴国的粮食,去年越国大旱,向吴国借粮,今年越国加倍奉还粮食以谢吴国。

没有人知道,这些粮种是煮过的,它们根本不能再种出稻子来。

这也是文种七策中的两计。送巨木,吴王必要大兴土木再造宫殿,来消耗吴国的财力;种子计,叫吴国颗粒无收,政局不稳。

借粮,掏空吴国的粮仓,这一计瞒不过伍子胥这个老狐狸,然而今年越国还粮,却是大出他的意料,毕竟谁的心也毒不到这个程度,把粮种煮过后再送来,谁能想得到。

但是巨木计,却被伍子胥喝破了,他在朝堂上,尽数历代亡国之君,咎起大造宫室,越国送来巨木,摆明了是不怀好意,陷夫差为荒淫之君。伍子胥酝酿已久,喝破越国私造兵器,训练甲兵,积蓄粮草,结交楚宋等国,密谋对付吴国等事。伍子胥今日早有准备,在昨日就以出巡城防的机会,调开了那贪鄙的伯嚭,让范蠡无可援助。

夫差神色阴沉,听着伍子胥一一道来,范蠡反唇相讥。两人唇枪舌剑,各不相让。但是夫差并没有认真去听他们的话,在他的心中,认为以勾践的卑躬屈膝,早已经消磨心志,焉能有反吴的能耐?以吴国的兵力,越国纵有此心,也已经无此可能。可是吴越交战多年,若说越国之内,存着有不臣之心的人,想着对吴国使用阴谋诡计,亦不是没有可能。

他看着范蠡,范蠡气度不凡,当年宁可在吴为奴三年,不肯留在吴国为臣,勾践有何德何能,得以有这样的臣下。一个尝粪养马的勾践罢了,他不信这种君王会值得范蠡效忠,可若是如此,范蠡仍然留在越国,则他真的可能居心叵测。

既然范蠡不能为他所用,那么,不管伍子胥所言是真是假,此人不可留。

"好了,"他断喝道,"不必再争执了,伍相国,范蠡就交由你处置。"

范蠡惊愕地看着夫差,夫差好大喜功,他的心思不难掌握。可是,他方才明明是心不在焉,为何忽然出此意外之言?

伍子胥大喜:"来人,将范蠡拿下——"

范蠡忽然哈哈大笑,伍子胥喝道:"范蠡,你笑什么?"

范蠡大笑道:"臣在笑大王的怯懦。"

伍子胥冷笑道："大王如何怯懦了？"

范蠡笑道："越国早已经是吴国的手下败将了，这么多年一直对吴国恭敬有加，如今大王却无端加罪下臣。吴国要称霸天下，如今只收了一个属国就不放心如此，将来怎么收纳更多的属国？"

伍子胥面色不动，淡淡地道："大王已经有命，将你交由老臣处置，范大夫，你就算有再多的理由，何必多说。带下去——"

范蠡深吸了一口气，夫差果然喜怒无常，他自第一次入吴为奴时，便已经将生死置之度外。人生在世，不得五鼎食，便是五鼎烹，生死有命，不必后悔。

想到这里，他哈哈一笑，向外行去，道："大王无四海之量，如何做四海之主？"方向外走了两步，忽然自殿外传来一声："西施夫人到——"

一室皆静了下来。

范蠡自从送西施入吴之后，虽然来过姑苏几次，但西施深居宫中，却从未再见过她，只是听说入吴的越国美女之中，只有她独自一人，备受夫差的宠爱，而郑旦却因失宠，郁郁而死。

想不到一个若耶溪的浣纱女，竟有此等能耐，如此得天独厚！

西施的得宠，已经渐渐地成为一个传说，不但是吴国的传说，也是越国的传说。

所有的人皆屏声静气，只听得一阵悦耳的声音，由远而近传来，比银铃悦耳，比琴声清脆，微风过处，吹来淡淡的莲花香。

声音停住了，一个绝色美女出现在殿外，微风吹着她的衣袂轻扬，她微微一笑，似百花齐放，秋波微微顾盼一周，所有的人，心中都不由得涌上一股激动："她看到我了，她是在对我笑吗？"

突然间，所有的杀气机锋，一扫而尽。

范蠡的心却急切地跳动，她是谁？是谪落九天的仙子，还是踏波而来的神女？西施——她是西施，她竟然会是西施。此刻的她，竟似脱胎换骨，一洗若耶溪边的土气，一洗土城的胆怯，她美得成熟，美得优雅，美得炫目，美得倾倒吴宫！

西施手执一枝莲花，笑吟吟地向夫差走去："大王，你看今儿这枝莲花开得多好，这是今年馆娃宫开的第一枝莲花呢。"她的声音，美如天上的仙韵。

夫差的戾气杀机，在她的轻颦浅笑中，顿时消失，脸上挤出一丝笑意，道："哦，今年的莲花这么早就开啦，叫人送来就成了，何必亲自跑来？"

西施轻笑道："妾身听说越国送来千年大木，好奇，就想来看看。"

夫差"哼"了一声，道："越国包藏祸心，寡人正要斩了范蠡。"

伍子胥冷笑一声："娘娘来得正是时候，是赶来救范蠡的吧？"

西施妙目流转："范蠡是谁？"她浅笑着缓缓跪坐在夫差身边："大王的决定，永远都是对的，不是吗？"

范蠡站在台下，看着西施的一颦一笑，突然间心中一阵剧痛，西施的一语一言，都像是一根鞭子似的，抽痛着他的心。

刹那间，过去的一幕幕闪现在他的面前。若耶溪边的相逢，晚霞映着她那轻颦的丽容；土城的长廊，她在月光下翩翩起舞的快乐；临行前的夜晚，她惊愕远去的背影；兰舟待发，她挥剑断缆的决绝……

那一刻，生与死都已经抽离，机锋与计谋都空空荡荡，此刻他的眼中，竟只剩下西施一人。

是他，他亲自把西施自若耶溪边找来，又是他，亲自把西施送入吴宫，送给眼前的吴王。

他是不是天下最愚蠢的男人？

西施并没有看他，他甚至可以看出，她是刻意地不看他，然而他却可以看出，她背影的轻颤，她笑容的迷离，她的刻意疏离，更叫他相信她心中的激动并不少于他。

西施说着娇娇糯糯的吴语，每一个字像是鼻腔里轻哼出来的，却教人说不出的受用："若是这人犯了大王的王法，任是神仙也救不得他。不过大王，若是因为他是越国人，送了东西来就杀他吗……"

伍子胥冷笑道："那就不该杀，是吗？"

西施轻笑道："该，怎么不该了？可是大王，既然越国包藏祸心，只杀他范蠡一个济什么事哟！应该把越国来的人统统都杀了，把越国送来的贡物统统都烧了，这才一劳永逸，一了百了呀！咱们吴国，只用吴国出产的东西，把所有属国的君臣都杀了，把所有属国送来的东西都扔了。伍相国，这个样子侬总该放心哉！"

夫差正在饮茶，闻言一口水似箭喷了出来，拍案大笑："好、好、好，美人说得好，伍子胥你可听听，这叫成什么话啦！"

伍子胥被他笑得狼狈，更被西施的话噎得转不回气来："大王，这、这，荒唐、荒唐，这事岂能混为一谈？"

夫差笑道："你也知道荒唐得很，你们这些人呀，一点小事就大惊小怪，真好笑。把范蠡放了吧，寡人也乏啦。来，西施，去馆娃宫看看今年新开的莲花。"

说着，他大笑着站起来，搂着西施的腰，转身欲走。

伍子胥急忙上前拉住了夫差的衣袖："大王，纵虎归山，后患无穷呀！"

夫差不耐烦地拂开了伍子胥："伍相国，你老啦，以后少拿这种事来烦我。"

西施嘤咛一声，蛾眉轻蹙，夫差忙扶住了她，急切地问道："西施，怎么啦？"

西施的纤纤玉手，捧住心口，楚楚可怜地道："心口疼，这里好吵哦！"她的长袖垂下，露出了藕似的玉臂，那手臂上正戴着一只玉镯。

范蠡心头狂跳，他认得那玉镯，那是临行前他送给她的。想不到西施竟一直戴着，这么多年，她竟然一直戴着这只玉镯……

夫差见着西施捧心的娇怯，心中更是大急，用力挥开伍子胥的手，吼道："滚开——"这边忙亲手抱起西施，匆匆离开。

伍子胥顿了顿足，怒道："竖子不足与谋！"怒冲冲离开了大殿。

众朝臣侍卫也纷纷离开，突然之间，只余范蠡一人，独立在空荡荡的大殿之中。西施的俏语娇音，仿佛犹在耳边，大殿之中，仿佛仍留着那莲花的香气，西施的情意，西施留着的玉镯，这一切的一切，无不灼痛着他的心。

就在这一刹那，他才明白，那一个月光下的夜晚，他错过了什么；他亲自把西施送到了吴国，送给了夫差，可是刚才那一刻，西施捧心皱眉时，该冲上去抱住西施的是他,而不该是夫差呀! 那一刻,他用尽全身的力气,才能控制自己没有冲上前去,控制住自己拔剑向夫差刺去的冲动。

范蠡捂住了自己的脸,他听到了自己的冷笑声——

范蠡,你的心很广很大,你要的不仅仅是吴越的仇,你的对手不仅仅是吴王夫差、伍子胥,你的心要的是天下,是万世! 像西施这般的女子,在你金戈铁马一生的画卷中,只是几笔浓淡不一的艳色而已。阵阵香风,曾吹皱一池春水,但是风过后,水依旧是水。

这是他曾经对自己说过的话,可是此刻,他冷笑,对着自己冷笑:范蠡,你不过是在自欺欺人而已,你做不到,你根本就做不到这一点。西施,仅仅只是他一生的几笔艳色而已吗? 西施,对他来说不重要吗? 范蠡,你好虚伪啊! 风已经吹皱了一池春水,风过后,水还能依旧是水吗? 还能平静如初吗?

不可能了,在他再次见到西施的这一刹那,他就知道,他的心永远不可能再平静了,他金戈铁马的画卷上,已经写满了"西施"这两个字了。

七 血溅馆娃

卧薪尝胆,十年生聚,十年教训,越国上下同仇敌忾,天时地利人和俱备,终于起兵攻吴。

吴王夫差,正于黄池会盟各国诸侯,闻讯千里赶回,兵马劳疲,再加上种子计使得吴国连年颗粒无收,民心浮动,伍子胥死后,朝政混乱。吴兵与越兵初战于太湖,吴兵大败。

两军休整,数月后二次交战,吴兵再败,此时已经是山穷水尽之时,吴王夫差,被困于夫椒山中,求和不得,拔剑自刎。

越国上将军范蠡,亲率五千剑士,攻入吴国的都城姑苏,攻入馆娃宫。

范蠡直冲至宫中,他怔住了,馆娃宫的大门,竟被一把大铁锁锁住,那锁上落着厚厚的灰尘,蜘蛛结网,铁锈斑斑。

西施,西施你在何处——

范蠡的心一直往下沉,他不敢想象那可怕的结果,夫差性情暴戾,越兵攻吴,难道、难道说,西施竟——

他不敢再想下去,大喝一声:"来人,搜遍吴宫,谁能告诉我西施的下落,就饶他性命!"

他转身冲向内宫,他疯狂地搜寻,疯狂地砍杀。

西施、西施,难道我与你一步错过,竟成千古遗恨吗?

"范大夫——西施没有死!"

范蠡狂喜,一把抓住了那说话的宫女:"她在哪儿?"他听到自己的声音是如此的嘶哑而破碎。

"她还在馆娃宫。"

范蠡甩开她的手:"你胡说,馆娃宫已经被锁了。"

"她就在锁着的宫里头,是夫差亲手将她锁在宫中的!"

范蠡退后一步,突然间再也支持不住,慢慢地坐倒:"为什么?"

阿萝捂住了自己的脸:"我永远忘不了那一天,吴兵大败归来,我们在宫中,正为西施夫人梳妆,夫差冲进馆娃宫,一路杀来,响屐廊上,都是姐妹们的尸体。然后,他的剑就指向了西施,那剑上,一滴滴血滴落下来……"

范蠡听得双手冰冷,他方自战场上来,那里杀人无数,血流成河,可是此时听着一个小宫女的诉说,竟令他如此地慌乱失措。只可恨他不能身临其境,不能在西施最需要他的时候,将她抱在怀中,为她挡去那杀机,那危险。

他深吸了口气,道:"你说下去!"

阿萝轻声泣道:"当时我吓昏了过去,醒来时,才知道夫差已经将西施夫人锁在宫中了,说是吴国再败一战,就杀了她。"

范蠡长长地吁了口气,夫差被困夫椒山,根本没机会再回姑苏来杀西施了,这么说,西施还在馆娃宫? 他忽然跳了起来,一阵旋风似的向馆娃宫冲去。

"咣——"火星迸溅,范蠡已经一剑斩断铁锁,踢开门冲了进去。

一路上的情景令人心惊,莲花池内水枯荷干,响屐廊中人声寂寂,一路进来,两旁皆是当日被夫差所杀的宫女,血流入长廊,已经干竭成紫黑色,尸体已经有大半腐烂,露出白骨,发出恶臭。昔日美如仙境的馆娃宫,如今已经变成人间地狱。范蠡虽经千百战役,见此情形,也不由得作呕。

西施,她只是个弱女子,夫差何其狠心,将她锁于这人间地狱,她怎么能受得了?她怎么能受得了?

"西施,西施——"他大声地叫着,声音在空空的响屐廊上一遍遍回响,他听到自己的声音从很远很远的地方传过来。

"范大夫——"长廊尽头出现了一个宫女,行礼道,"夫人有请!"

范蠡随着那宫女向内走去,走过一重院落,那宫女推开门,范蠡走了进去。

前面仍是一条曲曲的长廊,一直通向宫室之中。

范蠡走在长廊中,不过几个转弯,便已经置身于和刚才完全不同的境界了。那尸体,那白骨,那地狱般的场景,不过一墙之隔,却已经完全看不到、闻不到了。

他走到长廊的尽头,推门进去,眼前——是如七彩云锦般重重帷幔,那流云般的轻纱漫天飞舞,恍若置身于仙境一般。

空气中,隐隐传来氤氲的香气,这香气慢慢地沁入肺腑,使人不由得放缓了脚步,慢慢地品味,忘记了为何而来,忘记了自己的心事。

帷幔一层层地在他的面前展开,又在他的身后一层层地合拢,范蠡一步步地走进去,帷幔的尽头,西施已经盛装以待。

"哐——"范蠡长剑落地,大步奔了过去。

"范蠡——"西施轻唤着范蠡的名字,投入了他的怀中。

"西施,西施——"范蠡叫着他心中叫了千万次的名字,忽觉这一刻,如梦?如幻?

"范蠡——"西施抬起头来看着他,"你怎么到了这里?发生了什么事了?难道是、是——越兵进入姑苏城了?"

"对!"范蠡兴奋地拉起了她的手,"西施,我们赢了!我们赢了!十年生聚,十年教训,我们的复仇,终于成功了!"

西施的手是冰冷的,范蠡察觉了:"西施,你怎么了?"他环顾四周,"我都听说了,那日兵败,夫差提剑要来杀你,后来怎么样了? 这几个月,你是怎么过来的?"

西施全身冰冷,她的眼光看着门的方向,似又回到了那一日:

那一日,夫差去了黄池,会盟各国诸侯,他要在这次的会盟中,成为天下的霸主。

西施与众侍女在宫中,要在夫差回来前,为他绣好庆贺的王袍。那一条条龙绣出来了,栩栩如生,昂首的、飞舞的、行云的、布雨的……众侍女展示着刚绣好的王袍,西施仰首看着,微笑着想象这王袍穿在夫差身上的样子——

忽然,阿萝从宫外跌跌撞撞地跑进来,喘息着叫道:"夫人——我听到消息,越国攻打吴国,已经打到太湖了。"

西施站了起来,正午的阳光直射入她的眼中,她只觉得耳边突然嗡嗡作响,接着,就什么也不知道了……

当西施醒来时,已经是第二天了,所有的侍女围在她的身边轻轻哭泣。越国攻吴,第一个要死的,就是她们这些越女啊!

西施强提一口气,问:"大王呢?"

一名宫女道:"大王已经入城,一个时辰之后,就会到馆娃宫了。夫人,我们怎么办? 我们逃吧!"

西施木然道:"我们能逃到哪里去? 逃与不逃,都是一样的结果!"她忽然看到所有的人,都红肿着眼睛,蓬头散发的。她立刻坐了起来:"镜子呢! 拿镜子来——"

宫女们惊慌地看着她,以为她吓糊涂了,生死关头,一醒来第一件事居然是要拿镜子?

西施挣扎着自行走到梳妆台前:"替我梳妆,我就算死,也不能死得这么蓬头垢面的!"

众越女相互对望一眼,四名侍女立刻走了上前,像平常每天一样,为西施梳妆打扮,其余人等,也忙着收拾好周围的一切。

西施的手不停地颤抖,刹那间,犹似天塌地陷,多年挣扎得来的宁静,荡然无存。

她忽然想起了自己小时候,她花了十几天,用小木板精心做了一只玲珑的小船,她把小船放入若耶溪中,以为小船能带着她的心愿,航行到大海里去。可是只是一个转弯,一股急流就把那小木船打得粉身碎骨。

小时候,她只知道哭。可是现在,她知道,哭是无济于事的。

忽然,她觉得一阵痒痒,她看着镜中,她看到为她梳头的宫女手在抖,为她穿衣的宫女的手也在抖,为她敷粉的宫女手也在抖。

她深吸一口气,取过宫女手中的香粉:"我自己来——"

她的镇定,让身边的四名侍女也镇定了下来,继续为她梳妆。

而此刻,外面早已经天翻地覆。

夫差快马加鞭,自黄池赶回来,未进姑苏城,就直奔太湖战场。

而这一战,吴兵惨败。

双方收拾兵马,暂时停战,夫差未及喘息,直回姑苏城,直奔馆娃宫而来。

一路上,他怒火攻心,越国的背叛、勾践的背叛,不但令吴国的霸业功败于垂成之际,更是他人生中的第一次惨败。

越国的卑躬屈膝,消了他的戒心;越国的美人计,迷住了他的眼睛。而现在,他刚从战场上归来,他的剑上,犹淌着越国兵士的血,这血中,还要再加上越国女人的血。

夫差闯进馆娃宫,一路直杀进来,响屧廊中,莲花池畔,处处娇呼,声声惨叫,如花美女,瞬间伏尸剑下。

不过片刻,馆娃宫已成人间地狱。

西施转过身去,夫差的剑已经指在她的胸口了。

然而夫差却看到了,西施在转身看到他的那一刹那,眼中竟有喜悦。是喜悦吗?夫差摇了摇头,他不会再心软了。

西施看着胸前的剑,那剑上,是方才越女的血,正一滴滴地滴下。西施脸色顿时煞白,她直直地看着夫差:"大王,你、你总算平安归来了!"

突然间,泪水涌上了眼眶,她却不敢去拭泪,因为夫差的剑,更逼近了一寸。夫差的话语如冰:"你自然是希望,寡人死在战场上,你就安全了。"

西施连嘴唇都已变作煞白:"记得第一次见面时,我曾对你说,自踏上吴国土地时,我就当自己是吴国人了。我是真心这样想的……"

夫差的剑更近了一寸,已经刺破她胸前的衣襟:"事到如今,你竟还敢说这样的话?"

剑上的寒气,逼得西施的心也一片冰冷,她冷得上牙与下牙碰得咯咯响:"事到如今,我才知道这只不过是我的一厢情愿而已,我终究、终究摆脱不了越女的命运。你、你要杀我,我无话可说,死、死在你的手中,也好,至少只有你曾经对我好过。"剑上的杀气,已经逼得她喘不过气来,逼得她连讲话也只能断断续续的,泪水迷蒙了她的眼睛,使她无法看清夫差脸上的神情,这样也好,至少她有勇气继续说下去:"大王,杀、杀了我,你还可以重新一战,将士、将士们还是会拥戴你的,到底、到底只打了一战,你、你还有机会重来的,是不是?"

模糊中,她听到夫差在她的耳边说:"哼哼哼,这么说,你希望寡人赢,还是输?"

西施绝望地闭上眼睛,大声道:"我希望这一切,都不曾发生!"

忽然听到夫差的大笑声,然后头顶似一道冷风吹过,她的长发披散了下来,夫差一剑,只不过削去了她一绺青丝,便转身走了。

只听到夫差的声音自宫室外传来:"寡人与勾践之战还没完,不会现在杀你。若是寡人赢了,就把勾践的人头带给你;若是勾践赢了,寡人就把你的人头送去给勾践。"

八　我心匪石

范蠡静静地听完,道:"夫差就这样走了?"

"是的,"一个越女答道,"夫差出了宫门,就亲手把宫门锁上了,但是吩咐掖庭令把日常的用度由后门的一个窗子中递进递出。而夫人——"她看了西施一眼道,"自夫差那日去后,就再也没出过这个宫室。"

范蠡松了一口气,他看着怀中的西施,这几个月,她是受着怎么样的煎熬呀!然而不幸中的万幸,至少,西施免去看到前面响屐廊与莲花池人间地狱的惨状。

他不由得抱紧了西施:"西施,现在你可以放心了,有我在,再也不会让你有任何的危险和惊吓了。"

西施抬起了头,看着范蠡的眼睛,问:"夫差怎么样了?"

范蠡怔了一怔,心中五味杂陈,沉默了一会儿,道:"夫差被困山中,他、他自尽了。临死前,他说死后将他的脸蒙上白布,因为他无颜去见伍子胥……"

西施沉默了,伍子胥一直劝夫差杀了勾践,却被夫差赐剑自尽,若是伍子胥还在,吴国何至于如此快地灭亡!

范蠡犹豫了一下,道:"他临死前,并没有提到你。"

西施凄婉一笑:"他自然不会提到我,我——只不过是个越女而已!"

范蠡看着她的笑容迷离,心中一痛,紧紧抱住了她,道:"西施,现在一切都结束了,我们赢了。从此以后,我们就可以永远在一起,过着幸福的生活!"

西施惊讶地看着范蠡:"我、我们?"

范蠡笑道:"是的,我们,我一直都爱着你啊,西施! 不,我还记得,若耶溪边你对我说,你的名字叫夷光,对不对! 夷光,现在,只有我一个人叫你夷光,别人都以为你叫西施呢。从现在起,你也叫我的字,少伯。"

西施迟缓地看着他:"你爱我?"她的手颤抖了,"你既然爱我,为什么,当初你要把我送到吴国去? 当初我不顾一切地去找你,你明明看见我了,为什么你毫无表示?"

范蠡被她锐利的神眼看得有些退缩:"夷光——"

西施淡淡地笑道:"哦,对了,我记得你表示了,你对郑旦姐姐说的话,其实也是对我说的,是不是? 把对你的这份爱,带到吴国去,带给吴王,把这份爱,化作两国的友谊,对吗?"

范蠡微一犹豫,道:"不,夷光,当时对你们说明真相,有害无益,我只能这么说,否则我们的计划走漏,就难以完成!"

西施浑身颤抖:"什么计划? 我们不是作为两国友好的使者去的吗? 你当时不也是这么对我们说的吗?"

范蠡转过头去:"夷光,不要逼我。"

西施惨笑道:"范大夫,你一路行来,可看到响屐廊中的尸体了吗? 入吴的百名越女,死得已经没剩几个了,难道我们还没有权利知道真相吗? 知道我们为什么而死吗?"

范蠡叹了一口气,道:"夷光,以你的聪明,其实你早该知道啦! 是的,美人计,是文种大夫灭吴七策中的第四计——美人计。"

西施退后了一步,脸色变得惨白,低低地道:"是的,我早该知道了,我却到了这一刻才知道,我要亲耳听到你说,我才相信。"

范蠡忽然觉得心一沉,像是有一件稀世珍宝,就要从自己的怀中消失:"夷光,不要再想这么多了,一切都过去了。送你入吴,我的心比你更痛,当我看到你在夫差怀中的时候,就像有一千把刀在刺着我的心,那一刻我才明白,我是多么爱你呀。我多傻呀,在土城,有那么多的机会,我竟不曾向你表白我对你的爱。在我的心中,一直以为自己是把兴越灭吴放在第一位,却不知道,你才是我心中第一位的人。"

西施一动不动,她看着范蠡,眼中有无限的怜惜,却有着更多的绝望:"爱? 第一位?"她的脸上,一行清泪缓缓地流下,宛若花瓣上的露珠,显得那花朵更加娇艳动人,她在范蠡的耳边低语,她轻唤着范蠡的字,那声音是如此的动人,"少伯,你还记得吗,你把我从若耶溪旁带到土城,你选了百名美女,对不对? 在土城,就有人受不了训练之苦而自尽;去吴国时,有人不愿离乡背井而投河;在吴宫,有人因为放不下爱情郁郁而终,有人因为敌不过深宫暗斗含冤而亡……最惨的,还是那一日,夫差提剑一路杀进来,你一路从响屐廊来,你可看到了吗……"

西施轻声曼语地说着,声音是那么美妙,范蠡不由得手中一紧,道:"夷光,你不要说了。"

西施用力挣脱了他,退了一步,倚着梳妆台,凄然一笑:"西施能够活到此刻,连我自己也不相信呀! 范大夫,倘若西施那时候就死了,难道你此时此刻,还能够对着一具白骨来倾情诉爱吗?"

范蠡退后一步,痛苦地捂住了脸:"夷光,不要逼我。"他放下手,看着西施,艰难地道:"我知道是我错了,是我对不住你!"范蠡,范蠡从来都是正确的,当年越国战败,勾践为不曾听从范蠡之计而悔之无地;范蠡挥斥方遒,兴越灭吴,从未失算;他何时错过,他向何人低过头来。

可是,今日当着他此生最爱的女人,他却艰难地说:"我错了。"

西施的眼泪流了下来:"只可惜,一切都太迟了。"

范蠡上前一步:"不,夷光,不会迟的,夫差已经死了,吴国已经灭亡,再也没什么人、什么事能够阻止我们相爱。你是爱我的,夷光,从若耶溪旁,从土城的那个月夜,我一直知道的,那一日你赶来救我,我看到你还一直戴着这只玉镯,我就知道,你还爱着我,是不是?"

西施轻轻地褪下玉镯,举到范蠡的面前:"你错啦,这只玉镯不是我的,是郑旦姐姐的。那一日,你要她把对你的爱,转去爱夫差,只可惜,她做不到,所以她死了。临死以前只说了一句话……"

范蠡心中一凉:"不是你的? 难道,你已经把这只玉镯……"郑旦说了什么,他并不关心,他关心的,是西施的反应。

西施轻轻地吟道:"我心匪石,不能转也! 郑旦姐临死,让我亲手把这玉镯交还给你。"

范蠡上前一步,柔声道:"夷光,玉镯并不重要,重要的是你的心!"

西施淡淡地看着范蠡,道:"我的心? 对,我的心! 少伯,你可知道,夷光此生,只爱过一个男子,那就是你,范蠡——少伯! 郑旦姐死了,她至死都无法看得开,可是我必须转变我的心意,否则,我就是第二个郑旦。从那时候起,就再也没有夷光,只有西施了。你叫我像爱你一样地爱夫差,我做不到。可是这十多年来,我确已尽了我所有的力去做了,把我所有的温柔与热情都奉献给了他。我与他相依相伴十几年。他不及你英俊,也不及你聪明,更不及你懂得女人……可是他以倾国来宠我,爱我,若没有夫差,范蠡呀,今日的西施,你可能连多看一眼也不屑!"

范蠡自心底发出一声呼喊:"不,夷光,绝不会的!"此刻,他的感情是绝对真挚的。

西施看着范蠡:"你们告诉我,吴越要成为秦晋之好,我用我的一生来相信。我对夫差,虽无爱,可是他却已经在我的生命中十几年,这十几年,我非草木,孰能无情? 我以为一生自此而定,而今日你却告诉我,一切都只是一个骗局而已,只是一个计策,一个美人计……"西施一字字地说着,一字字都带着血地说着,"男人可以轻易地转换掉他们所说过的话,可是女人,却怎么能轻易地转换掉她的一颗心呀!"

"夷光——"范蠡上前一步,抱住了西施,忽然觉得自己无比地害怕,无比地软弱,不知何时,自己竟已经泪流满面。

"少伯,"西施淡淡地说,"你走吧,我累了!"她忽然觉得累极了,从骨子里发出的累,累得不想对眼前的人多看一眼,多说一句话。

范蠡松开了手,他一步步地退后,一步步地退后……

他忽然站住了:"夷光,我不会放弃的,就算你的心已累,就算你的情已冷,那么从现在起,让我来付出吧。用我的爱,用我的热情,来让你的心重新活过来。"他冲了上来,"夷光,让我们再来一次! 我会等,等到你重新爱上我的那一天。"

西施抬头看着他,眼中不再有泪:"如果我的心已死,如果你永远不可能等到那一天呢? 你也愿意付出你的爱、你的热情吗?"

范蠡仰首笑道:"在我范蠡的人生里,没有'不可能'这三个字。"

西施一动不动地站着,范蠡微微一笑:"夷光,范蠡会在此听候你的处置!"他放开西施,转身而去。

西施一动不动地站在那儿,看着范蠡的身影远去,忽然转身扑倒在桌上,整个人似已崩溃。

她抬头看着镜中的自己:西施、西施,你该做何选择? 做何决定?

九 佳人千古

选择? 决定?

西施看着镜中盛妆的自己,忽然冷笑,她的人生中,何时轮到她来选择? 她来决定? 可是为什么,刹那间,似乎所有的人,所有的事,都在等着她的选择、她的决定?

也只不过是这短短三天的工夫呀!

勾践进入姑苏城,第一件事就是驾临馆娃宫,看一看那倾倒夫差的美人西施,他怀着好奇而来,却几乎就此无法再走出去了。

卧薪尝胆多年,咬着牙只为报仇而活的勾践,在过去的十多年里,已经把他身边所有的女人,都变成了战士与农妇。他胜利了,进入了姑苏城,进入了馆娃宫,在那七彩织锦的重重帷幔中,在那流云般的轻纱漫天飞舞中,在那隐隐带着氤氲之香的空气中,在绝代佳人的丽容秋波中,猝不及防地跌入温柔乡中,只愿长醉不复醒。

西施可以轻易地将勾践哄走一次两次,可是她却不知道,自己还能再拒绝多少次?

最后一次,若不是文种闯进宫来,大喝一声"勾践,你忘记了会稽之耻吗",使得勾践扫兴而去,她不知道盛妆笑容下的自己,是否已将近崩溃。

决定? 选择?

当年入吴国,她与郑旦,是选择做活下去的工具,还是死亡的工具。

今日,她选择做勾践的战利品,还是范蠡的奖品,还是如文种所暗示的,做夫差的殉品?

轮得到她选择吗? 轮得到她选择吗?

夜深了。

忽然自宫外传来一声:"君夫人到——"

今天真是热闹啊!

一队娘子军刀枪剑戟齐齐出鞘,如临大敌冲进馆娃宫,将宫中内外包围个严严实实,侍女们成两队排开,肃然而立。

君夫人盛装而入。

西施端坐不动,只是缓缓地转过身来,看着君夫人。

恍若隔世啊,昔年的村姑,已经变成风华绝代的王妃;昔年的王妃,却已经变成粗手大脚的老妇。纵然是珠翠满头,难掩她一头白发;纵然是脂粉厚施,难遮她满脸深深的皱纹;纵然有前呼后拥,也难以填满她眼中深深的怨毒。

君夫人的眼睛,一眨不眨地看着西施,久久地看着西施,久到几乎所有的侍女都要变成石头人了,她才缓缓地开口:"西施姑娘——好久不见了!"

西施淡淡地道:"是的,很久了,久到天荒地老,久到我以为此生,都不可能再见到君夫人了。"

君夫人面无表情道:"你为国家立了大功,越国会记住你的。可是……"她顿了一顿,看着西施的神情却毫不动容,君夫人的脸色微微一变,缓缓地道:"你本是我一手带出来的人,我一向都很疼爱于你。可是你太美了,自古——红颜祸水,你这样的尤物,岂是凡人能够消受的? 你的美丽已经倾了吴国,当日夫差为何留你不杀,就是要留着你再倾了越国啊! 我身为越国的君夫人,只有为了越国,而对你另作安排了。"

西施的眼睛,一直看到君夫人的眼中去:"但不知君夫人要给西施怎么样的安排?"

君夫人的眼神冰冷:"我也是为了你好,你过惯吴宫享乐的日子,再回到若耶溪去浣纱,实在是难为你了。"她走到窗边,将窗推开,缓缓地道:"从这里看出去,是一望无垠的太湖,多美啊! 我备了一条船,可以载着你,到湖心慢慢地沉没,你身边的两名侍女,可以侍候你上路,为你殉葬。你死后,越国将永远记住你的贡献,你将作为一个圣女,一个功臣,被载入史册,流芳百世!"

西施缓缓地站起身来，忽然，她笑了，这一笑如百花盛开般明媚动人，这一笑，笑去了所有的心事与烦恼。

选择？决定？

命运已经帮她做了选择，做了决定。

西施微笑着盈盈下拜："多谢君夫人，给了我一个最好的结局！"

君夫人看着西施的笑容，竟不由得退后了几步，脚下竟也一软，幸被众侍女及时扶住，她那自百万杀场中训练出的铁石肝肠，竟也被这一笑，笑得胆寒。

西施淡淡地笑着，自她的面前仪态万方走了出去，那背影看上去，仍然是风华绝代。那天现场的侍女们，至死都无法忘记，那一刻西施的美丽。因为这个世界上，再也没有比西施更美的女子。

长夜漫漫，终于到了尽头。

天亮了，今天空气中笼着一层淡淡轻雾。

君夫人怔怔地站着，自窗中看去，白茫茫一片太湖，一叶小船缓缓地向湖心驶去。

湖心，一个绝代佳人，白衣飘飘立于船头，慢慢地消失于茫茫太湖之中，消失于淡淡轻雾之中。

自古美人如名将，不许人间见白头。

绝代佳人，不但要生逢其时，有一段王朝的兴亡来映衬她的故事，还应该在最适当的时刻死去，才能倾国倾城，光照千古。

十　后记

在同一个凌晨，范蠡也是一夜不寐，白天他带了文种闯宫，他看到了勾践眼中的杀机。他不能再等了，他必须立刻带走西施。他坚信，西施是爱着他的，只要假以时日，西施就会接受他们中间曾经发生过的一切，并能够理解他的心情、他的作为。兴越灭吴这等天下大事，尚可由他努力而成，更何况两个人的感情。

可是就在这一刻，消息报来："西施被君夫人沉江！"

范蠡震惊过度,跳了起来,撞翻了书案,就要向外冲去,侍者道:"大王已经赶去了,可是——来不及了!"

范蠡慢慢地坐了下来,挥了挥手令侍者出去。他低下头来,慢慢地拾起方才书案倒下时,落在他身上的一片竹简:"飞鸟尽,良弓藏;狡兔死,走狗烹;敌国灭,谋臣亡。夫越王为人长颈鸟喙,鹰视狼步,可与共患难,不可与共乐。"

这是吴王夫差临死前写给他的信,当日夫差被困山中,以箭射下此信,当日他看了,只是一笑置之。可是,可是此刻,这竹简上的字,看起来竟是如此的触目惊心。

"飞鸟尽,良弓藏;狡兔死,走狗烹;敌国灭,谋臣亡",竹简上的字,似乎一个个活了起来,在朝着他笑。

突然间,范蠡站了起来,哈哈大笑,他终于明白了。

夫差,他与勾践斗了一辈子,先是大胜,后却是大败而亡,可是他临死时,仍然对勾践反手两招:一是留下来一封信。这封信,就是在越国君臣心中埋下了一颗怀疑的种子,虽然未必立刻见效,但是随着时间的流逝,这颗种子迟早会生根发芽啊!

二是留下一个人。夫差曾说过若败了必杀西施,他虽然败逃夫椒山,若是要西施的命,只须派一名兵士即可,为何西施仍能够活到现在? 他留下西施不杀,就知道这绝色佳人,即便不能把过了二十年乡下人生活的越国君臣弄得神魂颠倒,也会让他们方寸大乱呀!

果然,一切如他所料啊,范蠡看着手中的竹简,哈哈大笑,这样一个乱世,又有哪一个男人是简单的角色!

只可惜西施,只可惜西施,却注定了牺牲,不管是在越王的手中,还是在吴王的手中。

范蠡看着手中的竹简,叹道:夫差,我还是低估了你,我虽恨你的遗计之毒,却也佩服你,勾践已经照你的设计走下去了。

而现在,西施死了,这越国,我再无可留,我也不得不照你的设计走下去啊!

范蠡在竹简上添了几句话,取来一只皮筒,将竹简放了进去,叫来侍者,道:

"明日一早,将这只皮筒交与文种大夫。"

文种接信,赶至范蠡府中时,勾践也赶到了,而此时,范蠡早已经人去楼空了,他之所以叫侍者迟一天把信交给文种,正是为自己留下出逃的时间。

勾践,正是要杀了范蠡,然而,他迟了一步。

范蠡去后,勾践使良工依范蠡之形铸金像,置于王座之侧,以示对范蠡的思念。

范蠡浮舟出海,自名鸱夷子皮,耕于海畔,苦身勠力。后改迁陶地,经商致富而甲天下,世称陶朱公。

范蠡的信,落到勾践的手中。

文种虽然接信,但他却不甘心就此离去,他的雄心犹在,他自信还可辅佐勾践登上天下霸主的位置,成就姜尚、管仲这样的千古大业,分国传世。

这一日,越王勾践赐宴,宴罢,单独留下文种,把一把剑赐给他:"可记得,大夫昔年教寡人伐吴七策吗?寡人只用其中四策就已经灭了吴国了,现在还有三策无用,就请大夫为我带给先王吧!"

剑,是属镂剑,是昔年吴王夫差,赐予伍子胥自刎之剑。

文种伏剑而死,越王勾践葬文种于国之西山,此山后易名种山。

勾践会盟诸侯,称霸春秋,诸国送来美女,皆被君夫人溺毙。

一年后,君夫人无故暴病而亡,送葬之礼,空前盛大,越王勾践抚棺恸哭,见者无不下泪。

飞鸟尽,良弓藏,功臣离去。数年后,越王勾践在山东与齐国交战时,死于战场。

多年后,楚国兴兵灭越,杀越王无强,尽取故吴地至浙江,越王卧薪尝胆复仇之事,已成春秋史话,楚国因此深惧越人再起,于是毁其宗庙,挖其祖坟,尽迁越国之民,一把火将越国旧都烧成白地。

后来,秦灭楚,一统天下。

再后来,陈胜吴广揭竿起义,秦亡。

　　此中数百年战乱,阴谋与战争并行,那一双双手中,设计着送出多少女子,如西施入吴一般离乡背国,到头来,谁也不是最后的赢家。

衡量天下

一

我出生那年,也是我的祖父上官仪被则天大圣皇后处死的那年,上官家族的灭亡,是整个大唐的男人为反抗她而进行的最后一击,然而,却失败了。

从此,大唐进入女人统治的天下。

那一年,大唐其实已经是危机四伏了吧。

母亲对祖父说,她做了一个梦,梦中有个金甲神人把一杆秤交给了她,说:"持此可称量天下。"

祖父抑郁经年的脸上,露出了一丝欣喜:"称量天下……这么说,我们上官家会再出一代名相了?"

祖父也是一代名相,但是他已经老了,老得无力再去抗衡那如日中天的女主,而我的父亲资质平平,非他所望。

当他看着母亲时,他是看到了大唐未来的希望吗? 这个尚在母亲腹中的孩子,等她长大到可以称量天下的时候,想必武后已老,这个孩子会成为将来辅佐明君、中兴大唐的名臣吧! 此刻聚集于他门下的失意人有很多,他的门生、他的旧部,很依着他的心意,来想象着这未出世孩子的未来,这么多当代名士准备好了来教育他,这个孩子的成就,应该非凡吧!

当祖父得知出生的是个女婴时,他仿佛一下子就苍老了好几岁,只听得他喃喃地念道:"阴盛阳衰,阴盛阳衰,莫非真是天意不成?"

我出生快一年了,祖父再没来看过我。

一场宫廷的政变,在潜流暗涌中慢慢酝酿着,李唐天下的男人,不能容忍一位帘后的女主。而皇后在大步前进中,也不喜欢那些挡在她面前的障碍。

宫里出了一场废后的风波,皇后轻易地化解了,并以此为由展开了一场大清洗。

一道圣旨下,上官家族男丁皆斩,女子没入宫中为奴。

当然,这些故事都是后来母亲抱着我的时候,流着泪一一讲给我听的。

听着这些前尘往事的时候,我已经十四岁了。

此刻,我才知道我的名字中的"上官"二字,代表着什么意思。

此刻,我整装待发,正准备去觐见这个国家的主宰者——武皇后。

我想,母亲一直不告诉我,是觉得让我知道这件事对我没什么好处吧!我们只是掖庭的两个女奴,就算知道身世,也无能为力;不知道身世,我反而会更快乐一点。

直到我的那首《彩书怨》在宫娥们手中流传,一直传到了武后的手中,她诧异了:"上官仪的孙女,一出生就入了掖庭的丫头,能写出这样的诗来?"

于是一道口谕到了掖庭,传上官婉儿觐见。

当宣旨的宫人口中吐出这句天音时,母亲看着我的眼神是那样的惊恐,像是我会一去不复返似的,十三年前也是这个人的命令,使她失去了公公和丈夫。而今天,又要带走她唯一的女儿。

她为我整理着衣裳,在我们独处的时候,她偷偷地告诉了我,包括我的身世,以及我即将要见到的是怎么样一个可怕的人。她玉指轻捻,可以捻掉许多人的性命,我千万千万,不能说错一句话,走错一步路。

战战兢兢地沿着长长的宫道走进去,我伏在阙下,听着宛若天上传下来的威严声音:"这诗是你写的?"

"是。"

"你是个掖庭的女奴,谁教你识字?谁教你读书?谁教你写诗?有谁——在一直关注着你们母女吗?"话里,隐隐透着杀气。一个已经死去十几年的人,他的阴影还能留下吗?他的余荫,还能庇护到皇宫内院去?

政治,是一场你死我活的较量,一点点可疑,都不能放过。

"是母亲教我识字的。"

"也是她教你写诗?那她的诗呢,拿来我看看。"轻轻的翻页声,啪的一声扔下来,"这样的才能,能教得出你这样的人来吗?"

"母亲粗通文墨,所以派她去打扫书库,她每天能带一本书回来,第二天就还回去。"

"就这样?"声音里透着诧异。

"就这样。"是的,就这样。皇后,你想得太复杂了。

从我还是个吃奶的婴儿开始,我没走出过那小小的院子,见到的,只是母亲和几个宫娥,能见到的,只是那巴掌大的一片天空。母亲抱着我,在沙子上写字,用水在桌子上写字,她把她所能所会的全部教给我以后,面对求知欲极强的我,只能冒险每天偷偷地带回一本书来给我,我飞快地看完,记在脑子里,然后慢慢地回想。

现实的世界如此狭小而苍白,我的心却更加广阔而精彩。在书里,我上穷碧落下黄泉;在书里,我到过洞庭见过沧海。我拥抱着湘妃的悲哀,我呼啸过舜皇的豪气……

《彩书怨》就是这么流传出去的吧!

"叶下洞庭初,思君万里余。露浓香被冷,月落锦屏虚……"什么叫爱,什么叫情,我未尝体验过,但是在书中,却见人千百回地吟哦不已。在春光明媚的时候,偶见燕子双飞,我心里也不禁悄悄希望,我什么时候能有一个可以让我思念的"君"呀?

一声长长的叹息声传下来:"我现在才知道,这个世界上真有天才这么一回事。我身边这些丫头,让全国的博学鸿儒跟着教这么久,写出来的东西还是叫人看了哭笑不得。掖庭中什么都没有,却孕育出这么一个人才来。"

一个男子的声音亦是含笑传来:"儿臣今天才知道,什么叫锥在囊中,难掩锋芒了。"

"婉儿,你抬起头来。"武后缓缓道。

我抬起头来,看到了传说中最可怕的人,她竟是如此美丽高贵,优雅如仙子,她的年纪应该比我的母亲大上十岁,可是她的脸上,一点也看不出年纪来,只有美丽和年轻。而我的母亲,早已经苍老憔悴。

我见她微微一笑,像是很满意:"从今天起,你就留在我的身边,掌管书案。"

我懵懵懂懂地叩谢了圣恩,走在回掖庭的路上,仿佛觉得还像是一场梦似的。

一个人拦住了我。

我看着他,那是一个美少年,他长得酷似皇后,刚才就坐在皇后的身边。

"太子殿下!"我不明白他为什么这样看着我。

他凝神地看着我,好久,才轻叹一声:"我真是不明白,在掖庭长大的女孩子,怎么会有这么一双清澈的眼睛,这样超然的气度。"

我有些生气:"太子殿下认为,在掖庭长大的女孩子,应该是怎么样的呢?"

他说:"我带你去个地方。"

他带我去了掖庭的另一角,我未到过的地方。那里的布置陈设,明显比我住的院子要好得多,然后我看到了一个女人,准确地说应该是一个老妇人。她满头白发,眼角的皱纹刻着长久的痛苦和折磨。她的眼神告诉我,那是个活在炼狱中的人,她连挣扎的力气也已经用尽,蜷缩在角落里,只要听到有人走动的声音,便会害怕得瑟瑟发抖。

太子贤在我的耳边轻轻地说:"那是我的姐姐,萧淑妃的女儿,她曾经是个公主。进了掖庭的人,只要三个月,就会变得像她那样。而你,在掖庭中住了十三年,你居然比所有的人更健康优雅。婉儿,你是个奇迹!"

他不知道,正因为我从来不是个公主,所以我必须努力使自己活得更好。当我从懵懂婴儿到开始有意识的时候,就已经在掖庭了。或者整个掖庭中,只有我没有经历过从天堂到地狱的落差。温室中的兰花一旦被践踏就迅速枯萎,路边的野草却能茁壮成长,开出属于自己的花朵。

"我现在才相信世上真有天才这回事!"武皇后这么对我说。

"婉儿,你是个奇迹!"太子贤这么对我说。

我的人生,从此翻开了新的一页。

二

太子贤是皇后的次子,也是她最喜爱的儿子。长子弘,体弱早亡;三子显,懦弱迟钝;四子旦,懒散无大志。

只有贤的个性最像皇后,他身体强健,反应快捷,善于学习,自我意识极强。

皇后很爱他,那种爱跟她对女儿太平公主的爱,是不同的。

对太平——是宠溺,对贤——则是像对着另外一个自己一样地欣赏。

皇帝的体质很弱,国事一直由皇后主持,而我则开始在一旁为她处理文牍的工作。

皇后每日忙于政务,即使吃着饭、躺下去要睡觉时,也总想着国事。宫女不擅文墨,朝臣难以近身,这个时候的我能起到其他人无可替代的作用。皇后凡有即兴的想法,我都能够立刻整理成文案,次日她就可拿到朝堂上与大臣们讨论。

十四岁的我,像海绵一样,在武皇后的身边吸取着她处理政事的智慧。所有空闲下来的时间,我用来看书,而大儒们为皇后讲学时,为公主讲学时,我也在那里偷偷地听。

太子一直在皇后身边学习政事,皇后很尽心地教,太子也很尽心地学习,在我看来,怎么都是一幅母慈子孝的画面。

太子常到大明宫来,皇后不在时,他也能待上一天。有时候我在朗读诗篇,一回头,就看见他用一种明亮的眼神看着我。

后来他渐渐变得有心事，来大明宫的时间也少了。

有一天，皇后叫我送两本书给太子，一本是《少阳正范》，另一本是《孝子传》。太子接了书，就笑了："一本教我怎么做孝子，一本教我怎么做太子，母亲对我的教导，可真是够用心的了。"他的笑容中充满了讽刺。

我看着他，淡淡地道："前段日子，太子不也召集了文士重注《后汉书》献给皇后吗?"那本书里，他也是在劝告他的母后，怎么样做才是一个好皇后吧。

太子的笑容收住了，他看着我的眼神十分温柔："婉儿，看到你，我又想起了你的祖父，我以前听过上官太傅讲课呢!"

我低下头："太子忘了，婉儿从来没见过祖父。"帝王家夫妻母子一场口角，于卷入其中的臣下来说，就是毁家灭族之祸。

太子叹息："是啊，我忘记了。你出生不久，就到掖庭去了，皆是因为……"他顿了顿，"还记得我曾经说过，婉儿，你是一个奇迹。"

我忍不住了，今天的太子太奇怪了，我有一种不祥的预感。可我只是一个掖庭女奴而已，我还有一个母亲，我只想活着。

我看着贤，想要把他的一颦一笑永远刻在心中："奇迹，是因为我活了下来!"

他没有说话，我往外走，但脚步还是停住了，我看向他："太子，你还那么年轻。"

太子贤微笑："可是我姓李。"

我看着他那张明明酷似皇后的脸："你也是你母亲的儿子。"

太子贤轻叹："可是这个天下——姓李。当变故来的时候，总得有人去站在风口浪尖上。你祖父、我……"

我的泪水已经流下："皇后会伤心，她已经失去一个儿子了!"

太子贤笑，他的笑容美若流星："她还有两个儿子呢!"

我知道我已经不能劝他，他和他的母亲太像了，两个太像的人在一起，凸起的棱角在同一个位置，伤的是同一个地方。

母亲和儿子的较量很快分出了胜负，太子党羽或死或罪，贤——则永远离开了长安,离开了大明宫。

望着贤远去的背影,我心中怅然。

多年以后的贤,在我的心中永远定格成这样一个孤独而完美的背影,无可替代。

下诏的前一天,在空旷的宫殿中,皇后一个人哭了很久,她哭得很伤心,此时的她是一个真正的母亲。

可是第二天上朝,她又变回了皇后。

贤走了,风中只留下他所作的《黄台瓜辞》:"种瓜黄台下,瓜熟子离离。一摘使瓜好,再摘使瓜稀。三摘犹自可,摘绝抱蔓归……"

我想着刚见面那天的母慈子孝画面,犹在眼前。母非不慈,子也非不孝,只是帝皇家权势利害当头时,一切都先放一边了。贤——也下得了手,他在东宫藏了大量的兵甲;武后——也下得了手,她流放了最爱的儿子,终生不见。

我也被审讯:"你与太子过往甚密,难道就没有发现有异动?"

我坦然镇定:"婉儿自从侍奉了皇后,没有皇后的命令,就不曾离开皇后十丈以外。"

帘后的皇后叹了一口气:"罢罢罢,我身为母亲,也没有发现儿子的异样,说起来,实在怪罪不得你。"

我就这样,躲过了我生命中的第一次政治危机。

三

然后,高宗皇帝去世,新帝——三皇子显继位。

显的背后,站着新皇后韦氏。韦氏很美也很聪明,正因为太聪明,所以她也有一双充满了欲望的眼睛。

女人有欲望并不是错,错的是她不应该急于表现出来,更不应该让武太后看到了她的身边还有另一双觊觎皇权的眼睛。

也许武太后可以轻而易举地换掉这个不成熟的皇后,可是卸下粉妆后,看到了自己的皱纹和暗生的白发时,她对于自己继续坐在珠帘后面的现状,失去了耐心。

于是宰相裴炎在朝堂上,拒绝了新皇对韦氏之父赐予厚爵的旨意。

"韦某没资格做宰相……"

"为什么没有——"

"就算你是皇帝,可是你也无权任性……"

新帝显气急败坏地道:"谁说我无权? 我是皇帝,就算把江山都给了韦某也不关你的事……"

一个成熟的老政客,近乎逗弄孩子似的终于套出了他想要的话——

于是第二天,声称退居幕后的武太后重新站回了舞台的中央,宣布:新帝失德,废除帝位。

新帝蒙了:"失德?"

一声厉喝:"你要把天下让给韦某,还不是失德吗?"

眼看他粉墨登场,眼看他苍白下台。不过一刻钟的时间,帝国名分上最尊贵的人——皇帝和皇后,就成了浩浩荡荡流放大军中的一分子,他们的名字,也将很快被帝都的人遗忘。

四皇子且登上帝位,可是这位皇帝一天也没有坐上他的宝座。当他得知自己成了皇帝时,很干脆地下了一道旨,把皇权全部委托给他的母亲管理。然后等着武氏家族导演的一波又一波热烈的劝进戏演得差不多时,他按照剧本,进行了一份移交手续。然后,干干脆脆地退回深宫,继续做回他的皇子角色。

于是,武太后成了大周朝的皇帝。

风云变易,乾坤逆转。

不变的只是我——上官婉儿,我永远都是站在女主身后的影子,不管她是皇后、太后,还是女皇。

我看着镜中的自己,虽然美丽如昔,但是我知道我的青春即将要在案牍之中逝去。

而武皇却焕发了第二次的青春。从和尚薛怀义到御医沈南璆,再到莲花般美丽的张氏兄弟,直到成立专收美男子的控鹤府、奉宸府……

我站在水阁中,闻着空气中淡淡的莲香,想着那美如莲花的男子。

莲花的香气变得浓郁了,我回过神来时,看到眼前玉一般的手执着莲花,含笑站在我面前的,竟是六郎!

他是太平公主献给武皇的男宠,一入宫便集三千宠爱于一身,与他的哥哥张易之一起于宫中焕发耀目的风采。两兄弟同样美貌,然而易之自负,昌宗柔顺,作为女主的小玩意儿,昌宗显然更得宠。

少年乍贵,轻狂的心,自认为天下任何事都可征服,于是在那一个燥热的下午,昌宗抱住了独自在水阁中乘凉的我。

也许我应该立刻推开他,作为在步步惊心的宫廷中生存了那么久的我,应该比昌宗更理智,决不可以让自己陷下去。

然而我的反抗为什么如此软弱,半推半就?是因为我已经绷得太久,饥渴得太久,我身处于欲望横流的宫廷,却让自己的青春如此地荒芜。

一百一千一万个不甘心,上官婉儿就此在宫中老去,然后,白头闲坐时回忆我的一生,只有无穷的案牍。

我十四岁时的梦呢?"叶下洞庭初,思君万里余……"不能想,想了,就是心中刀割一般的痛。

万里之外的贤,他的坟头早已经是青草离离了吧!

我累了,此刻的我只想倚在一个男人的怀中,好好放松自己。悠悠荡荡,在那一池莲花的香气里,我放纵着自己沉溺于其中。

直到女皇的一声怒喝,将我从虚幻的美景,拉回严酷的现实之中。

天子之怒,血流成河,我这一生中看过多少次了——婉儿哪,你怎么还能让自己陷身于如此的绝境?我在冰冷的天牢中,绝望地闭上了眼睛。

诏书下:"惜其之才,止黥而不杀!"

狂喜和惊惧同时在我的心中激荡,当我走在大明宫长长的走廊时,额头的烙印痛彻骨髓,当我的额头被烙下梅花形烙印的那一刻,它也深深地烙在我的心底。

女皇已老,对身边的人不想再频繁变换,张氏兄弟保持着女皇的宠爱直到最后一刻。

纵横一世的女皇,此刻不得不面对着平生最大的敌人——死亡。她想得最多的是,在她身后,她所创造的大周武氏王朝如何传承下去。

她的儿子,毕竟是李唐王朝的后裔,在她死后,肯定会把武家王朝,再变回李家王朝去。她的侄子虽然姓武,却不是她的亲生骨肉,这也是令她不甘心的事。

她曾经想过调和,让武三思娶太平公主,可是两个同样觊觎皇位的人,却不肯共享最高权力。

武皇的心在儿子与侄子间摇摆,满朝文武也无所适从。

"婉儿,你怎么看?"武皇倚在榻上问我。

选择? 表态? 凡是政局到了一定的时候,处于政治旋涡中的人,就一定要站对方向,跟对主子。一旦选错,就是粉身碎骨。

我低下头去,心头狂跳,又到了人生的十字路口了吗? 我不能这么早选择,因为——女皇还没有选定。

不管我选择了谁,我一定被他的对立面撕成碎片。没有好处只有坏处的事,是决不能做的。

"大家①一向倚重狄大人,何不试探一下他的口风?"我把球踢给了女皇最信任的狄仁杰,多年来女皇每遇大事,对狄仁杰的意见总是十分重视。

女皇召来了狄仁杰:"朕昨天做了一个梦,梦见一只鹦鹉折断了一只翅膀,狄卿能给朕解解这个梦吗?"鹦鹉者,女皇也,在她的心中,鹦鹉的两只翅膀,就是指武、李二族,一边是她的亲骨肉,一边是她的家族,两边支撑着鹦鹉高飞,而如今的形势却是两边互不相容。然而在武皇的心中,任何一边的折损都是她所不愿

————————

① 大家:唐代对皇帝的称呼。

意看到的。

狄仁杰是个偷换概念的高手，他沉吟了一下，道："鹦鹉者，圣上也。鹦鹉双翅，指的是您的两个儿子，庐陵王远在他乡，如今您的身边只有一个儿子，因此武皇才会有折翅之梦。"

狄仁杰的一席话，巧妙地让远贬边荒的庐陵王起死回生。庐陵王回到京中，并被立为太子，女皇的这个决定让所有武氏家族的成员都极度震惊。

四

这天丝竹盈耳，十丈软红里，梁王武三思将我留在了温柔乡中。

自六郎事件之后，女皇意识到我也有着女人的渴望，她重重地惩罚了我，却又封了我母亲为沛国夫人出宫设府，准我可以回家探亲，等于是默许了我有一定的自由。

可是那一次的惩罚，足以使我和张氏兄弟从此之间互相如避蛇虺。

武三思的声音响在我的耳边："婉儿，站到我这边来，我若为皇，定封你为后。以你的才华，大有继续发挥的天地。"

此时，我走在去往东宫的长长走廊上，若干年前，我也是这样，捧着《少阳正范》去见太子。不同的是，如今的太子，是"他"的弟弟。

我来是负责对新太子一家人给予从服装发饰到礼仪等方面的指导。这些年长安的服饰风格变得很快，而女皇创造出的新官职也令人眼花缭乱，太子一家离京日久，想要尽快融入长安的变化中，就需要站在时尚最前沿的人进行指点。

在女主当政的日子里，女皇、太平公主和我的一个不经意的举动，都会变成长安的流行风，比如现在的韦氏，就学我的样，在额头画了一朵红梅花。

太子妃韦氏的笑容近乎谄媚，十多年的流放生涯使得这位昔日的美人已经如乡下的村妇，然而她对于太子显的影响力却显然没有减少反而增加了。她殷勤地留我用餐以谢我的尽心帮助，她要我叫她"阿韦"以示亲热。

在氤氲的香气中，竟不知阿韦何时已经出去，我和显对坐着。

在某一个侧面,显真像他的二哥,醉意蒙眬中我有些失态,竟倚在了显的怀中。

当我猛然惊醒时,我闻到了阴谋的气息。我要离开——

阿韦适时地出现了:"婉儿,我们需要你。贤已经死了,难道你真的忍心,让显再落到这一步吗?显一直爱着你,我一直愿把你当作我的妹妹,和我一起帮助显吧!这个时候你若能帮我们一把,我起誓:将来我所有的一切,都将与你共享。"

我颓然坐下——三思、阿韦,你们步步紧逼,到现在我必须表明我的立场了吗?

忽然,一阵旋风自长廊旋进,惊恐的声音刺破凝滞的空气:"母亲,不好了,快去救哥哥、姐姐,圣上要把他们活活杖毙。"

阿韦惊叫一声:"我的孩子!"她立刻像一只急着要保护孩子的母兽一样,就要向外扑去。

我及时地抱住了她:"先问问出了什么事。"

随后而来的宫监们说明了事情原委:皇孙重润与永泰公主仙蕙,在背后议论女皇不该宠幸张氏兄弟,结果被人告密。女皇下旨:皇孙重润、永泰公主及驸马武延基立刻杖毙。

显瘫软成一团,阿韦在我怀中用力挣扎,发出绝望的吼声,像一匹受伤的母狼,他们的女儿安乐公主裹儿,倒在地上任性大哭着要母亲想办法。

我在阿韦的耳边低低地道:"你是想死三个人,还是要加上现在的三个人也一起死,死六个人?"

阿韦整个人怔住了,像一具石像,良久,才发出低低一声抽泣:"我的孩子!"同样是四个字,前一声哭泣充满了愤怒和抗争,而这一声哭泣却是那样的绝望和无可奈何。

我缓缓地松开了阿韦,阿韦缓缓地跪下,抱起地上的裹儿,低低地哭泣。

我也跪到了她的身边,慢慢地说:"先皇高宗皇帝曾经问一个百岁老人,他为什么可以活这么长岁数。那个老人给高宗皇帝看了他写的一百个'忍'字……"

阿韦抬起头来,眼中的伤痛令人不敢去看:"忍?"

"是的,忍。"我缓缓地抱住了阿韦,"太子妃,房州十五年,你已经写完了九十九个'忍'字,最后一个,你可千万别放弃。"

阿韦的额头青筋暴突,一字字地道:"第一百个'忍'字,第一百个'忍'字。"

少阳宫中,久久回荡着一个失去孩子的母亲绝望的嘶吼。

五

这种事,并非第一次发生,若干年前,同样有人举报旦的两个王妃背后对武皇有所谤议,两个王妃被关在黑牢里活活饿死。而皇子旦,同样选择咬牙忍下去,一言不发,令期待他有所举动的人算计落空。

王妃、皇孙毕竟隔了一层,对于自己的亲骨肉,武皇毕竟不愿再亲手摘瓜了,只要他们不轻率地授人以柄。

那时候,旦是李氏皇族唯一的皇子,而今天显回来了,成了太子,于是成为别人的新目标了。

阿韦的神情似哭似笑,十分怪异:"曾经发生过,原来如此,原来如此。"

阿韦抬头看着我,只这么一小会儿,她已经恢复了她的强悍,她笑:"婉儿,你已经决定了,是吗?"

我没有说话,只是微笑。

婉儿的价值,只有在女人天下,才能得到最大的体现。而三思,断然不是先皇高宗。

阿韦与三思是一对势均力敌的对手,只要逃过一次,随后而来的反击,不知三思怎么应付呢?

众人眼中女皇的权力归属,在三支力量之中:阿韦、三思和张氏兄弟。

我们都没有算到第四支力量。

所以,在夜半我们被冲天的杀气所惊醒时,一切都来不及挽回了。

以宰相张柬之为首的李唐旧臣发动兵变，拥着太子李显，杀入宫中，斩杀绝世美男张易之、张昌宗，向女皇逼宫。

他们得到了他们想要得到的东西，心满意足地退去。

空空的宫廷中，只剩下我和女皇二人。

看着她苍白憔悴的模样，仿佛下一刻就要死去。从来都是无所不能的女皇，竟然也会有如此黯淡的一天吗？

她睁开眼紧紧地抓住了我的手，在我们眼中，同样流露着愤怒而无可奈何的眼神。挟持儿子来威逼一个病危的母亲，当着一个女人的面杀死她最爱的男宠，夺去一个威震天下的君王手中的权力——没有比这更令人愤怒的事情了。

我曾经恨过她，甚至做梦都曾盼望她会有这一刻。只是这样的心思，是很久很久以前的事了。这些年来，我们互相共生得太久，久到已经无法分割。

女皇看着我，缓缓地道："婉儿，你有两个选择，一个是服侍新帝，另一个是留下来陪我。"

我毫不犹豫地回答："我去服侍新帝。"

女皇的手骤然变得猛烈有力，差点扭断我的手腕，难以想象一个濒死的老人能有这样的力量："婉儿，你也要和其他人一样，弃朕而去吗？"就算她此刻已退位，仍可以随意踩死我。

我看着女皇的眼睛，缓缓地道："因为这是大家的意旨，那些伤害您的人——必将得到惩治。"

女皇缓缓地放手，缓缓地倒下，闭上眼睛。

沿着大明宫，我慢慢地走在曾经走了千百次的长廊上，这一次，我是去觐见新的皇帝。

空气中隐隐还有血腥味儿，昔日美少年的头颅挂在墙头已经风干，纵使他活着的时候再美丽，死后依然丑陋不堪。

为什么会有人忍心砍下如此美丽的头颅？

或者一切早已经过去，然而我的心隐隐作痛，那玉手奉上的莲花尚有余香，额头的红梅花是他带给我永恒的印记。

帘子掀开，这一步门槛，隔绝的是新朝和旧事。

我盈盈跪倒在帝后的面前，显的脸上是惊喜，阿韦的眼神却是有些警惕，我要来分享她的丈夫和权势，尽管这是她早已应允我的。可是——聪明人要懂得，绝不能逼着一个正得意的人去兑现她在失意时的允诺，这等于是当面打脸。

我当然不会蠢到如此说话，我只是微笑着："婉儿恭喜皇后，写好了最后一个'忍'字。从此否极泰来，长乐延年。"

阿韦笑了，这是发自内心的得意："婉儿，谢谢你帮我写好了最后一个'忍'字。"

我看着她，进言："婉儿还要帮皇后，写另外两个字。"

阿韦笑："哪两个字？"

我在她的耳边一字字地道："天、下！"

阿韦的眼中发出了亮光，她一把拉起了我："婉儿啊，我曾经说过我要和你分享我的一切，还记得吗？"

我也笑："婉儿只愿为皇上和皇后奉献我所有的一切。"

天变了，地变了，不管这江山姓李姓武，盖着皇帝玉玺的圣旨上，书写的依然是上官婉儿的笔迹。

韦皇后曾经太久地脱离宫廷，她虽然掌握着皇帝，但有太多太多的事情要依赖着婉儿指点。从仪容到享乐，从仪制诏书到对文武百官的掌握。

天下人的眼光，追逐着婉儿旋风般的脚步，仰视着上官昭容无与伦比的风采。

我的母亲，我那饱经坎坷风霜的母亲，如今锦衣玉食。然而母亲看着我的眼光，依然充满了忧愁："婉儿，不要去玩你驾驭不了的东西。"

我笑："什么是我驾驭不了的东西？"

母亲的眼光看向远方："权力，不要去玩它，它不可以玩。我看过太多太多了，它要走了你祖父和你父亲的性命。婉儿，你的性格中有你祖父的一面，不要太自信。文人弄政,自古都是悲哀的事,更何况,你是个女人。"

而我大笑,我的确是女人,而天下的女人谁能似我? 一个不以色事人的女子,却掌握了至高权力,让天下的才子,拜倒在我的门下。我不必以色事人,而王侯将相争着取宠于我,只因为婉儿的才能无人可比。

甚至是——昔日的天之骄子,不可一世的梁王武三思。

六

伏在三思的怀中,我依然在笑:"三思,你是个天底下最棒的情人。"

三思笑:"比之当日的六郎如何?"

我倚着他健壮有力的胸怀,在上面慢慢画着圈子,笑:"笼中鸟,焉能与天上鹰相比?"

三思长叹一声:"什么天上鹰? 我此刻也不过是困守笼中的鸟,不得展翅高飞。"

我瞟他一眼:"婉儿为了三思,做了多少?"

新帝继位之后,武三思不但没有遭到灭顶之灾,反而权力名位更进一步,超过女皇时代。三思应该明白,这是我的努力。

宫变之后,张柬之等五人占据军政大权,一时间武氏家族也被压得黯淡无光。事实上敢于对武皇这样的人进行逼宫的张柬之,并不是所谓的李唐忠顺之臣,他也不过是争夺权力的第四股力量。皇子显不过是个傀儡,这谁都看得出来。可是他们忘记了,显的身后还有两个女人,阿韦和我。

我告诉阿韦,在韦氏家族势力尚未足以掌握一切时,保留武氏家族的力量,才能对抗张柬之等五人。

武三思轻吻着我:"我知道,这是婉儿爱我。婉儿是大唐最出色的才女,你成立昭文馆,如今满朝文武竞相效仿你绮错婉媚的上官体。你的新诗……"

我怔怔地看着三思,他居然轻易地背出我的新诗,而且能评说出我当时的意境来,我打断了他:"三思可没有这样的闲心和才思,谁教你的?"

三思笑了,他拉开帘子,拥着我看窗外的景色,长廊上,一个美少年手捧着我的诗集,低声吟哦。

"他出自博陵崔氏,名叫崔湜,仰慕婉儿如天人一般。婉儿不给他一个机会吗?"三思在我的耳边低低地道。

我回眸瞟他一眼:"你这么大方,有何图谋?"

武三思慢慢地笑了,他轻吻着我的发梢:"我知道婉儿所做的一切,但是上面还有一个对我武氏家族有心结的皇后。你的努力也只到了这一步,下一步,让我自己来打开阿韦的心结吧!"

我仍然在笑,笑得心里发冷。我的情人,让我推荐他见我丈夫的妻子,多滑稽!

我看着三思,缓缓地抚着他阳刚十足的面容,想到从此他的胸膛不再为我所独占,不是不凄然的。

答不答应呢?

但三思这种人,他要想达到的目的,会不择手段都达到的。我既然阻止不了他,那么,就让这一切在我的手中发生,至少我还可以控制局面的发展。

备了美酒佳肴,我伏在阿韦的耳边,低低地说着当年武皇和薛怀义、张易之等人的往事,直到阿韦的脸上泛起红潮,我退了出去。

心中不是不酸涩的,然而这次交易完成之后,我得到独立出宫开府的机会。

嫔妃出宫开府,亘古未有。老臣们侧目,视为异端,然而此时的张柬之等五人流放的流放,死的死,朝中已无人敢表示异议。

上官婉儿位比宰相、爵比公主。昭容府中,才子文人如云般投到门下,我已成为天下文宗。

无尽的盛宴、无尽的诗文、无尽的赞歌、无尽的欢娱,上官府中的灯火彻夜不熄,就连当今皇帝——显,也会时常从宫中出来,加入我们的欢乐中。

皇帝、皇后、公主时常光临上官府,更使得婉儿的话,在天下人的心目中与玉旨纶音无异。通常我带着醉意任命官吏,第二天礼部的委任状已经到了他们的案头。

满朝文武争着去学那绮丽的上官体,他们的言谈举止、行文作诗中若不懂得引用上官婉儿的诗句,简直是不配为官。

我与阿韦,在名分上拥有同一个丈夫显,又分享着同一个情人武三思。我和她一起哄着显在诏书上盖章,齐力对付着满朝文武大臣的进攻,共同防范和压制着武三思越来越大的野心。我们在男人狼一样的眼光里携手合作,掌握着我们的女人天下。

武三思自对付了张柬之等人之后,气焰到达了顶峰。他疏慢而不来宫中,阿韦大怒,她很快地找到了报复的手段,并且开始与我一起,慢慢地压制他权力的扩大。

等到武三思回醒过来,他发现低估了我们两个女人。然而为时已经太晚了,阿韦有了新宠宗楚客,而我有了崔湜。

又一个回合的交手开始了。

七

最擅长对付女人的武三思,在数次被我与阿韦拒之门外之后,光芒开始黯淡。阿韦偷笑着对我说:"再过一个月,或许我们就会拥有一个驯服的三思了。"

然而武三思却没有这么容易认输,他的眼光,投向了阿韦最心爱的女儿——安乐公主裹儿的身上。

裹儿成了我的计划中最大的变数。这是我没想到的事。

安乐公主裹儿,在父母心中,享有比她的兄姐更多的宠爱。

那一年显初登帝位,为他和阿韦的政治不成熟而付出了流放的代价。房州远离帝都,在这个荒芜得令人绝望的地方,这个婴儿的降生给他们晦暗的生活带来一抹亮光。出生时两夫妻贫困得连一件襁褓也找不出来,只好撕下显的旧衣服来包裹婴儿,所以相较她兄姐金枝玉叶般的出生,显和阿韦对裹儿一直充满着为人父母的内疚感,而亲手养育的经历,令曾经的帝后对这个孩子有着与众不同的情感。

在房州多年贫困生活中生长的裹儿,一回到京城,立刻就被这五光十色迷失了方向。她没有良好的教养,但却最懂得怎么样要挟父母以满足自己的欲望。

人一旦暴发而又没有相应的教养垫底,做出多么愚蠢狂妄的事,都不奇怪。而这样的一个人,正好成为了武三思的目标。

当裹儿闯到母亲面前,说自己要嫁给武三思的儿子武崇训时,我们都惊得目瞪口呆。

裹儿这个土丫头,纵然她是阿韦最爱的女儿、帝国最骄横的公主,但是面对着精通各种对付女人手段的武崇训,立刻毫无反抗能力,乖乖地成为他的感情俘虏,被他玩弄于股掌之上。

裹儿含着幸福的笑容,像所有恋爱中的少女一样,她本来就已经不多的判断能力此时更是一点也不剩了。

阿韦的脸沉了下去,她并不同意这门亲事,她其实想让安乐公主嫁一个旧族世家,来保证她的长久安乐。她不能把最心爱的女儿,交到武三思这个野心勃勃的人手中,成为他要挟阿韦的工具。

但是在这件事上,她像所有无可奈何的母亲一样,因为裹儿早已经被她自己所宠坏,在那颗年轻任性的心中,听不得半个"不"字。当侍女来报公主为着婚事要寻死时,阿韦完全崩溃了。显而易见,这只是公主要挟母亲的手段,她正在享受生命的美好,怎么会真的去寻死。

然而阿韦却不这么想,此刻的她不再是专权的皇后,而是一个悲哀的母亲:"婉儿,我太知道裹儿的性子了,从小到大,我们亏欠她太多太多。你知道吗?当我们被流放到房州的时候,恐惧和绝望令我们几乎崩溃。好几次显都要自杀,是我拉住了他。我也想过死,可是我是个母亲,我死了,我的儿女们怎么办?他们还那么小!为了他们,我也要强撑着自己活下去。我亲自种田养鸡,我何曾做过这些呀?可是,我咬牙也撑了过来。万万没有想到,当我以为我可以苦尽甘来时,回到京城却令我失去了我的重润和仙蕙。早知如此,我宁可一家人穷死房州,也好过我看着我的亲生儿女被活活杖毙。现在,我只有裹儿了,我绝对不能再失去她。显和我都曾经发誓要让我们唯一的女儿称心如意,绝不会再让她有半点失望和伤心。"

我无言以对,阿韦,你是个精明能干的皇后,却是个软弱愚蠢的母亲。武皇曾经毫不犹豫地把违了她心意的儿子给流放给毒死,而阿韦做不到。

为政者,一点点心软就足以致命。阿韦啊,裹儿这蠢女儿,迟早有一天会误了你的江山。

而此时任何的进言已经无用,武三思大获全胜,而阿韦烦恼着如何有人给她端个梯子好下台。我缓缓地道:"皇后,就让婉儿再次为您分忧。"

我约了武三思,在我府中的水阁里。我倚着栏杆等他时,满池幽幽的莲香让我想起那个让我意乱情迷的下午,曾经手执莲花的美少年早已被砍下头颅,而他留给我永久的纪念是我额头的那一朵红梅花。

我抚着红梅花,恍然不觉武三思已经来到身后,拥我入怀,含笑问我:"婉儿在想什么?"

我笑吟吟地道:"三思,你好大的胆子,敢动裹儿,阿韦这辈子都不会原谅你了。"

武三思冷笑:"我也是被你们逼得没办法。你们的心也太狠了,真的逼急了我,对大家都没好处。"

我笑:"你来这一手,谁比谁狠呢? 阿韦和我商量着呢,天下的男人又不是死绝了,谁没了谁不行呢? 难不成真的只剩下你家的崇训了? 当年控鹤监、奉宸府的那批人,武皇都哄得转,更何况裹儿那个丫头。"

武三思冷笑:"是吗?"

我笑着,在三思的颈间哈气:"是啊,真到不得已的时候,就像武皇对付薛怀义那个和尚一样,哄进宫来,一顿棍子打杀了。崇训那个孩子既承了爵位又娶了公主,想来是愿意的。如此,裹儿心愿得偿,阿韦无掣肘之忧,岂不是三全其美?"

武三思脸色大变,看他的眼色,实在是很想把我一把扼死,却又苦苦压抑着,但见他的额头密密地渗出汗珠子，我瞧得心痛起来，拿了手帕去拭，他的汗却是越拭越多。我叹道："他们是三全其美，可是于我有什么好处呢？三思，我实在是……舍不得你呀！"

武三思厉色一敛，忽然紧紧地抱住了我，深深地吻了下去。

良久，他放开了我，我整了整凌乱的头发衣服，喘过气来，看着他微微一笑："好生准备着，喝新媳妇茶吧，王爷！"

三思低低地笑了："婉儿，婉儿……"他就这样一直叫着我的名字，一直笑着。我知道从此以后在他的心目中，婉儿不再仅仅是一个通向权力的阶梯。我和阿韦，到底还是有些不同的，是吗？

八

公主出嫁，荣耀非凡。但是刁蛮公主可知道，自己已经成为他人的工具？

阿韦，你想让女儿称心如意，怎奈何人的欲望无底，哪有尽处呀！果不出所料，裹儿出嫁不到一月，就吵着要当"皇太女"。她若做了"皇太女"，真正掌握朝政的只怕会是幕后的太上皇武三思吧！

奇异地，明知道是武三思的阴谋，阿韦居然也被裹儿说动，做父母的不能保护女儿一生一世。想到这个世界上除了他们夫妻只怕没什么人会真心爱这丫头，留个帝位总能保证她的荣华富贵。可怜天下父母心，阿韦这么精明的女人遇上儿女事，居然也会糊涂。

倒是显在这事上还清醒些，虽然他一向怕阿韦，但在这件事上却一直摇头不肯。这已经令太子重俊为此而不安。

若说裹儿是阿韦的心头肉，太子重俊便是她的眼中刺，这根刺天天在她眼前拔不去。

重俊是宫女所生，每看到重俊，阿韦就会想到自己惨死的亲生儿子重润，就会咬牙觉得这小子占了大便宜。可怜重俊每到皇后宫中请安，总是站也不是坐也不是，永远被挑剔着羞辱。不但被裹儿当面奚落，连驸马武崇训也当面嘲笑他。

终于有一天，一个谣言使整件事爆炸。有人告诉重俊，显同意立裹儿为皇太女了。

于是，太子重俊兵变，逼宫。

谁也想不到这个平时懦弱得被阿韦母女踢来踢去也不敢说一句话的太子，竟然会兵变，连武三思也没有想到。

半夜里，重俊带着兵马杀向公主府，武三思、武崇训当场送命。安乐公主在护卫的拼死保护下逃进宫去，来不及哭诉，太子的兵马已经包围了宫城。

在睡梦中被惊醒的显、阿韦和我带着裹儿在御林军保护下退至城楼。

太子在城楼下说，他是被逼的，只是因为有外人离间了父子的亲情。那个外人，他说是武三思和上官婉儿。他已经杀了武三思，只要皇上把上官婉儿交出，他就退兵。

所有的目光都集中到我的身上，那是狼一样的眼光，他们要把我抛出去，让城楼下的人把我撕成碎片，好保全自己。

其实谁都明白，逼反太子的是阿韦母女。但是太子不能在天下人面前，逼迫父亲要嫡母和妹妹的命，他一直打着"孝子、无辜"的名义。同样，阿韦母女也明白，太子最恨的是她们，但是此刻能推出一只替罪羊来暂时保全自己，阿韦就会毫不犹豫地牺牲我。

阿韦看着我，眼神满是惋惜："婉儿，我一向视你如妹。可是，什么也比不上皇上的安危呀！就当是我对不起你了。"

从褓襁中开始，我的生命中就一直笼罩着死亡的阴影，我逃过了一次又一次，这一次我能再度逃过吗？

"皇后放心，太子攻不进城楼的。否则，他何以只要婉儿一人的性命？他是在试探。"

阿韦眼神闪烁："试探？"

我依然笑得如此优雅，谁能看出我骨子里的害怕来呢？

"太子先灭了驸马一家再冲进宫城，我相信这个消息已经走漏，勤王军一定会很快赶来。太子对此事一定心知肚明,现在我们逃上城头,易守难攻。太子不知道我们现在能守得住多久,所以他要试探。如果皇后现在把我交出去,太子就知道你的虚弱,我们的守军根本挡不住太子的进攻。如果现在交出婉儿,那么太子下一个索要的人就是皇后,再下一个——就是皇上了。"

阿韦的表情慢慢地变了:"我明白了。"

我闭上眼睛,赌上这一把:"太子从未掌过兵事,只是因为他是太子,所以这么多人跟着他。若是皇上出面,斥责太子叛乱。那么这些跟从他的人,会立刻作鸟兽散。"当然,另一种可能,是逼得太子狗急跳墙立刻发动进攻。那么,阿韦,我们谁也不能独善其身。

显站在高高的城楼上,坚定有力的声音,发布着对太子的诏令,向天下显示着帝王的威仪。谁也没有看到,我站在他的身后,一个字一个字地提示着、操纵着。

我高估太子的勇气了。从小在阿韦白眼下长大,重俊的勇气本来就不多,再看到平时像泥木一样的显忽然出现在城头,居然显得如此有帝王之威,哪里有发动进攻的胆子。

所有的经过证明重俊的确是不堪为帝,在那种千载难逢的情况下,他却一再错过机会。天亮之前,大批御林军赶到,叛乱很快被平息。

然而这次叛乱,让我开始重新审视整个朝廷的政治格局。

李唐皇族,什么是李唐皇族?

这四个字毁掉了我们上官家,这四个字令得贤流放巴州不得归来。武皇终其一生去对付这四个字,最终在暮年惨败;懦弱的太子重俊,凭了这四个字差点让我和阿韦全完蛋。

我不能不去考虑这四个字了,以前我生命中的重心是如何应付武皇、阿韦和三思。在兵变的惨烈刺激下,我在接下来的日子里无时无刻不在想"李唐皇族"这四个字。

九

重俊之死,让显失去了最后一个儿子。朝廷百官,天下人的眼光急切地搜寻着下一个皇位继承人。

相王旦是最大的可能,他曾经做过皇帝,当年又是主动在武皇面前让出太子位给显。和显一样,此刻旦的背后也站着一个女人——他的妹妹太平公主。

武三思的死让我看清了政局的走向,将来不会是韦氏天下,也不再会是武氏天下,而仍然会回到李唐皇族的手中。

但是无妨,只要有我婉儿,就一定能够继续女人天下。

太平公主府,我与公主把酒言欢,陪坐一旁的是崔湜。我与太平的友情,自武皇时代便开始。太平公主深得武皇宠爱,年轻貌美,接近权力中枢,影响着政局变化。多年来唯一堪与她并肩的只有我上官婉儿。

我们经常在一起,交换着对衣饰的心得、对政局的看法,也交换着对官员的任命和身边的男宠。

崔湜不但俊美,更难得的是文才出众,太平公主对他垂涎已久。但是,我没有放手,因为他是我最心爱的,因为他是如此地依恋着我爱慕着我,因为时候未到,因为人性对于越难得到的东西就越珍视。

现在是时候了。我闲闲地告诉太平,崔湜被御史劾奏,要被贬为江州司马,如此可爱的人儿,留在长安的日子没几天了。这边使眼色给崔湜,崔湜会意立刻跪下,求公主救他。

太平握着崔湜的手久久不愿放开,这边含笑问:"这可是放着现钟不打去铸铜,怎么不叫你家昭容去救? 我怎么说得上话呢?"

我叹气:"可不正是为这,那起小人也真是见不得人好。崔湜才学出众,怎么就做不得中书令? 只为他在我门下,就一定要这么对付他,真是木秀于林,风必摧之。我本是欣赏他的才华,不想竟误了他。公主真要给崔湜做主才是,您若不肯救他,难道真叫他到江州那种地方去?"

这边崔湜已经捧过酒来,太平含笑看着我,又看看崔湜,道:"敬酒可须自己先饮才是。"

崔湜只得饮下酒去,太平又推他:"昭容为着你的前程如此费心,你不应该先敬她一杯吗?"美少年两边敬酒,不一会儿便面似桃花。在我与公主轮番灌酒之下,崔湜不一会儿便醉伏在桌上。

坐在轿中,我掩口咔咔地笑,想象着那可怜的小东西醒来发现自己竟是在太平公主的怀中,真不知道会吓成什么样子。因为我原是哄他为着他的官位来向公主求情的,但他不知道,我真正的目的是把他作为我与太平公主联盟的信物。

方才喝多了一些,我觉得有些醺醺然,反而提了兴致。掀帘看去,快到长宁公主新园了,听说这新园子盖得极漂亮,想起公主曾请我为新园作诗,不觉来了兴致,道:"直接去新园吧!"

进了园子,果然别有一番风情。

我穿花拂柳,耳边忽然就听到微风吹来了我的名字:"可恨上官婉儿这妖女,害得重俊太子死得好冤!"

"国家有难,方有妖孽!"

"武三思就是她引见给韦后的,杀了武三思却没杀死她,真是可惜!"

"就是她唆使安乐公主要做皇太女。"

"是她怂恿着韦后专权,想做第二个女皇!"

透过花叶我看到,不过是一群李唐宗族的年轻人聚在一起发牢骚。

突然间我觉得很无趣,贤死了以后,李唐宗族再也没有英雄,只剩下一堆狗熊罢了。英雄死了,蛆虫踩着他的尸骨,享受他的生命为他们换来的一切。不要看他们如此气势高涨,恨不得食我之肉,此刻我若出现在他们面前,只怕他们没胆动我一下,自己倒会吓得魂飞魄散了。

忽然,一个低沉的声音道:"怪别人,倒不如怪自己。倘若李唐宗族多出几个英雄人物,何惧女祸!上官婉儿不过一妇人,一辈子都在宫中,遇事只消一人便可将她斩杀。当晚我若是重俊太子,决不会让这妖女有机会活下去。临场错失良机,遇事畏首畏尾,教一个女子都看轻了!"

这声音虽然低沉,话语中却有着一股噬人的力量。

我的心头猛然抽紧,李唐宗族何时出现了这么一个人物? 危险的信号在我脑海里升起。

从旁人对他的称呼中,我知道他原来竟是旦的儿子,临淄王李隆基,李唐宗族中年轻一代的灵魂人物。

女人天下的气焰,令得整个李唐宗族的男人们面目晦暗,但是李隆基却是其中的一个异数。难以置信一个人在童年时,就已经有极强烈的把天下当成己物的自我认可。五岁时他骑马闯宫门,居然敢直斥父伯辈都不敢得罪的来俊臣:"这是我家天下,你敢拦我!"为了这句狂言,他的母亲被武皇赐死,五岁的他被流放。二十年后武皇的死令他得以重回长安,他依然直闯御园——这是我家天下。

我一直以为这是个狂妄不知天高地厚的少年罢了,直到此刻看到他,我才知道自己错了。他的眼中没有虚妄的狂乱,他的眼神清澈而沉稳,年轻的脸上充满了李唐皇族骄傲的神采,这样的神采,我只在一个人的脸上看到过,那就是——贤。

看着这张酷似贤的脸,我的心在隐隐作痛,贤活着的时候,我不知道什么是爱情,贤死后我会因为每一张像他的脸庞而心软。

放过这小子罢了。我所有好兴致突然间消失了,只想速速地离开。

或许是其中亦有怕事之人,只这一走神儿,再听时他们已经岔开话头,说起园中风景诗赋来了。说起眼前的流杯池:"昔年有酒池肉林,这流杯池也是仿酒池而造,只是若要题咏,却是极难。全被这'流杯'二字限住了,再怎么写也是小样。"

我不去看别人,只看那李隆基冷笑着将旁人的诗句批得一字不存。突然间好胜心起,只想将这张骄傲的脸折服在我的面前,不由得轻笑一声,拂柳缓缓走了出来,曼声吟道:"登山一长望,正遇九春初。结驷填街术,闾阎满邑居。斗雪梅先吐,惊风柳未舒。直愁斜日落,不畏酒樽虚。"

我不看他们一眼，管自转身而走。

背后急促的脚步声追来，我微微一笑，并不停步。方走了十余步，就见李隆基已经拦在了我的面前："夫人请留步！"

我含笑，抬头，他的脸似红了一红："你不过是取巧罢了，听我们谈论了这半日，早就想好了。"

我浅笑："那么，我便不取巧，由你指定一景，我即兴而作。"

他再指一景，我再吟。

或许是今日的阳光太明媚，或许是眼前的景物太美好，或许是刚才的美酒在发生作用，又或许是因为眼前这双闪闪发亮的眼睛，我今日竟文思泉涌，不曾有片刻的停滞。只在这流杯池边，他随手一指，我便可随口而出："暂尔游山第，淹留惜未归。霞窗明月满，洞户白云飞。""瀑溜晴疑雨，丛篁昼似昏。山中真可玩，暂请报王孙。""书引藤为架，人将薜作衣。""志逐深山静，途随曲涧迷。""跋石聊长啸，攀松乍短歌。""石画妆苔色，风梭织水文。""放旷出烟云，萧条自不群。""莫怪人题树，只为赏幽栖。"

我越吟越快，他的脸色越来越红，眼睛却越来越亮，他的眼神是炽热的，像有一团团的火苗在跳跃。他是那么青春年少，他不知道，引发我文思泉涌的，不是眼前的美景，而是因为他越来越闪亮的眼神。

"流杯"二字做不好吟诗的题目吗？我就这样倚着流杯池边，看着他手指随手乱指，一口气吟作二十五首诗赋。到后来他已经完全呆住了，眼中已然全是折服，再不见半点骄傲。

一口气吟完，见他呆如木鸡，口中干渴已极，忙抢了他手中的酒盏一口饮下。他如梦初醒，忙再倒了一杯酒，我就着他的手喝下，饮得急了，一口呛住狂咳。见他似吓着了又欲上前，却怕太过造次的样子，我喘过一口气来，笑："我这可不是作诗，竟是跟人抢东西似的。"

他怔怔地看着我，我在他的耳边低声轻语："你不知道你这样子，比方才斗鸡似的骄傲样，可爱多了。"

然后我就慢慢地看着,一团红晕自他的脸一直烧到他的耳根脖子去,我大笑一声,转身便走。

他追了上来,期期艾艾地说:"你、你是谁?"

我诧异:"你不是早就已经知道了吗?"

他怔住:"我知道,我什么时候知道……"

我微笑:"普天之下,可有第二个女子,能以'流杯池'为题,在瞬间作出这二十五首诗来吗?"

瞬间,他的表情如被雷击:"上官婉儿?"

十

我不再理他,像李隆基这样令我心中偶然一动的英俊少年,和这样的偶遇事件,在我的生命中并不鲜见。他于我也不过是过眼云烟罢了。

这些时日能够影响我心情的,是裹儿那个丫头。

安乐公主一身黑衣,在大明宫中宛如幽灵般出没,眼中闪动着疯狂的光芒。武崇训出殡的那天,她哭得昏了过去。此后阿韦与我费心选了多少美男子,甚至是她自己亲自挑中的后夫武延秀,也不能使她真正开颜。只有"皇太女"这三个字,才能让她的眼中闪出兴奋的光芒。

那一日,我去见阿韦,在宫室外听到那尖厉的女声:"我恨父皇,他要是早立了我当皇太女,崇训就不会白白送命,我就不会做寡妇。母亲,阿武以前叫我们受过的苦,你都忘记了吗?你就这样忍气吞声!父皇不肯立我做皇太女,母亲要给我做主。阿武能做皇帝,母亲为什么不能做女皇帝?"

阿武,她们在背后这样称呼武皇,内心里对这个名字仍有着强烈的恐惧和向往。越是这样,却越是要装作不在乎。

我不明白,阿韦也不明白,像武崇训那样的男子要多少有多少,为什么像裹儿这样的天之骄女,却对他死心塌地,哪怕是他已经死了。或许,我和阿韦从来没有过任性的年少轻狂时期,从来没有不顾一切地爱过。

这样倾尽一切的爱,于我们这些宫廷中挣扎求生的人来说,原是一件极度奢侈的事。

然而以前的裹儿,虽然骄纵却仍不失为一个天真可爱的少女,如今的裹儿却因为她死亡的爱情,变成一个恶毒的疯妇,她的毒汁开始侵害到别人。

阿韦刚开始时和我一样,尽力想去劝回裹儿,打消她疯狂的念头。渐渐地,我却觉察出不对的气氛来,阿韦看我的眼光开始闪烁,对我说的话开始有所保留,然而她和裹儿单独在一起的时间却越来越长。

她们毕竟是母女,骨血相连。疏不间亲,我所有的忠言变成逆耳,我所有的远见变成怯懦和自私。为女皇的是她们不是我,所以妒忌,裹儿如是说。

我话到嘴边又咽了回去,我想告诉阿韦,李唐宗族有一个危险的少年。却在那一刹那间,我想起了他酷似贤的神情,那闪闪发亮的眼睛,我没有把话说出口。

而阿韦却在渐渐离我远去。

我在宫里的时间渐少,我在府中的时间渐多。

一盒盒的珠宝,一张张的调令,自我的府第,送入朝中的重臣手中,我不能不为自己准备好后路。

直到那一天的变故发生。

阿韦急急传我入宫,大明宫的御榻上,显的尸身犹有余温,他是吃了安乐公主送来的汤饼。

我跌坐在地上,泪如泉涌。我后悔出宫开府,没能留在宫里,没能阻止这场蠢事,果然被我不幸言中,阿韦,你迟早死在裹儿这个蠢女儿手中。

阿韦惊慌而悲伤,像是完全要崩溃了,裹儿却已经取了龙袍要披到她母亲的身上:"母亲,你明天就登基。"

我厉声道:"不可以!"

裹儿看着我的眼神,像是要将我活活咬死,她的人生,原就是容不得别人说一个"不"字:"为什么不可以?"

我没有看她,只是看着阿韦:"皇帝死得蹊跷,皇后要立刻称帝,这不是昭告天下说您谋朝弑君吗？那些李唐宗族和守旧老臣，会将你们撕成碎片的。"我闭上眼睛，长长地舒了一口气，又道："禁卫军在你的手中吗？韦氏家族掌握了多少兵马？满朝文武有多少与您面和心不和？您有把握能在变故发生后，完全掌握朝政吗？"

阿韦抬起头来，竟似慢慢地有了活力，她的性格最是坚韧，越是困境越能激发她的斗志来："我能，但需要时间。"

我飞快地写下显的遗诏："立温王重茂为太子，皇后临朝参知政事。相王辅政。"

裹儿尖叫一声："为什么不立我为皇太女？你敢立重茂那个小子，我现在就去杀了他。"

阿韦看着我，沉声道："裹儿不要闹，听婉儿说。"

我缓缓地道："强如武皇，仍然留了高宗皇帝二十多年，在高宗皇帝死后，又经历了两个皇帝，才敢自立为帝。饶是这样，仍然在暮年为张柬之所逼宫。皇后，帝位欲速则不达，天下有多少人等着抓我们的错，把我们撕碎，你需要时间。天下人都知道公主想做皇太女，只有立重茂，你们才能洗脱皇帝暴死的嫌疑。重茂不过是个傀儡，皇后仍能做实际上的女皇帝，直到时机成熟，再学武皇那样废帝自立。"

阿韦看着诏书："为什么要相王辅政？"

我微笑："因为相王是个更好的傀儡。"

阿韦也笑了，相王旦当年率先上表请母亲为帝，又辞了太子位要让给显，让这样一个对权力畏之如虎的人来做辅政，既堵了天下人的口，又得心应手。

六月初一，中宗李显在后宫中毒而死。韦后秘不发丧。六月初二，韦后火速征发五万府兵屯驻京城，各路统领皆为韦姓。六月初三，韦后将各路宰相及皇室成员召至宫中，知会中宗晏驾。我宣读显的遗诏：立温王重茂为皇太子，皇后临朝执政，相王参决政事。

然后，万众朝拜，战战兢兢的太子李重茂登基为皇了。

　　我以为这场风波可以这样过去,然而在重茂登基的次日,却有宰相宗楚客及韦后兄韦温等率诸宰相上表,请奏由太后韦氏专决政事,韦太后遂罢去相王参政之权。

　　我在宫中,听到最后一个消息时,我知道我要彻底放弃阿韦了,这个数年来命运一直与我紧紧相连的人。因为她和她的女儿一样疯了,当她决定抛开相王时,我知道她已经完了。

　　但是我不会和她们一起疯,一起完。我还有最后一张牌——太平公主。

　　我秘密驱车来到中书令崔湜的府中:"崔湜,我要坐你的马车,去见太平公主。"

　　此刻太平公主和李唐诸王的府中,必已被监视,我绝不能让阿韦知道我去见过太平公主了。

　　崔湜大惊:"昭容,这太危险了!"话音未了我已经一掌扇去:"少废话,叫你去就去!"

　　他大约从未见我如此凶恶,怔住了,泪水缓缓流下,只是我此刻已经顾不得他了。

　　借着崔湜的掩护,我来到了太平公主的面前,她惊呆了。

　　我把我所写的遗诏手稿给她看,把一切的经过告诉了她:"我苦心硬是添上相王辅政这一笔,就是为李唐天下做最后的努力,谁知道还是失败了。公主,告诉临淄王,我等着他。"我把宫中禁卫的布置图留下,再乘崔湜的马车离开。

　　六月二十日,我在睡梦中被惊醒,听着远处的杀声,我知道一切已经开始了。

　　我坐起,缓缓梳妆。

　　我镇定的态度,让身边众宫娥的神情也镇定了下来。当刘幽求带着兵马直冲入我的宫殿时,我已经率众宫娥,列队秉烛相迎。

　　那一群已经杀红了眼的军士,竟被我们这群娇弱的宫女,吓得怔住了。

　　刘幽求盯着我:"末将奉命,杀昭容上官氏。"

　　我缓缓地步下台阶:"我自去见临淄王。"

大明宫中,烛火通明。临淄王李隆基一身银甲在火光中闪闪发亮,他的眼睛也同样闪闪发亮。就在这万人中,他看到了我,我也看到了他。

两颗血淋淋的人头被捧上来,是阿韦和裹儿。

饶是我早有心理准备,也不禁一阵晕眩。阿韦,生命原是如此的脆弱,就算你曾经站在权力的顶峰。

"刘幽求,要你取的人头呢?"临淄王冷冷的声音。

刘幽求奉上我刚才所给的诏书草稿:"昭容自称无罪。"

"杀",从临淄王的口中吐出这个字来,我浑身一颤,简直不能置信。没有人可以杀婉儿,没有人会舍得杀婉儿,哪怕是无情若武皇,哪怕是狠毒似韦后。

我看着李隆基的脸,他头上青筋暴突,眼中却有着炽热的火,是挣扎,是痛恨,是……

突然间我领悟了,突然间想哭,想笑……原来在那一个春天,我真不该去撩拨这个血气方刚的少年啊。

他要摆脱女人天下,他要恢复李唐江山,如果这一刻他不能下狠心,他就要在我的手中万劫不复。

刹那间,我眼前闪过母亲临死前的面容,她凝视着我,说:"善泳者,必溺于水!"

我缓缓地闭上眼睛,从我十四岁自掖庭出来,去参见武皇时,一切都已经注定。

我缓缓地转身向外而行。

"叶下洞庭初,思君万里余。"贤,万里之外,你的魂魄安在?

背后,那双炽热的眼睛,送我启程。

公元 710 年,唐中宗景龙四年,临淄王李隆基诛韦后、上官婉儿。后来,他登上权力的高峰,开始了中国历史上最强盛的开元盛世,结束了女人天下的统治。

十一　后记

若干年后,唐玄宗李隆基下令收集上官婉儿的诗文,辑成二十卷,并令丞相张说为之作序,序中极尽溢美之词:"敏识聪听,探微镜理,开卷海纳,宛若前闻,摇笔云飞,咸同宿构。……古者有女史记功书过,复有女尚书决事宫阁,昭容两朝专美,一日万机,顾问不遗,应接如响,虽汉称班媛,晋誉左嫔,文章之道不殊,辅佐之功则异。"

谁也不知道,皇帝为什么要为一个被他亲自下令处死的罪人,做这一切事。

花蕊夫人

一

那一日,正是蜀主孟昶入京的日子。

宋太祖赵匡胤亲派皇弟晋王赵光义,安排孟昶等住于城外皇家别墅玉津园。对一个降王用如此高的规模来接待,孟昶自是受宠若惊,惶惑不安。

赵匡胤却有其用意。他陈桥兵变黄袍加身才不过几年,而且四方未平,各地诸侯如北汉刘钧、南汉刘铱、南唐李煜、吴越钱俶等都尚割据一方。他存心善待后周柴氏后人、降王孟昶等,就是要向天下表明他是个仁厚之主,也要孟昶的驯服,为其他诸侯做一个榜样。

然而这一日,赵光义见着了花蕊夫人。

孟昶是第一个自车驾中走出来的,然后他扶出老母李氏。第三个走出车驾的,是孟昶妃费氏,被封为慧妃,然而所有的人,都称她为花蕊夫人。

那轿帘缓缓掀开,一只纤纤玉手伸出来时,所有的人都屏住了呼吸,军士、车马,所有的喧闹忽然自动停止了,仿佛时间也凝滞了。

然后,是她那如云的发髻,是她那金步摇清脆的声音,是她那绝非凡尘中人所有的仙姿玉容。当这一切显现出来的时候,现场所有的人眼前一亮。当她被侍女轻盈地扶出时,仿佛一阵轻风吹来,吹动她衣袂飞扬,她便要随风而去似的。

当她步下车驾时,脚步微颤,在场所有的男人,都忍不住想伸手扶她。

赵光义第一次见识到女人惊心动魄的美,他终于明白她为什么会被称之为"花蕊"。"花不足以拟其色,蕊差堪状其容。"是的,她就是花蕊,花中的那一点娇蕊,那样地瑟瑟动人,那样地柔弱无助。

她是孟昶的妃子!

为什么她竟会是别人的妃子?

他看到她向他盈盈下拜时,哪怕是战场上一百回合,也没有此刻流的汗多。迷迷糊糊间,他不知道自己说了什么,做了什么,只在心中不断地念着:"克制,克制……"

然后他看到她站起来,走入宅内,回首秋波流转,嫣然一笑。

自此,赵光义疯魔了似的,天天往秦国公府中跑。

孟昶自归降后,被封为秦国公,封检校太师兼中书令。

自开城归降之时至今,孟昶一直悬着的心,才微有一点放下,对花蕊道:"命中注定我不是君王之身,此时幸而大难不死,从此只与卿做一对布衣夫妻足矣!"

然而此刻的花蕊心中,却是五味杂陈,百感交集。

她十四岁入孟昶宫中为妃。从此,孟昶的眼中再也看不到别的女人。他为她描眉,他为她写诗赋。为着她喜爱芙蓉花,他便把沿城四十里种满芙蓉;为她在摩诃池上建筑水晶宫殿;她写宫词,孟昶便在旁边看着评着,甚至传谕大学士将花蕊夫人的宫词刊行天下。

他曾得意地说:"今生能得花蕊为妃,我要叫天下人都羡慕我,嫉妒我!"

她曾以为,她的世界是永远这样幸福快乐,因为有他,他是君王呀,他撑起她头上的一片天。

然而有一天,这天塌了!

她一辈子都记得那一天。

那一天,花蕊倚在榻边,孟昶为她作词。就在此刻,急报传来,宋军已经将京城团团围住。

然后她看着她的天，就这么忽然塌了下来。

此前她疑惑过、问过、劝过，甚至不惜效法前贤脱簪侍罪过，然而孟昶轻轻巧巧地说一句："蜀道之难难于上青天，卿尽管放心，一切有孤！"

然后她看着他调兵遣将，看着他开始无心留恋后宫，看着他眉头渐皱，看着他忽然有了一丝白发……

她欲节省宫中的花费以资军用，却惹来他的怒气："蜀中富甲天下，何用你作此小家小户之行！"于是她羞惭了、退却了。毕竟，他是她的君王，她只是宫中一妇人而已，能比得过他的见识主张吗？

然而从那一天起，孟昶似乎做什么都是错的，调兵调错、用将用错，十四万人不战而溃，宋兵已经围城了。臣子们求他拼死抵抗，他不敢；李太后劝他自尽保君王体统，他怕死……只能着了白衣白帽，自缚了出城请降。

他听说宋主答应了保他性命，保他家眷，便抓着这根救命的稻草了。

花蕊的心何止碎，何止死，原来心中敬若神明的偶像，一朝碎裂，竟是泥塑木雕。

宋兵入城，满城洗劫，后宫遭难。那一夜芙蓉花上脑浆迸裂，水晶宫内尸横遍地……宋将朱光旭那张荒淫残暴的脸，她在梦中都会被吓醒。若不是宋皇的旨意及时赶到，亡国妾妇，她会面对什么样的命运，她简直不敢想下去。她明明白白地看到，她逃过一劫，然而别人却未必有这样的幸运，那些宫女侧妃或被虐杀，或自尽了断，那死状夜夜浮现在她梦中。

那段时间，她身心如处地狱。然而旨意下来，孟昶一家立赴京城。她不知道前面等待他们的会是什么，是脱离虎口，还是进入一个更可怕的魔窟？

行在蜀道中，山道崎岖，饱受路途之苦，然而更苦的是她的心，听那杜宇声声叫唤："不如归去，不如归去……"然而她已经走上了不归之途，再也无法归去了。

夜晚于驿站，不能成眠，独自徘徊，于壁上写就半阕词："初离蜀道心将碎，离恨绵绵，春日如年，马上时时闻杜鹃……"咽泪吞声，词终不能成篇。

抵京之日，她于车内梳妆，镜中花颜已瘦，手中戴的玉镯会自动掉落，弱不胜

衣,风吹动她的衣袂,仿佛可以将她连人一起吹走似的。

将她吹走了也罢,吹到天尽头,一了百了。

二

进京这些时日,晋王赵光义日日跑过来。她不知道这人来做什么,听说他与他的哥哥一样,两兄弟都是马上打来的天下,无数场的沙场血战,尸横遍地里走出来的。

然而他的样子不像啊!怎么也想不到,这个笑容永远温柔可亲的白袍将军,只消用眼尾轻轻一扫,那些杀人如麻的凶神恶煞,便在他的面前如此地温驯惶恐。

晋王第一次来时,正遇上那些来打秋风的破蜀宋将,欺着这亡国之君初到京城,或索美女,或借钱财。孟昶打躬作揖地忙得要命。忽然,一队全副武装的兵士冲了进来,刀出鞘,弓上弦,将全府上下都赶到一起围了个水泄不通,倒仿佛要抄家似的。女眷们差点吓昏过去,连孟昶都抖个不停。然后,晋王赵光义全副武装地进来,银甲在阳光下闪闪发亮,刀剑都犹有血腥之气。此后,秦国公府便再也无人敢来骚扰。

这样的人,才不愧是男儿呀!

孟昶自入京后,便"病"了,闭门在书房里,一壶酒,便将自己永远锁在醉中梦中。这个世界里,他只有听天由命,不敢做不敢说,甚至不敢想任何事,不醉、不梦,又能如何?

此后晋王就来得越来越勤了,今日送宫中的丝绸,明日送江南的橘子,后日送……他的排场随从也一次比一次小,谈吐也一次次往文雅上靠。兵士、盔甲、刀剑都一概收起,连骑马都少了,倒是坐轿的时候多。

那一日,他送了唐代的薛涛笺来,已经是一身儒装,手执折扇,只带了两名小侍童,安步而来,倒像是个刚进京赶考的举人,只是一身武将的体魄,与这身儒装未免有些格格不入。花蕊想起他第一次来的情景,与现在差别如天与地,看着他不由得嫣然一笑。

赵光义被她这一笑,竟忽然窘如十余岁的少年一样,面红耳赤,神情甚是可爱,花蕊不由得心中一动。

他们讨论着薛涛笺与薛涛,赵光义像是做足了功课似的有问必答,花蕊微笑,一抬头却见他火一般炽热的眼神,不由得怔住了,在那桃花片片坠落的下午,她第一次感觉到一个男人的胸怀竟会带给人这么大的安全感。

宋太祖赵匡胤隐约听到了些风声,大怒。他与赵光义两兄弟棍棒打下的江山,俱是铁铮铮的男儿。这个兄弟他寄望极深,从来不好女色的,妻妾子女俱全,怎么可能与一个亡国妖女惹下这等的流言来?

这时正逢了一个节日,赵匡胤赐恩,让孟昶一家入宫,于是花蕊也必须入宫谢恩。

赵匡胤也不多看她,他是英雄性儿,天下女子看上去都是差不多的。他年轻时,也有千里送京娘坐怀不乱的侠行,更何况如今身为天子,何等美女不曾见过,在他眼中看上去都是花枝招展的一团。

如今见这女子低着头也看不清样貌来,哼,女色误国,已经祸害了蜀国,岂容她再祸害到这儿来?想到这儿,脸上却不动声色,只道:"朕听说花蕊夫人才貌双全,如此盛会,岂能无诗,朕命你作诗一首。题目——就叫'蜀亡'吧!"

赵光义在旁,听得怔住了,教一个亡国之妃,作这样的诗,摆明了是羞辱,是刁难。莫说这诗题是存心在伤口上撒盐,只是这诗,如何作?

若叙亡国之痛、故国之思,便是心存不满乃至反意;若是欢喜颂圣,又是个全无心肝的亡国妖姬。

然而,此刻在皇帝面前,纵是心中着急,也不敢,不可有任何的表露啊!

花蕊执笔在手,这笔有千钧之重哪,刹那间,亡国之痛,离乱之苦,心中的不甘不忿一起涌上心头,再不思索,提笔直下:"君王城上竖降旗,妾在深宫那得知。十四万人齐解甲,更无一个是男儿。"

诗笺立刻被送到赵匡胤的面前,他震惊了。

赵匡胤看着花蕊:"你且抬起头来。"

花蕊心中不知是福是祸,她微微抬头,看着皇帝。

赵匡胤看着她的脸,一动不动,一言不发,众人心惊胆战地等着皇帝的命令,不知是杀是赦。

过了许久,皇帝忽然站起身来,执诗笺拂袖而去,连一句话也没有留下。

众人忙不迭地跪送,却见皇帝早已经离去,只余一地的人跪在那儿,呆若木鸡,不敢起身。

晋王怔了半晌,先站起身来,道:"官家已经走了,你们也平身吧。"

孟昶不知所措地问:"晋王爷,那臣等……"

赵光义神情复杂地看了花蕊夫人一眼,道:"官家没有吩咐,你们暂且告退吧,若是官家还有事,再召你们进宫。"

花蕊的这一首诗,放在赵匡胤的案头,已经三天了,他总是久久地注视着这首诗,不发一言。

三天后,孟昶再度被召入宫中,皇帝亲自于大明殿赐宴,殷勤过问饮食起居,又亲手搀扶着孟昶的母亲李太后,称之为"国母",再赐孟昶采邑之地。

返回家里,孟昶兴奋得手舞足蹈,所有忧虑,一扫而空,笑道:"赵官家毕竟是仁厚之君,你我从此可以无忧矣!"当晚,孟昶又多喝了许多,至酩酊大醉。自降宋以来的愁云惨雾,似乎一扫而空。花蕊虽然未曾有幸参加此次盛宴,看着孟昶的样子,倒也替他高兴。

不料,过了几日,孟昶大约是饮食不当,忽然上吐下泻,当晚便昏迷不醒。李太后和花蕊着了忙,阖府上下弄得人仰马翻。

皇帝也听到了消息,十分着急,立刻派了最好的御医,带了珍贵的药材来。诊断的结果是水土不服,饮食不当,饮酒过度,虚不受补。

十余个御医忙了几日,皇帝也日日派人来问候,只可惜孟昶福分太浅,难以承受皇帝的厚恩,终于在赐宴的第七天,不治身亡。

重重恶浪连番打来,孟昶绝命之时,阖家大哭,只有孟昶生母李氏,却并不号哭，她走到床前，倒了一杯酒，浇在地上，道："你不能死殉社稷，贪生至此，我亦为你尚存，所以不忍就死。今日你已经死了，我又何必再活着受罪？"将杯掷地，转身不顾而去。

从那一刻起，李氏不饮不食，不过三日，便绝食而死。

皇帝闻知噩耗，叹息不已，追封孟昶为楚王，除赙赠布帛千匹，葬费尽由官给之外，自己竟也为孟昶而废朝五日，素服发哀并亲自到孟府祭奠。

三

当夜，风雨交加，晋王赵光义正欲就寝，忽然，王府给事来报，楚王府来人，有急事要面见晋王。

一个披着斗篷的女子，走入了书房。

赵光义见了那人的容貌，脸色大变，连忙斥退左右，再仔细地察看了外面确定无人以后，方回过头来，道："花蕊，怎么是你？"

花蕊浑身是雨水，脸色惨白，突然间跪在赵光义的面前，她的脸色惨白："晋王——晋王救我！"

赵光义吓了一跳，连忙将她半扶半抱着搀起来："花蕊，怎么了？出了什么事了？"

花蕊的手冷如寒冰，她整个人抖得厉害，脸上的神情，简直是处于崩溃的边缘："晋王，花蕊方寸已乱，我、我唯一能想到的，就是你——"

赵光义看着她弱不禁风的样子，越发地楚楚可怜，心中抽痛，不禁将她紧紧地抱住："花蕊，不要怕，有我呢！"

花蕊伏在他的肩头，整个人颤抖不已。

赵光义轻轻抚着她的后背，温柔地道："花蕊，你放心，天大的事，一切有我呢！"

她的神情渐渐地安定了下来，整个人也从紧张渐渐松弛了下来，她的手本来是潮湿冰冷的，也渐渐地变暖，脸上也渐渐有了血色。

两行清泪自花蕊的脸上缓缓流下:"主公,主公他去了,太夫人也……今日官家来,他说,他说怜惜我孤苦,让我入宫陪伴太后——"

恍若一个晴天霹雳,赵光义顿时呆住了:"你、你说——不、不可能的,官家怎么会有这样的心思?他素来不好女色的,宫中这么多的妃子他都……"

花蕊浑身颤抖:"我、我怕,主公好端端的,大明殿赐宴不过七日就……如今官家又说这话……晋王,你说——"

"花蕊——"赵光义用力捂住了她的嘴,"这话,你说不得,非但说不得,连想也不可以想!"

花蕊看着赵光义:"晋王,国破家亡,人到此境,还怕什么?"

赵光义一阵激动:"不,花蕊,我不许你这么说——"

相较于赵光义的激动,花蕊反而平静了下来:"晋王,如今花蕊唯一可托可信的人只有你,也只有你能够救花蕊。"

忽然,一道闪电,直照得赵光义脸色煞白,紧接着霹雳之声,震得人心胆俱裂。赵光义放开花蕊,退后一步,柔声道:"花蕊,你要我怎么做?"

花蕊眼中柔情无限:"花蕊已经将自己的命运交与晋王。"

赵光义的额角冷汗直冒:"可是,可是他是我哥哥。"

花蕊上前一步:"可花蕊心中,只有晋王。"

赵光义冷汗更多:"可是,他是皇帝!"

花蕊打了个寒战:"难道他连你也——"

赵光义摇了摇头:"不,他不会。"这个皇帝兄长,他知之甚深,从小对兄弟骨肉极是仁爱,朋友下属无不顾全,因此,众人归心而得天下。

可是这个哥哥,也是心性极坚毅的人,他从小到大,要做的事,要得到的东西,哪怕艰难险阻再多,也从来不曾放弃过。

他若为了花蕊而向皇帝求情,皇帝不会杀他,可是在皇帝的心中,只怕会对他这个"贪恋女色"的弟弟大为失望。他就会从一个权倾天下的晋王,国之栋梁,慢慢地被投置闲散,成为一个闲人废人,怀才不遇,默默无闻。

当年兄弟投身军旅,半生枪林箭雨中闯得的一切,就此放弃吗?

也许皇帝不会对他怎么样,也许他想得太多了。可是半生政治风波,他不能不往最坏的地方去想。

花蕊伸手,抱住了赵光义:"晋王,倘若官家怪罪,那就罪在花蕊吧,只要晋王真心对我,哪怕只有一日,我也死而无憾。"

赵光义心中巨震:"花蕊——"他心潮激动,用力抱住了花蕊,"今生得你如此待我,光义死而无憾。"

花蕊露出喜悦的笑容,她一句话也不说,只将头默默地埋入赵光义的怀中。

赵光义一颗心飘飘荡荡,如升九重云霄。

突然间又是一阵巨雷响起,蓦然将他从幻梦中打醒。赵光义浑身一震,他看着怀中的花蕊,犹豫再三,终于狠了狠心,推开了她,道:"花蕊,对不起,我救不得你。"

花蕊脸上的血色骤然退去,颤声道:"晋王,你说什么?"

赵光义别转头去,道:"明日,明日你就入宫去吧!"

花蕊退后一步,难以置信地指着他:"入宫,你要我入宫去,你真的要我入宫去?"

赵光义不敢回头看她,只是径自说下去:"夫人,官家要你入宫侍奉太后,是你的福分。你、你去吧,只当今生今世,从未认识过赵光义这个人。"

花蕊怔住了,她笔直地站着,像是化作了一具石像。

赵光义看得害怕起来,上来一步,欲去扶她:"花蕊——"

花蕊忽然厉声道:"别碰我——"

赵光义吓得退后一步:"你、你怎么样了?"

花蕊一字字道:"我很好,晋王,我没事。官家要我侍奉,是我的福气。原来我从来就没真的认识过你呀,晋王。你既无心我便休,我何必要逼你?原来花蕊今日来错了地方,求错了人。"

赵光义听着她一番斩钉截铁的话,每一字,都像是一把刀在割着他的心。花

蕊眼中决绝的眼神,更是令他从心底里感觉到阵阵寒意。

花蕊转过身去,拾起落在地上的斗篷,缓缓地披上,一步步向外走去。

赵光义心潮澎湃,失声叫道:"花蕊——"

花蕊已经走到门边,忽然站住了,若非赵光义心情激动,应该可以看到她的背影在微微颤动:"晋王还有什么事吗?"

赵光义看着她的背影,千言万语,到喉边却又哽咽:"你,保重……"

花蕊深吸一口气,冷冷地道:"你放心,我自然会保重的。这个世上,我若不爱自己,还能爱谁? 我若不为自己,谁会为我?"一卷斗篷,头也不回地去了。

赵光义看着她的背影远去,无力地跌坐在地上。

这一夜,风雷交加,无休无止,为什么老天爷竟不肯饶人有片刻的安宁?

四

次日,一顶凤辇,接了花蕊夫人入宫。

赵匡胤自得了花蕊为妃后,忽然觉得眼前出现了一个新的天地。

他曾经娶过两任妻子,原配贺氏,继配王氏,都是贤妻良母,与他相敬如宾,只可惜俱已经早亡。宫中妃嫔纵有千娇百媚,或千依百顺的,在他眼中,不过都是花团锦簇的玩意儿罢了。他以为女人都是这个样子的,直至花蕊入宫,他才发觉,原来他根本不懂女人。

令他真正动心的,不仅仅是花蕊的美貌,更是花蕊的才慧。

赵光义每次进宫,都能够听到皇帝说起花蕊来。

皇帝喜欢下了朝,到花蕊宫中,点一炉香,与她谈天说地,听她妙语如珠,说着前蜀往事;闲来则下棋解闷,花蕊棋力极好,每每杀得他满头大汗才险胜几局;有时候,则什么也不说,他静静地躺在那儿听她弹琴,在她优雅的琴声中,朝政的烦恼,天下的纷乱,便慢慢退去,一时间心静如水,次日上朝,难题便迎刃而解。

花蕊的宫中,既不似前皇后的简朴,又没有那些妃子的热闹俗气,花蕊的房中永远有着花香,雅致得叫人感觉不到其中用的心思。然而皇帝一日不到此宫,便会觉得心烦意乱,片刻难安。不过两个月,宫中的妃嫔宫娥们,便梳着花蕊式的发式,穿着她最喜欢穿的衣服样式,以求能取悦皇帝。

花蕊、花蕊、花蕊——

不到两个月,花蕊似乎收服了所有人的心。

赵光义不明白,为什么每一个人都要在他的面前提到花蕊。皇帝提到花蕊,那是他心爱的女人;太后提到花蕊,那是因为花蕊格外讨她欢心;大臣们提到花蕊,是为一个亡国之妃得到君王的宠爱而忧心忡忡。

可是就连走到街上,也要听到蜀锦比其他的锦缎要贵上一倍的事,只因为——那是花蕊夫人喜欢的样式,就连蜀中风味的菜式,也忽然风行京城。他兼任开封府尹,这些事,自然要扰到他的耳边的。

这日回到家中,见有新鲜的菜式,不过夸奖两口,他的夫人李氏便喜滋滋地告诉他,这是宫中所赐的御食,叫作"绯羊首",说了一大堆的做法,最后才道:"这是花蕊夫人想出来的新鲜花样,为着官家重视兄弟,所以各王府都赐了一道。"

李氏正夸说着入宫见花蕊夫人的情形,却没瞧见晋王赵光义的脸色已经变成铁青,也不知道说错了什么,赵光义忽地站起来,一脚踢翻了桌子,冲了出去。

赵光义放马疾驰,他也不知道能奔向何处,只是心头剧痛,这无名之痛,从何而来,何时才休? 花蕊,花蕊,你真的这么快就把过去抛开,就能把皇妃的角色演得这么投入,这么成功吗?

他伏在马上,那马无人鞭打,慢慢地走着,慢慢地走着,也不知走了多久。马,停了下来。赵光义抬起头来,惊得差点跌下马去,眼前,竟然是昔日的楚王孟昶府。原来老马识途,竟将他又带回那往日旧游之地。

只是这宅子如今已经是空无一人,门前冷落,那"楚王府"的匾额已经有一半落在地上。赵光义推开门走了进去,只见雕梁画栋,依然如故,却已经是布满尘灰。后园的桃树,已经是花落子满荫。想昔日桃花树下,两人共谈薛涛笺,笑看着花瓣片片飞旋而落,而如今,如今她已经在另一人的怀抱中。这个人,是他的亲哥哥,是他一手把她推向他哥哥怀抱的。

她跟他,也看花吗？也赏月吗？也谈诗吗？也填词吗？她快乐吗？她伤心吗？她想着的是他,还是自己？每一个念头,都像一只铁锤在敲打着他的头,就像是一万根针在扎他的心,他想得都快发狂了。

他多么想远远地逃开,逃到一个看不见她,听不到有关她的任何事的地方去,可是他逃不了,他不能逃,哪怕只有片刻,他也逃不掉。

竟然会有人,找他找到这儿来呀！

"晋王殿下——"他深吸了一口气,确定已经抚平自己脸上的痛楚,才缓缓地转过身去。

是宰相赵普,他焦急地跑来。是什么令这个精于谋算的老政客惊慌如此？

"晋王殿下,出了大事了。我听到大内传出来的消息,官家要立花蕊夫人为皇后！"

晴天一声巨雷响过,花蕊,她要当皇后了？

五

第二日临朝,皇帝果然提出,要立花蕊为皇后。

晋王赵光义与宰相赵普力争不可,理由很简单——亡国之妃,不祥之兆,绝对不可母仪天下。

两人加起来,几乎已经可以左右朝中一大半的势力了。皇帝素来倚重晋王,信任宰相,此二人磕头泣血地反对,自然引起朝臣们的连锁反应,也纷纷跪奏上表反对立花蕊为皇后。

皇帝无奈,道："此事容后再议！"

朝堂上的消息,立刻飞也似的传回内宫之中。内侍报告时,花蕊正在梳妆,她握着梳子,怔怔地听着,一言不发,看不出她的神情,是忧是怒。然而她的手紧紧地握着梳子,梳子的齿印早已经深深地陷进她的掌心,刺进她娇嫩的肌肤中,一滴滴鲜血滴落在她浅色的裙裾上,仿佛瓣瓣桃花落下。

侍女惊叫起来："娘娘——"连忙冲上来,帮她拿开梳子,为她包扎伤口,花蕊仿佛被定住了身似的,一动不动任由她们摆布。

那内侍吓得忙要退下,花蕊忽然开口:"是晋王、宰相吗?"

那内侍忙磕头道:"是的,是晋王与宰相率先反对。"

花蕊怔怔地点了点头,道:"知道了,去领赏吧,就当什么事也没发生过。"

那内侍退下了,侍女正取了细白布来为她包扎伤口,花蕊忽然用力一挥手,将梳妆台上的镜子、首饰统统挥落在地。众侍女吓坏了,自花蕊入宫以来,永远是那么和蔼可亲,温柔待人,何曾见过她发这么大的脾气。

看到众侍女们惊惶失措都跪倒在地的样子,花蕊深吸一口气,平复了一下心情,冷冷地道:"我只是不喜欢这个镜子罢了。来人,打开第三个箱子,把绿玉盒中的镜子取出来。"

侍女们连忙站起来,忙着撤换了镜子,继续为花蕊梳妆。花蕊看着镜中的自己,淡淡地道:"今儿不梳这式样,换一种——朝天髻。"

这朝天髻梳得还真叫复杂,赵匡胤下朝时,花蕊的新发式才刚刚梳好。见赵匡胤已经下朝回宫,花蕊连忙跪迎。

赵匡胤脸带怒气,见了花蕊,勉强挤出一丝笑意来,只是再不肯多说一句话。

花蕊柔声道:"官家今日怎么了,为什么不自在?"

赵匡胤勉强笑道:"你别多心,不是为你。"

花蕊笑道:"那是为着今日早朝的事吗?"

赵匡胤怔住了:"你、你知道了?"

花蕊微笑道:"妾早就说过了,都是官家自己闹的,只要能够侍候官家,妾身就已经心满意足了。官家,天下初定,不要为妾身一个妇人,与大臣们闹意气。"

赵匡胤冷笑道:"意气?何曾是朕在闹意气,都是他们在意气用事,说什么你……"他看了花蕊一眼,把下面的话咽了进去,"真是贤愚不辨,似你这般聪明贤德,怎么就做不得皇后了?"

花蕊温柔地道:"官家,咱们不提这事了好不好?今日上奏的臣子们,虽然有些无知,但念在他们也是忠君爱国之意,就请官家原谅他们。"

赵匡胤抱着她,叹道:"满朝文武,及不得你一个女子识大体、明大义。"

花蕊挣扎开来,嗔道:"官家好坏,把妾身新发式都弄乱了,害得人家又得重新梳妆了——"她媚媚地瞟了赵匡胤一眼,"就罚官家为我捧镜,看妾身梳妆。"

赵匡胤笑道:"好好好,侍奉妆台,这么香艳的罚,朕求之不得。"

花蕊微微一笑,坐下来重新梳妆。赵匡胤顺手捧起梳妆台上的绿玉盒,只见盒内一面小小铜镜,却是用岫玉雕成云龙为框,十分精致,铜在中间,有如浮云捧着一轮圆月,光彩耀目,不禁拿起铜镜把玩,只见那背面盘龙雕花,十分精致,及至看到上刻的一行小字,不由得怔住了。

花蕊背对着他,瞧不见他的神色,等了半晌,嗔道:"官家你怎么了?"转过头来,却见赵匡胤拿着镜子发呆。

花蕊轻唤道:"官家,官家——"

赵匡胤方回过神来,道:"这镜子是从哪里来的?"

花蕊不在意地道:"哦,那不过是从蜀宫中带来的旧物罢了。"

赵匡胤皱起了眉头,道:"此镜上的年号是谁家的?"

花蕊诧异地道:"什么年号?"她拿过镜子来一看,却见镜子上刻着一行小字"乾德四年造",不由笑道:"哎呀,如今可不也就是乾德四年吗? 可这镜子我都用了许多年了。那一定是过去君王的年号了!"

赵匡胤眉头深锁:"不错,这镜子,这刻字,一看就知道有些年头啦。孟昶是乾德三年归降来京的,而这镜上铸的是'乾德四年造',显然不是朕的年号了,必然是过去帝王有用过此年号的。"想到这儿,不由得勃然大怒,"岂有此理! 当朕改元时,一再交代,不得用过去帝王用过的年号,就是赵普拟定的'乾德'二字,说是历朝历代,没人用过,如今此镜可证明,必有人用过。哼,今早在朝堂,他居然还有脸跟朕引经据典,说出一套套的典故来反驳朕,自己却是如此不学无术。弄出一个前人用过的年号来,岂不叫我大宋朝贻笑天下?"

花蕊忙跪倒在地:"陛下息怒,都是臣妾的不是,来人——马上把这镜子拿出去扔了!"

赵匡胤喝道:"不必了,朕拿给赵普,让他自己瞧瞧去。"今天早朝让这赵普气得够呛,如今倒正有个机会让他把气发作出来。

花蕊叫道:"官家——"

赵匡胤忙转过笑脸,亲手扶起花蕊道:"爱妃,不关你的事,快快起来。"

花蕊娇娇柔柔地叫了一声:"官家——"她把脸偎入了赵匡胤的怀中,赵匡胤宽阔的胸怀,遮住了她唇边的一丝冷笑:"树欲静而风不息,宰相、晋王,不要怪我,是你们不肯放过我呀——"

六

数月后,晋王赵光义奉旨入宫。

宫娥却将他引到了花蕊宫,道:"官家刚刚出去,请晋王在此稍候片刻。"

赵光义长长地吁了一口气,花蕊——花蕊的报复来了吗?

阻止废后事的第二日,皇帝在朝堂上问赵普:"当年朕改元时,让你拟定新年号,并交代不能与以前帝王年号重复。为什么却又选了个前人用过的'乾德'?"

赵普回道:"臣曾查过,过去帝王没有用'乾德'年号的。"

皇帝从袖中取出铜镜扔给赵普:"既然没有,怎么这古镜上却有'乾德四年'的字样?"

赵普拾起铜镜,怔住了。皇帝再问众大臣道:"究竟有没有用过此年号的?"

大学士窦仪上前道:"据臣所知,前伪蜀王衍曾用过此年号。"

赵普听后,不禁大惊失色,脸顿时红了起来,无言以答。

皇帝看着赵普似笑非笑:"为丞相者,焉可不知书、不知史? 以后,跟窦学士多学着读点书吧,免得再弄出这样的笑话来。"赵普汗出如浆,惭愧得无地自容,唯有磕头而已,自知在皇帝心目中的地位,已经是大大降低了。

皇帝站了起来:"窦仪回去想一想,再拟个新年号出来,明年起停用乾德年号。"拂袖而去。

众臣恭送皇帝而去,赵光义上前扶起赵普,也拾起了地上的那面铜镜,他认得这面铜镜,他曾经在花蕊的梳妆台上看到过。

赵光义独立花蕊宫前,看着宫墙内的桃花又开放了,又是一年了,时间过得真快啊!

立后之事,花蕊借着铜镜,小小地报复了赵普一下,但不知这一次,这个小女子,又会怎么样地报复自己?莫名地,他竟有一丝小小的期待。

奇怪,怎么等了这许久,里面竟是静寂无声?赵光义慢慢地走了进去,走了几步,前面小径转弯处,有一个东西引起了他的注意,像是有谁掉落了一卷画轴。

赵光义拾起画轴,慢慢地打开,画像上一个白衣书生,相貌年轻而俊美,含情微笑。赵光义怔了一怔:"这人好生面熟!"他仔细地想一想,终于忆起此人是谁了,不由得一股怒火直冲而上,他大步向内宫走去。

一路上悄无人迹,似是宫娥们都避开了。然而赵光义此刻却已经失去观察的谨慎,直入花蕊的寝宫。

花蕊点了一炉香,静静地等待着赵光义的到来。果然珠帘一掀,是他来了。

赵光义把画像扔到花蕊面前,怒道:"这是什么?"

花蕊接过画来,淡淡地道:"原来这画是你拾到了。"说着,像是当他不存在似的,转过身去,自己将这画像挂在了香案前,用手轻拂去了画上的灰尘。

"花蕊——"她的手被用力握住了,"你好大的胆子,竟敢在宫中悬挂孟昶的画像,你可知道这是死罪?"

花蕊淡淡地道:"那正好,晋王正可以告发我,让官家处死我。"她感觉到赵光义的手猛地紧了一紧:"花蕊,你是存心要气我吗?"

花蕊面无表情:"你是谁?我又是谁?我和你什么关系?我能气到你吗?只不过……"她冷笑道:"我与孟昶十年夫妻,我祭奠故人,也是人之常情呀!"她甩开赵光义的手,走上前去,在孟昶画像前上了一炷香。

赵光义上前一步:"你——"忽然听到外面传来一阵豪放的大笑,这一下,他真是吓得面无人色,"官家来了,你、你快把画像摘下。"

花蕊静静地道:"来不及了。"

说话间，赵匡胤已经掀帘进来了："你这妮子弄什么鬼，一路上连个宫娥都见不着？"

花蕊微笑道："我吩咐她们准备去了，陛下还说呢，你去哪儿了，叫晋王等了半天。"

赵匡胤抬起头来，他已经看到了画像："这是谁？你房中怎么会有男子画像？"

赵光义只觉得自己的心跳似乎都停住了，花蕊却故意眼珠转了转，慢慢地道："这个吗？我不说……"

赵匡胤皱起了眉头，他本来只是随便问问，可是赵光义脸色煞白，花蕊欲说还休的样子，倒教人一分疑心变成八分："到底是谁？"

花蕊的眼睛慢慢地瞟到赵光义的身上，赵光义心中忽然有一种不妙的感觉，似要大祸临头似的。果然，花蕊娇滴滴地道："这画像上的人嘛，晋王知道。"

赵光义心中一阵冰凉，又一阵火烧似的感觉，只搅得心中酸痛苦辣，五味杂陈。花蕊，她到底想怎么样，是逼着他欺君，还是逼着他疯狂？

赵匡胤的眼光如剑一样钉住了赵光义："晋王，此人是谁？"

赵光义嘴唇煞白："官家，臣弟不认得此人。"

赵匡胤尚未开口，就听得花蕊一声轻笑："晋王说谎，你明明知道的。"

赵光义如坠冰窖——花蕊，你真的要把我和你逼上绝路吗？

赵匡胤的脸色已经变得难看："光义，这到底是怎么回事？"

赵光义咬了咬牙，无论如何，花蕊——绝不能有事。他上前一步道："官家，这画像是臣弟拿来的，画的是——"

"张仙——"

赵匡胤兄弟同时转头看去，说话的是花蕊，只见她闲闲地拨着香炉上的灰，道："画的是张仙。"

赵光义脸色不变，却只觉得全身的力气就要用尽似的，暗暗地吁了一口气，发现自己不知何时已经汗湿重衣。

赵匡胤皱了皱眉头:"张仙,张仙是什么人?"

花蕊微笑道:"张仙就是我们蜀中人供奉的送子神。官家——"她撒娇道,"花蕊日思夜想,只盼着能为官家生一个龙子,官家想不想呢?"

赵匡胤大喜,一把抱住了花蕊,笑道:"原来是卿想为朕生一个龙子,太好了!"

花蕊瞟了赵匡胤一眼:"这只是妾的一点痴心而已,官家已经有了两位皇子,未必欢喜呢!"

赵匡胤连声道:"欢喜的,怎么不欢喜? 皇子再多又怎么样? 你生的,可是咱们的孩子,也一定会是朕最喜欢的孩子。"

赵光义站在那儿,看着花蕊与皇帝调笑,心中像塞了一把沙子一样,极痛极涩。

好一个聪明伶俐的小女子,谈笑间,将自己与皇帝都玩弄于股掌之上,要喜便喜,要恼便恼。

可悲的是,他明知这是一段极危险的恋情,却身不由己地看着自己的心,渐渐沉沦。

晋王赵光义,原是这世上的聪明人,天之骄子,从小到大,无往而不胜,受尽母亲兄长的疼爱,人生圆满而顺利。可是那一日,自见着了花蕊的第一眼开始,便没来由地,落在这小女子的手中,受尽感情上的相思与折磨。

这份相思,才尝到一丝甜蜜,接下来的便是无穷的折磨,苦到尽处,却依旧舍不得放开。

心神恍惚处,肩头忽然被人用力地一拍:"怎么了,不高兴了?"

赵光义猛然回过神来,却见赵匡胤正站在他的面前,笑道:"朕怎么看你今天心神恍惚,不舒服吗?"

赵光义定了定神,道:"没有。哦,官家,臣弟想起来了,今日开封府中应该还有些事,官家若无要事,臣弟——"

赵匡胤笑道:"谁说没有要事了,今日正是有一件大大要紧的事,朕找你来,可不会这么轻易放你走呢!"

赵光义一惊:"官家指的是——"

赵匡胤摆手止道:"别忙,稍候片刻!"

赵光义这才发觉,不知何时花蕊已经离开了。他忽然有种不好的预感,接下来的事,恐怕会让自己更不好过。

七

两人静静地等着。

过了片刻,忽然听到一声轻笑,花蕊的声音已经在庭院中响起:"官家出来吧!"

赵匡胤哈哈一笑,率先走了出去,赵光义也只得跟了出去。

却见庭院中整整齐齐的一队娘子军,花蕊率宫娥们都换上了戎装,花蕊身着金冠绿袄黑靴,外罩大红披风,率领着二十个侍女,皆是银冠紫袄绿靴,外罩天青披风,英姿飒爽,别有一种风情。

赵匡胤鼓掌道:"好齐整的一队娘子军呀! 怪不得今日游春,你不许朕带侍卫,原来花蕊宫中,尽藏巾帼英雄呀!"

花蕊微笑道:"官家取笑了。不过,这二十名侍女,原是臣妾亲手调教的,这一身戎装,可不仅仅只是好看的。她们个个不但会骑马,还能射箭。"

赵匡胤惊喜地道:"哦,朕竟不知爱妃不但才貌兼备,竟还是文武双全?"

花蕊抢白道:"官家不知道的事多了,岂是这一两件!"

赵光义心中一惊,忙看着皇帝,赵匡胤却嘻嘻地不以为忤:"哦,这么说来,爱妃还会带给朕更多的惊喜了?"

花蕊俏生生地笑道:"官家就慢慢地等着吧! 今天咱们玩个花样,来个赌赛如何?"

赵匡胤带笑道:"什么赌赛?"

花蕊笑道:"咱们比箭,我和这些丫头是一方,官家和晋王是一方,谁输了就喝酒。官家敢不敢比？"

赵匡胤笑道："二十一对我们两人，摆明了是占便宜不是？"

花蕊嗔道："官家就这么跟咱们计较？"

赵匡胤哈哈大笑，用力一拍赵光义的肩头，笑道："好啊，二弟，咱们就陪她们玩玩。"

当下一行人一齐来到后宫门，只见坐骑已准备好，五百羽林军也列队在宫门外等候。当下赵匡胤兄弟骑上玉骢马和青骢马，花蕊夫人骑一匹胭脂桃花马。二十宫女则一律骑的是青鬃马，倒是十分整齐。在羽林军簇拥之下，出了后宫门，拐出固子门，向汴河堤上奔驰而去。

正是春光明媚之时，但见桃红柳绿。赵匡胤与花蕊夫人并肩而驰，望着那满城烟柳，刚刚吐芽，远远望去，有如阵阵嫩绿轻雾，十分好看。

赵匡胤笑道："朕过去行军打仗，极喜欢唐朝人两句诗联'柳营春试马，虎帐夜谈兵'。如今汴河堤上，新柳成行，亏得爱妃想得好主意，在这河堤上骑马驰骋，果然十分有趣！"

花蕊笑道："柳丝吐青，如雾如烟，一年中最耐看的时间，也不过四五天内罢了，如若错过时机，柳叶一长，就没什么看头了。"

赵匡胤哈哈一笑，转过头对赵光义道："听到了没有？所以朕说呀，任是天大的事，先放下再说，休辜负这大好春光。"

赵光义暗叹一声："臣弟多谢官家了！"

不觉跑到汴堤尽头，转向南面，过金明池，来到皇家琼林苑之中。

花蕊早遣人摆下箭靶，此时便笑吟吟地说出比箭的规矩来：赵家兄弟与众宫女须得轮流比箭，每人限射三箭。以射中红心箭数多少，来评定名次；射中支数相同的，则以距离红心远近来决定胜负。输家须得自饮三杯，再向赢家敬酒三杯。

赵匡胤听了对赵光义大笑道："你听听这些刁钻古怪的妮子，想的什么花招，不就是车轮战嘛，尽是占便宜的。"

花蕊笑道："官家要是怕喝酒,那臣妾只好代饮了。"

听着那俏语娇音,赵光义忽觉得一股气直冲上来,道："官家若不胜酒力,理当由臣弟代饮罢了。"

赵匡胤笑道："说的什么话? 还没比呢,就先把酒给分配下了。"

说说笑笑中,步入靶场。赵匡胤走上前去,也不正眼去看,随手三箭,便正中红心,众宫女拍手娇呼,一片叫好之声。

赵匡胤掷下弓箭,笑道："你们来吧!"

赵光义静立不动,却让众宫女先射,只见那些宫女有射中一箭的,有射中两箭的,也有少数射中三箭的,或一箭也没射中。满场莺啼燕语之声,热闹非凡。引得那五百羽林军,虽然在外围守卫警戒,却也禁不住个个把眼睛瞄向靶场。

最后是花蕊夫人上场,只见她一身劲装,英气中更显得妖媚多姿,她却不是站着射箭,而是骑上胭脂桃花马,慢慢地绕场一周,再将马一催,那马快跑起来,花蕊张弓搭箭,看准了靶心,双腿一夹马腹,那马长嘶而立,就在此时,花蕊已是连射三箭,箭箭俱中红心。

四周轰雷似的连连叫好声,连赵匡胤都瞧得走下台来,大声叫好。

花蕊却早已经带马回转,疾驰到赵匡胤面前,勒马,身子却如燕子般轻盈地飞起,落入赵匡胤的怀中。

花蕊眼波流转,看向赵光义："现在该是晋王了吧?"

赵光义站了起来,沉默片刻,道："取十面箭靶过来。"

羽林军取过十面箭靶,一字排开。赵光义取三十支箭放入箭囊之中,骑上青骢马,慢慢地跑了几步,突然间一夹马腹,那马昂首长嘶一声,直冲出去,说时迟那时快,只听见嗖嗖嗖嗖……一连声,好像疾风骤雨般的箭声,在场的人尚未回过神来,赵光义已经停下马来,挂好了弓,立于靶场正中,他的箭囊已经空了。

他的神色好似什么事也没发生过,还是那么淡淡的。

可是前面十面箭靶,每面靶子正中的红心,不多不少,都插着三支箭。

一片沉默。

又是一片沉默。

忽然，大家如梦初醒似的欢呼起来。

赵匡胤大笑："教你们瞧瞧，这才是沙场大将的骑射之术！"

众宫女娇呼着一拥而上，一个个抢着去给赵光义敬酒。

赵光义的脸上，却没有半点骄傲和喜色。他坐在那儿，来者不拒，每人三大杯敬上，他看也不看，接过来都是一饮而尽。

一杯又一杯，一杯又一杯，他也不知道饮了多少杯酒，只觉得，那酒喝下去，入口虽然辛辣，却有一股说不出的快意，那团熊熊烈火在他的腹中燃烧，更在他的心中燃烧着。

他醉了吗？没有。虽然头渐渐昏沉，只觉得腾云驾雾似的，眼前的一张张娇容渐渐变得模糊，可是他的脑海中却依然清醒，清清楚楚地看着眼前千娇百媚的一张张脸，没有一个是花蕊，没有。

只是那娇媚而无情的声音依旧传入耳中："晋王怕是喝多了吧！"

他一拍案几："谁说本王喝多了？还早着呢，再来！官家的酒，本王也代饮了。"他宁可自己喝得够醉，可以把眼前的每一张温柔的笑脸，看成是她。为什么偏偏不醉？为什么？

他清醒得要命，每倒进一杯酒，那股辛辣就好似可以一瞬间把他的痛楚减轻一般，于是他拼命地倒酒。怎么还不醉？怎么还那么清醒？

为了他那渺茫的、不可说的未来，这样痛楚的代价，到底值不值得？他不停地灌酒，不停地问着自己。突然间，一股酸楚之意自腹间涌了上来，他一张口，将这压得他极痛苦的东西吐了出来。他没有听到身边的惊叫声，也没有看到眼前发生了什么事，只是不停地呕吐，不停地呕吐。

口中极苦极苦的，他是连苦胆都一起吐了出来吗？他迷迷糊糊地想着，这是他失去知觉前，残存的最后一点意识。

也不知过了多久，赵光义醒来时，只觉得阳光刺眼地疼，他的头痛得快要裂开了。他的夫人李氏喜道："王爷醒了！"

他强忍欲裂的头痛,看着周围的布置,不解地问:"我怎么回来了? 不是在琼林苑陪官家打猎吗?"

李氏拭泪道:"菩萨保佑,王爷终于醒了。王爷,您这一醉就是三天三夜不醒,可真把我们给吓坏了。"

赵光义恍恍惚惚地道:"我醉了三天了吗?"

李氏道:"是啊,那日内官们送你回来,你吐了一身,听说连花蕊夫人也被你吐了一身,官家很生气,说王爷太不懂节制了。谁知你回来后三天三夜不醒,吓得我们隐瞒不住,太后、官家都派人来看了三次呢!"

赵光义呆呆地看着她嘴一张一合的,也不知道她说些什么,只听清了一句:"你说,我吐了花蕊夫人一身?"

"是呀!"李氏懊恼道,"偏偏谁也不吐,就吐了花蕊夫人一身,虽然娘娘不在意,可是官家却不太高兴了!"

赵光义怔怔地道:"她、她到底还是来了! 她到底还是来了!"忽然跳下床道:"她在哪儿?"

李氏吓了一跳:"王爷,你身子未好,还是休息——"

赵光义冷冷地眼角一扫,吓得她把下面的话咽了下去:"花蕊在哪儿?"

李氏吓得战战兢兢地道:"今日,今日与官家去琼林苑中赏花!"

她话未说完,赵光义已经向外走去。他才迈前一步,便觉得天旋地转,脚下虚浮无力,想不到这宿酒刚醒,竟是如此厉害!

李氏怯怯地道:"王爷,你、你不要闯祸呀! 花蕊夫人怎么得罪你啦? 她到底是官家的妃子……"却被赵光义冷冷的眼神,吓得不敢再说。

赵光义深吸一口气:"替本王更衣、备马,本王要立刻去琼林苑!"

赵光义骑在马上,向琼林苑疾驰而去。

他知道自己这样做很不理智,甚至是形同疯狂,然而他顾不得了。那孟昶的画像,那琼林苑的比箭,花蕊的微笑娇嗔,对于他来说,都像是上万把小刀在割着他的心。

他策马狂奔,却觉得心头一阵阵燥热,恼将起来,将前襟撕开,春寒料峭,一阵冷风直吹入他的心口,他忽然打了个冷战。

赵光义放缓了马,马慢慢地行着,蹄声敲打着青石板地面,他的表情,也在马蹄声中慢慢沉静下来。

八

琼林苑,依旧热闹,桃花依旧开着,美丽的宫娥们依旧笑着,玩着。

琼林苑中,桃花盛开,今日桃花宴,比三天前的射箭更热闹了,连众大臣和各皇族亲贵都来了。

众星捧月,最耀眼夺目的,自然还是花蕊夫人。

花蕊含笑穿梭于宴会之中,可是心中,却不时地飘过那一日,那个骑着青骢马的人,那射箭的英姿、狂饮的醉态。

她本已经是恨极了他,可是看到他的痛苦、他的无奈,她的心,仍然会痛。她苦苦相逼,不肯放过的,何止是他,还有她自己呀!

为什么还不死心呢?

或许是因为,多年来,以色事人,察言观色,她累了,不管是孟昶还是赵匡胤,她看似轻轻松松地娇声俏语,天知道她有多累。只有在赵光义面前,她可以卸下所有的面具,任性地嬉笑怒骂。她在赵光义面前挂起孟昶的画像去刺激他,因为只有在他面前,她才会将自己的性命都交出去。

酒,似乎多喝了点,她觉得有点上脸了,找个借口,交代了宫娥,收起弓箭,欲溜到后面去休息一下。

她悄悄地走过桃花林边,想到另一宫室去。

忽然,她的手被人抓住了,接着,她被人很有力地抱起,潜入桃林深处。

她没有叫,也没有惊慌,在那双手伸过来时,她就已经感觉到那股熟悉的力量。

她也想不到,桃林深处,竟有这么一间隐蔽的宫室。

她镇定地转过身去，看着赵光义。

不过三天不见，他竟变得如此憔悴了。他脸色青白，嘴唇没有一丝血色，双眼深深地陷了下去，头发凌乱，一个雄姿英发的青年，变得像个鬼似的。

可是他的眼中，却燃着一团火。他沙哑着声音，定定地看着她："花蕊，你究竟要折磨我到几时？"

花蕊淡淡地看着他："晋王说什么？我不懂。"

赵光义看着她的眼睛，像是要看到她的心底去似的："花蕊，你懂的，你怎么可能会不懂？你存心折磨我是不是？我知道是我对不住你，你恨我，所以我请旨出征南汉，就是想要远远地逃开这一切呀。可是，你却阻止我去，你要我留下，看着你和皇兄亲热，看着你们骑马游乐，却一定要我在一旁。你挂起孟昶的画，就是要我为你担忧，为你心痛。你隔三岔五地送东西，让李氏入宫，就是要时时刻刻地提醒着我你的存在，是不是？"

花蕊冷冷地道："你既然知道，何必多此一问？"

赵光义苦涩地说："为什么不放过我？"

花蕊似笑非笑："不错，你说的都对，我就是故意要让你难受。可是晋王又何曾放过我了？"她的眼神凌厉，"不要忘了，当日我如何冒死去求你的，是你——是你一手把我推入你哥哥的怀中。好，我认命，我做他的妃子，可是，为什么你又要再起风波，又不肯放过我？你存心不让我好过，那咱们就试试，到底是谁让谁更不好过？"

赵光义看着花蕊："花蕊，你真的这么想做皇后吗？"

花蕊直视他的眼睛："难道我不配做皇后吗？请问晋王千岁，花蕊自入宫以来，可有妖媚惑主，让官家耽误朝政的？"

赵光义摇了摇头："没有，自你入宫以后，掌管了官家的饮食起居，官家更见年轻康健，处理朝政也更有活力了！"

花蕊淡淡地道："那么，是我奢侈靡费、败坏风纪了？"

赵光义看着她美丽的面容："没有，你率先在宫中撙节支出，而且在春天的时候还亲自农桑,母后很是喜欢,夸你贤德。"

花蕊冷笑一声:"那么,想必是我掩袖工谗,祸害他人了?"

赵光义闭上了眼睛:"没有,你从来没说过任何人的不是。"他沉吟了片刻,道:"便是赵普,他也的确是学养不足,'乾德'这个年号,是不妥。更何况——"他露出了一丝微笑,"这件事,也是件好事!"

花蕊凄然道:"是吗? 我件件都不错,只错在曾经认识过一个人,他叫赵光义,他将我一手送入他哥哥的怀抱,却不肯让他哥哥来爱我!"

赵光义怔怔地看着花蕊,泪水慢慢地流下:"花蕊;你冤枉我,苍天作证,我从来就没有伤害你的心。只是,我不能说,不能说呀!"

花蕊看着他,不过几个月时间,昔日那英姿飒爽的青年王子,竟然被爱情折磨得憔悴如此,痛苦如此,心不由得软了下来,从袖中取出手帕,为他拭泪。

赵光义一把抓住了她的手:"花蕊,原谅我,我的心,比你更痛苦啊!"

花蕊猛地抽回手去,她不能再这么下去了,她定了定神,转过头去道:"事已至此,夫复何言! 是呀,你有你的苦衷,有一千条一万条的苦衷,每一条都比花蕊重要。那你就放过我吧! 从此之后,我也不来纠缠你,你也别来纠缠我!"

赵光义上前一步,紧紧地抱住了花蕊,从心底发出一声呐喊:"不——花蕊,我爱你,我要你!"

花蕊再也抑不住心中的感情,泪流满面:"晋王,光义——"她的指甲,深深地掐进赵光义的背部,然而两人都深醉于这般甜蜜的痛苦之中,再也无暇他顾。

过了许久,赵光义缓缓放开花蕊,花蕊的脸色潮红,她深深深深地看了赵光义一眼,道:"此生能有此刻,花蕊死亦无憾。这,就是我们最后一面了呀!"

赵光义激动之下,拦住了她:"不,这不可能是我们的最后一面,我们——要天长地久地在一起。花蕊,你等着,且忍耐些时日,这一天,很快就会到来的。"

花蕊惊愕地看着他:"晋王,你说什么? 你糊涂了,这怎么可能? 你莫不是发烧了?"她伸手去抚他的额头。

赵光义的眼光灼热:"你错了,我没有发烧。嗯,若这也叫发烧的话,我已经发烧多年了。陈桥兵变,我亲手将黄袍盖在哥哥身上的那一刻起,我就已经发烧了。"

花蕊浑身一颤,凭着多年居于宫廷的直觉,她有了微微的预感,尽管她现在还不知道这意味着什么:"你告诉我,你想怎么样? 你到底瞒着我什么?"

赵光义看着她,欲言又止:"算了,你还是不知道为好,这对你更为安全。"

花蕊双目炯炯地看着他:"不,我要知道,你如果是真心爱我,那你现在就告诉我,否则的话,以后就不要再跟我说话。"

赵光义叹了一口气,道:"花蕊,你这是在逼我吗?"

花蕊斩钉截铁地说:"是的。"

赵光义看着花蕊,眼光变得温柔:"花蕊,你那么希望做皇后,我就让你做皇后。不过,是不做他的皇后,而是做我的皇后。"

花蕊倒退了一步,惊道:"你说什么?"

赵光义眼中,忽然迸发出一股霸气来,就在这一刹那,他不再是困于相思的男子,而变成一个君临天下的王者。他缓缓地道:"还记得陈桥兵变吗? 那一日,我把黄袍披在了我哥哥的身上——"

花蕊怔怔地道:"是,我听说过。"

赵光义嘴角有一丝自负的笑容:"我告诉你,将来的某一天,也会有人把黄袍披到我的身上来。"

恍若晴天霹雳,花蕊浑身一震,差点跌倒,却已经被赵光义温柔地扶住:"我就知道会吓着你了,所以才不告诉你。"

花蕊颤抖地指着他:"你、你要谋朝篡位?"

赵光义收敛了笑容:"天下本是我兄弟二人打下的,我怎么做不得这天子官家?"

花蕊嘴唇惨白:"可是从古到今,皇位都是父传子继,若非万不得已,绝不可能兄终弟及的。何况当今官家,已经有两位皇子了,他曾亲口说过,要立秦王德芳为太子,继承大位。"

赵光义嘴角噙着一丝冷笑："主少国疑,官家是忘记了,他自己的皇位是怎么得来的。"

花蕊看着他："你的意思是,将来还会有一场陈桥兵变?"

赵光义笑道："这倒不至于,朝中文武大臣,已经有大半拥护于我,我没必要再跑一趟陈桥。"

花蕊不可置信地看着他："你拿这个开玩笑? 你拿天下来开玩笑?"

赵光义看着花蕊："花蕊,你现在明白了,我当初为什么不能救你,因为我要和你长长久久地在一起,一起得到幸福,一起共享皇位,只是如今时机未到。花蕊,你再忍耐些日子,我们就可团圆。此时,你万不可再生事端,触怒官家,惹起他的疑心来。你明白吗?"

花蕊冷冷地看着他："原来,你抱恙特意赶来,就是怕我坏了你的大事?"

赵光义笑道："花蕊,你怎么这么说? 我们的将来,不是连在一起的吗? 将来,我为大宋天子,你为大宋皇后,我们在一起,天长地久,共享皇位的尊荣。"说着,抱住了花蕊。

花蕊忽然厉声道："放开我!"

赵光义一怔,放开了手,惊道："花蕊,你怎么了?"

花蕊看着他,像是看着一个从未见过的陌生人："我怎么了? 晋王爷,原来,我从来没有真正地认识过你呀!"一片桃花的花瓣,飞进窗内,飞进她的手中,"又是一年桃花开了,桃花依旧,可是,那个桃花树下的好男儿已经不再了呀!"

赵光义上前一步："花蕊……"

花蕊退后一步："不要靠近我,晋王。那一夜,我抱着一死的决心去见你,求你救我,我不愿入宫服侍官家,我不要再做一个以色事人的女人。可是你没有答应我,如今想到,你竟不是无能为力,而是你根本就不想救我。"

赵光义摇头："不,花蕊,我绝不是这个意思,我知道是委屈了你,将来我自会补偿于你,你应该明白的。"

花蕊冷冷地道："是,我是该明白的,你不想为了我,惹起皇帝的怀疑,暴露你的实力,我只不过是消除皇帝疑心的一个工具而已。"她的眼泪一滴滴落下,像是清晨的露珠一样清澈,"想不到花蕊一片痴心,竟托付于一个阴谋之中。补偿?什么叫补偿?一颗失去了的心,如何补偿?那一夜我不顾身败名裂,不顾生死荣辱,冒雨夜奔,结果换来的,却是你亲手将我送入他人怀抱。"她轻拭泪水,抬起头来道:"官家纵然在其他事上有过不是,可是对你,却始终疼爱信任如一。他待你有恩有义,他防文臣防武将,可从来没有防过你。他总当你是最爱的弟弟,可是你却报以阴谋!我原以为你是懦弱,想不到你竟然是卑鄙。人世间的亲情、爱情、恩情,你都可以用来算计。哈哈哈哈……"她仰天大笑,"十四万人齐解甲,更无一个是男儿!赵光义,原来你也不是一个男儿呀!"

赵光义脸色煞白,花蕊的话,每一句都像鞭子一样,重重地抽在他的心头。他想要张口说话,却忽然觉得喉头像是被塞了一团乱麻,极苦极涩,却是一个字也说不出来。却见花蕊转身欲走,他伸手拉住了她:"花蕊,你要去哪儿?"

花蕊看着他,心若死灰,刹那间,一个念头在心中强烈地升起。她的嘴角浮起一丝冷笑:"晋王,哦,应该叫你未来的官家了,是不是?我去做什么,你还不明白吗?"

赵光义心头隐隐有一股不妙的预感:"花蕊,你要做什么?"

花蕊淡淡地笑道:"那一个雨夜,你送走了我,便是永远送走了我啦!我要做什么,我自然是要去告密!我要告诉官家,他有一个好弟弟,是怎么算计着他,算计着我的!"

赵光义大骇:"花蕊,你疯了——"

花蕊凄然笑道:"疯了?对,我是疯了,我若不是疯了,怎么会遇上你,怎么会爱上你!"

赵光义拉住了她:"不许去——"

花蕊冷笑道:"不许?你怎么不许?你留得住我一刻,你能够留得住我一辈子吗?除非——"她的眼睛看着桌上的弓与箭,那是她方才进来时放在那儿的,她嘴角一丝冷笑,"除非,你杀我灭口——"

　　她咬牙用力一挣，只听得"嗞——"的一声，赵光义未曾放手，她的衣袖已经在两人大力之下，被赵光义撕了下来。

　　花蕊冷笑一声，转身向外跑去。

　　赵光义扑到窗口，见花蕊已经顺着桃林向外跑去。

　　突然间他浑身冰冷，花蕊的一声叫喊将他惊醒了过来。

　　他低下头，却见不知何时，自己已经下意识地拿起了花蕊放在桌上的弓箭，走到了门外。

　　花蕊的叫声，声声传来："官家，官家——"

　　宴席之中的人已经被惊动，都围了过来。

　　赵光义追了出去，却见花蕊已然奔出桃林，前面，赵匡胤已经向花蕊走了过来。

　　赵光义银牙险些咬碎，心中妒意如狂，他的手慢慢地举起弓箭，瞄准了花蕊。

　　这时候，赵匡胤与花蕊的距离已经不到一丈了。

　　赵光义强抑心中刺痛，转过头去，一放弓弦，他的箭术，那是闭着眼睛，也能百发百中。

　　此时那箭便离弦而去，直射花蕊的后心。

　　他眼看着花蕊中箭，那血慢慢地流出来，她慢慢地倒地，那一刹那，竟似锥心刻骨般疼痛。他看着手中的弓箭，突然间似一盆冷水当头浇下！

　　他做了什么？ 他亲手射杀了花蕊。

　　花蕊，花蕊——

　　那一刻，他什么也来不及想，什么也来不及做，扔开弓箭，便向花蕊跑去。

　　桃林尽头，皇帝却已经抢先一步，扶住了花蕊，连声呼唤："花蕊，花蕊——"

　　赵光义扑到花蕊的面前，怔怔地看着她那绝美的面容，变得苍白，那血，缓缓地流入满是桃花的土地上。

　　然而她却还活着，她躺在皇帝的怀中，眼睛却缓缓地转到赵光义的身上："官家——"

赵光义的呼吸忽然停住，那一刻，似乎连空气也凝结住了。花蕊用极轻微的声音，挣扎着道："我有一句话要对晋王说……"

皇帝疑惑地看着赵光义，他也看到了他的身后，那来时路上扔下的弓箭，他的眼神变得冰冷："光义，你过来——"

赵光义如同木偶般地走到花蕊身边，花蕊的脸上，露出一丝若有若无的微笑，她在他的耳边轻轻地说："我知道，你一定会射这一箭的！"

赵光义骤然间，只觉得浑身的血液都凝结了，他失声叫道："花蕊——"

然而没有回应，他看着怀中的花蕊，眼睛已经闭上，嘴角却仍留着那一丝若有若无的微笑。

那一刻，犹如醍醐灌顶，他明白了：花蕊，她根本不是想去告密，而是逼他亲手射杀自己！

为什么？为什么？就在他们将要天长地久、共享尊荣的前景下，花蕊却要弃他而去，她竟要他亲手射杀她，来作为对他的惩罚吗？花蕊，花蕊——你好狠的心啊！

赵光义只觉得心头一阵剧痛，一张口，一股鲜血喷了出来，点点滴滴，洒在那桃花花瓣上。片片桃花落下，花瓣上，有花蕊的血，也有他的血。

一片红色，红的是桃花，还是花蕊的血？那一刻，他已经被这一片红色埋葬。

耳边，传来皇帝凌厉的声音："来人，将晋王拿下，叫大理寺问个明白！"

九

天，渐渐地暗了下来。

花蕊宫中，皇帝仍怔怔地坐着。空气中，仿佛还有花蕊的香气；耳边，仿佛还留着花蕊的轻笑。

这么一个绝色佳人，竟已经香消玉殒，他简直不敢相信这竟然已经成为事实。花蕊死得蹊跷，那撕破的衣袖，那散落于桃林的弓与箭……

光义，他为什么要这么做？心中的疑云团团，怎能轻易消去？想起当日初见花蕊,起因也是因为光义,难道他们之间会有什么……

他不敢再想象下去了,可是那种感觉,却如毒蚁般啮咬着他的心:"来人——"

内侍上前,皇帝冷冷地问道:"去打听一下,晋王可曾醒来,大理寺可问出什么来了?"

过了片刻,内侍夏承忠回来报道:"晋王仍旧未醒,一直在说着胡话……"

皇帝脸色微变:"他说了什么?"

夏承忠忽然跪下:"奴才不敢说,都是些胡话。"

皇帝疑心大起:"是什么话,至于这么吞吞吐吐的? 朕要你一字不漏,从实讲来!"

夏承忠犹豫着道:"禀官家,晋王一直昏迷不醒,说着胡话。他、他一直叫着花蕊娘娘的名字,还说,花蕊你不要逼我,花蕊你好狠的心……奴才们都说,听说是王爷射死了花蕊娘娘,莫不是娘娘的冤魂缠上了王爷,所以晋王爷才会一直昏迷不醒,是不是要为娘娘做一场法事。这宫中……"

皇帝闷哼一声,忽然听得"咔嚓",紫檀木椅子的扶手,竟在他剧怒之下,被捏得断裂开来。

夏承忠吓了一跳,不住磕头:"奴才该死,奴才该死!"

皇帝冷冷地道:"还有呢?"

夏承忠忙用眼角偷偷向上溜一眼,小心翼翼地看着皇帝的脸色:"还有,晋王妃还跪在宫外呢!"

皇帝冷冷地道:"她又有什么话可说?"

夏承忠小心翼翼地道:"晋王妃说,不敢求官家赦免晋王,只是,晋王病重,无人照料,晋王妃但求一道恩旨,能够让她亲自照料晋王之病。"

皇帝的脸色当时便暗了下来,重重地"哼"了一声。

桃花林事后,晋王赵光义当时便被拿下,可是自被关押后,大理寺却无法审问。因为晋王病了,他高烧不退,整个人昏昏沉沉,一直说胡话。此事前因后果未明,到底皇帝只是叫"问个明白",而不是审犯人。

大理寺卿不敢做主,请旨官家,皇帝下旨,待他醒后再问。

可是一连到了第三天,晋王非但不醒,而且病得更厉害了,昏迷不醒,水米不进,烧得吓人。晋王妃也跪在宫门外哭求三天,连太后都被惊动了。皇帝这才点了头,让晋王妃入宫侍疾。

晋王妃李氏随着内侍走进外宫。赵光义独自躺在床上,昏迷不醒,空空的大殿内,只有两个小内侍在旁侍候着,殿内竟冰冷得令人遍身生寒。殿外却守着不少面色冷峻的侍卫。想起堂堂王爷,却受这等待遇,李氏的眼泪不住地掉了下来。

李氏上前,轻唤道:"王爷,王爷——"

晋王却仍在昏迷不醒之中。李氏轻轻拭泪,忙吩咐着身边的小婢,为晋王换上随身带来的被枕,亲手为他擦洗、换衣,生了炉火,煮了参汤。自她来到这寒室之中,倒像是带来了一股暖意。

夜深人静,李氏伏在赵光义的榻边。这一天,真将她累坏了,却又不放心让别人侍候,只能事事亲手而为。却见晋王翻了个身,李氏忙扶住了他。

晋王妃李氏不眠不休三天三夜,亲手服侍一切,晋王的病情,才稍稍有些好转。过了十余日,才略清醒了一点儿。

这期间,太后、皇帝都派人来看过了。

太后素来最疼的儿子就是晋王,见着他这个样子,心疼已极,对着皇帝大哭:"为着一个亡国的妃子,难道要生生逼死你的亲弟弟吗?"

皇帝面无表情。太后去后,皇帝终于也踏进了外宫。

自花蕊事件以来,两兄弟还是第一次正式坐下来谈话。

赵光义躺在榻上,面色青白,见着皇帝进来,竟流下泪来。

皇帝看着眼前病得憔悴不堪的弟弟,看着他的泪水,突然之间,想到了许许多多的往事。那个一丁点儿大就扯着自己衣角走得跌跌撞撞,天真无邪地看着自己的弟弟;那个自己手把手教他射箭骑马,一脸崇拜地看着自己的弟弟;那个鞍前马后,冲锋陷阵永远紧紧追随自己的弟弟;那个陈桥兵变,把黄袍披在自己身上的弟弟……那一刹那,他那帝王的铁石心肠也软了。

赵光义的声音也嘶哑了:"官家,臣弟罪该万死——"

皇帝长叹一声:"事情已经过去,朕不想再提了,你好好养病吧!"

赵光义勉强挣起一点力气,只得伏在榻上磕头道:"官家宽大为怀,臣弟却不敢隐瞒真相,更不敢隐瞒自己曾有过的一点私心。"

皇帝的脸色已变。光义如何这般不知道好歹? 他不提此事,自是让大家都有个台阶下,难不成他是病糊涂了?

赵义光磕了几个头,便衰弱得撑不住躺倒,李氏忙上前扶住,赵光义摇了摇头,挥手令她出去。

李氏心知是性命攸关的大事,也不敢停留,忙悄然退了出去。

大殿内便只有皇帝带着王继恩留了下来。

赵光义喘了口气,缓缓地道:"那一日,臣弟奉旨接待孟昶及其家眷,也真是前世的魔障,我一见着了她,这颗心,便不是我自己的了……"

皇帝没有说话,只有站在他身边的王继恩,才看得出,皇帝头上的青筋跳动了一下,心中暗暗为晋王担心。

赵光义自清醒过来后,就一直在等着这样一个能够说话的机会。皇帝不愿意听,是因为不愿意面对,然而怀疑的种子一旦种下,就是危险。他既然已经付出了锥心的代价,那么,就不能白白付出。

他停了一会儿,缓缓地道:"此刻,再不敢有半丝隐瞒,我、我确是喜欢她。就为这才深陷泥淖,险些儿不能自拔。我只想远远地看着她,想着她,却不敢有任何举止。直到官家下旨,花蕊承恩,臣弟就连想也不敢想了。只是这样的压抑,实在是极苦……"

皇帝手上的骨节隐隐作响,口中却淡淡地道:"那么,她、她可知道?"

赵光义点了点头:"正是因为她知道……原来她心念故蜀,对孟昶一直不能忘情,对孟昶之死耿耿于怀……"

"咔"的一声，皇帝手中的杯子已经破碎："你胡说，花蕊、花蕊绝不是这样的人……"

赵光义深吸一口气："官家还记得张仙吗?"

皇帝皱了皱眉头："张仙?"

赵光义冷冷地道："那不是张仙，那是孟昶的画像，她每日上香，并非敬神，而是祭奠亡夫。"

皇帝只觉得心头剧痛，咽喉却像是被一只大手狠狠地掐住，一时竟喘不过气来，好半日，才勉强道："你怎么知道的?"

赵光义叹道："孟昶降宋虽只半年，却是忧思重重，衰老得很快。他每次见官家，都全副官服，低首敛容。可是他初到京中，是臣弟接的他，也曾看到他着常服的样子，虽然画像上略有矫饰，臣弟却认得是他。可是……"

他忽然将头往床柱上一撞，道："臣弟该死，竟欺瞒了皇兄。臣弟实在是不敢，臣弟怕话一出口，绝代佳人便香消玉殒。"他深深地凝视着皇帝，"当时只觉得是万丈悬崖，进退无路呀!"

皇帝长叹一声："痴儿，痴儿，你为她连自家性命也不顾了吗?"

赵光义凄然道："所以我才会醉酒，所以我才会想逃去征南汉，所以我明知冒犯官家，也要联合众臣反对立她为后……可是、可是我却是始终不敢对皇兄言明真相，所有的事，只敢自己一个人痛苦忧心，我怕伤着皇兄，也怕伤着了她。我以为可以躲得过去，谁知、谁知终究是躲不过去的，她终究是要逼着我摊牌的——"

皇帝的脸色也变了："那一日……"

赵光义的眼神凌厉，却又充满了极度的痛苦："那一日我到琼林苑，本是想劝她，皇兄如此待她，她自当修身养性，忘记过去。谁知她反而以我不曾告发为要挟，逼我与她同谋弑君。我忍不住，揭穿她的阴谋，争吵间撕破了她的衣袖。她自恃已惯于挟持我，反说要向官家告发我调戏于她。我若不肯依她而弑杀官家，那便是官家杀我……"

皇帝站了起来，怒道："贱人好生负我……"

赵光义的声音,反而更加镇定,镇定得可怕:"我看着她向您走去,我就拿起了箭,射向她。因为我知道,我已经无法自拔,只有这一刻的我,才有勇气一箭射过去。因为她现在要伤害的不是我,而是大宋的皇帝,大宋的江山。我不能和她在官家面前辩白,因为我的怯懦,使我根本说不出取信于官家的话来。倘若我射不死她,我也宁可就此一死,因为这样的日子对我来说,也是一种折磨——"

说到"折磨"二字,他的声音也已经喑哑。

皇帝闭上眼睛,眼角竟也似有一滴眼泪,他叹了一口气,喃喃地道:"痴儿,痴儿。想不到,花蕊……她竟然如此负朕。"

赵光义声音喑哑:"她、她也是个痴烈的人,她也是放不开自己呀!"

皇帝摇了摇头:"朕知道你想为她求情。唉,死者已矣,朕也不想多说了。光义,你好好养病,朕还有许多国事,等着你来帮朕处理。继恩——"

王继恩应声上前,皇帝道:"将花蕊遗体,送回去与孟昶合葬!"

"不——"这一声出口,连赵光义自己都呆住了,为什么到这一刻,竟忽然又沉不住气了!

皇帝却已经看懂了他嫉恨交加的眼神,不知怎么的,自己心中也有一丝不舍,叹了口气道:"好吧! 将花蕊以妃礼安葬!"

赵光义看着皇帝走了出去,大殿里只剩下他一个人,一切都静了下来。突然间,风吹着纱幔飘动,都似化作花蕊那漫天飞舞的衣袂飘曳,那廊下的风铃声,都成了花蕊行走时的环佩叮当;空气中似有那漫天的桃花飞扬。晋王赵光义捂住了自己的脸,他知道,他这一生,都将活在这幻梦中,在花蕊的轻颦浅笑中,永远不得解脱。

数年后,赵匡胤死,是为宋太祖。

史载:那一夜,太祖夜召晋王嘱以后事,左右皆不得闻。但遥见烛影下晋王时或离席,若有所逊避之状。既而上引柱斧戳地,大声谓晋王曰:"好为之。"

这烛影斧声,便成为千古之迹。

晋王赵光义登基为皇,是为宋太宗。

后来,他得到了南唐的小周后,一个与花蕊齐名的美女。他还曾有过一个妃子,容貌酷似花蕊,他称她为"小花蕊夫人"。在他的帝王生涯中,有过无数女人,然而却永远没有一个女人比得上花蕊的骄傲和狠心,像花蕊一样让他刻骨铭心。

海上风云

大海邀请人类从事征服,从事掠夺,但同时也鼓励人类追求利润,从事商业……平凡的土地,平凡的平原流域把人类束缚在土地上,把它卷入无限的依赖里面,而大海却挟着人类超越了那些思想和行动的有限圈子。

——黑格尔《历史哲学》

一 交叉小径的花园

对于英国商人格拉斯普尔来说,在南海的奇遇,是他这一生中最值得纪念的事情。

第一次见到那位传说中的女海盗时,他正处于生命中最恐惧的时候。作为想到远东发一笔财的商人来说,这次远洋航行是一次冒险。在这个后来被称为"冒险家乐园"的国度,开拓者面临着放眼无尽的不可知领域,如同第一次面对大海的水手。

当他带着货物,历经数月的海上风浪,以为可以见到马可·波罗笔下的"黄金帝国"时,还没有登上陆地,他就遇上了海盗,成了俘虏。他被带上了一条船,然后换了一条船,之后又换了一条又一条的船,在经过了一个个航道,被许多海盗来来去去地审问以后,他得到了一个通知:"我们的大首领要见你。"

"大首领?"格拉斯普尔有些诧异,"难道我昨天见到的不是?"

事实上他每一次换船或换地点的时候,都以为自己见到的是首领。以海上强霸而著称的大英帝国,虽然这时候还没达到被后世所称的"日不落帝国"的实力,然而其海上的实力也已经是数一数二了。即便是远洋的商船,他们也配备了火炮、枪支,具有一定的作战能力,三五条海盗船轻易动不得他们。

然而他遇上那十几艘大小不等的同样配备火炮、枪支的战船时,却觉得仿佛遇上了一支训练有素的海军。他被带上主舰时,海盗们训练有素、纪律严明,他们在见了金银和女人后都表现出一定程度的克制。于是,他在恐惧之外也升起另一种大胆的想法:在海盗手中活下来,就必须表现出自己有活着的价值。于是他见到主舰的船长时,第一句话就说:"我有钱,请不要杀死我,我可以写信给我的家人交赎金。"

船长准备挥下的手停住了。他连忙趁机说道:"我可以帮助你们买到一些珍贵的货物。相信我,我活着比死了对你们更有好处。"

他就被送到了一个比这个船长地位更高的人那里,然后,又转了一条船,送到更高一级的人那里。接着,他被蒙着眼睛送上了岸,带到一个房间里。他遇到了一个特别像首领的人。他以为这是最后一次审讯了,但在被详细审问后,他又被关了起来。

这期间,他一直仔细观察着一切。很明显,这支海盗的团队比他听过的所有海盗团队都更庞大。作为一个海上王国的探险者,他熟知各种海盗的传说,从黑胡子到棉布杰克,他都能如数家珍。事实上,那些史上非常有名的海盗,也未必拥有很多条船。就这一路的经历来分析,他大约经过了四个层级。最低层级的首领是一个拥有十几条大船的船长,从这一点来看,这个盗帮很可能拥有几百条船。这个数字让他也大吃一惊。他还发现海盗们对规则的执行也严厉到令人难以置信的程度。在他被俘的当天,就有一名违抗命令的海盗被处死。

而这一天,月亮刚刚升起,他再度被带了出来。海盗们给了他一次沐浴的机会。他换了一身中国人的衣服,然后被蒙上眼睛扶坐到一个用竹椅加长杆改装成的轿子上,离开被囚禁了十多天的地方。

虽然他的眼睛看不见任何东西,但高低不平的路还能够让他感知他们正走在一个山道上。似乎又经过了一个山洞后,他听到了水声,闻到了若有若无的香气。

这时候他的遮眼布被解开了。他看到前面一条小河边有船,还有船夫。他上了船,而那些押送的人却忽然消失了。

船夫撑开了船,沿着河道向上行去,这时候香气更浓了,是小河两边漂浮着一簇簇白色的花,散发着香气。他从来没见过这种花。白色有香气的花,常常只会让人想到素雅。然而这种白色的香花,却让人感觉到艳丽,或者霸气。它的花朵很大,每一株上都能生出非常多的花茎,散发着浓烈的香气,让人无法忽视。

这是一个满月的晚上,月光下的小河蒙上一层白色的光晕,一切都变得安静,只余小船划过水面的声音。格拉斯普尔觉得自己被俘半个月以来所有的惊恐和绝望都似乎是另一个世界的事了,而他在这条小河中,似乎永远走不到尽头。

当香气越来越浓的时候,船停了下来,船夫指了指岸边的小径和香花,示意格拉斯普尔自己走上去。这个人从头到尾,没有说过一句话。所有的事都显得如此神秘。于是,格拉斯普尔怀着惴惴不安的心,走上了岸。

越往里走,两边的香花越密集,香气也越浓烈。这个花园到处是分岔的小径,如同迷宫。他不知道怎么选择,只是凭着本能去走,顺着那白色香花开得最浓郁的地方走。路越走越往上,大约走了二十多分钟,他看到花园的中央有一小片空地,上面有一座中国式的凉亭,凉亭里坐着一个穿白衣服的女人。他看不到她的脸。月光反射着她的白色衣服,在黑夜中唯有这一簇白,引领着他走进这花园,第一眼看到的就是她。

格拉斯普尔不由自主地向着她走过去,如同看到灯光的飞蛾,一直走到离那凉亭还有十来米的距离,一个男人的声音叫住了他:"格拉斯普尔先生,请你站住。"

格拉斯普尔站住了。这时候他才发现，凉亭下面站着一个穿黑衣服的男人。刚才他没有看到这个男人，然而，月光下，当他看到那个男人的脸，就强烈感觉到，这是一个让人无法忽视他存在的人。

他年轻，非常年轻；英俊，非常英俊。然而他的眼神，却让格拉斯普尔看出，他是一个习惯发号施令的人。

格拉斯普尔看看凉亭里坐着的女人，再看看凉亭外站着的男人，谨慎地没有开口。

那个青年说："格拉斯普尔先生，你说你可以帮助我们买到一些珍贵的货物？"

"是的。"格拉斯普尔连忙说。

那个青年从身边拎起一个箱子，递给他："你能帮我们买到这样东西吗？"

格拉斯普尔接过箱子。箱子看上去不大，然而出乎意料地沉重，他一时没注意，手一软，箱子差点砸到脚上。那个青年却敏捷地接住了那个箱子，打开，送到了他的面前。

"抱歉。"他说。然而他的声音里没有一点歉意。格拉斯普尔从他的眼神中看出了他的态度是傲慢的，那意思应该是——我完全没想到你如此缺乏力量。

格拉斯普尔捧起箱中的东西，那是一个铁制的圆球。

"这是一枚炮弹？"

"是的。"青年说，"你还能认出什么？"

格拉斯普尔沉默了好一会儿才说："这是英国最新研制的 24 磅炮弹，只装备了少数船只。"

"你能帮助我们买到它吗？"青年问道。

格拉斯普尔惊骇地看着青年，他一时没办法说出话来，深吸一口气，才问道："您要什么？炮，还是炮弹？"

"都要。"青年说。

格拉斯普尔抹汗："对不起，我办……"他想说，他办不到，然而话说到一半，他就没有再说出口。今天虽然是满月,月光下并不能清楚地看到人的表情,但格拉斯普尔发誓自己在说到一半的时候,对面青年的眼神从探究变成了扫兴。

没有愤怒,也没有杀气,但这份突如其来的危机感,比愤怒和杀气还可怕。也就是对方这懒洋洋的一眼,让他忽然意识到,这是在和一个杀人如麻的大海盗说话。

为了生命,他必须要答应下来,于是他吃力地转口:"或许,我尽量想想办法。"

"好的。"凉亭里的女人开口了,"格拉斯普尔先生,我们希望能够和您成为朋友。"

"是的,是的。"这是一个酷热的夏天,很容易出汗,格拉斯普尔掏出手帕擦汗。

"我们并不是不讲理的人。"青年说,"我们在海上保护商船的往来,并且征收应得的费用,只有不懂规则的人,我们才施以惩罚。在你们的船上我们发现了鸦片……"

气氛顿时变得紧张起来,格拉斯普尔没有带鸦片,然而这条船上,并不止他一个人的货物。所以他张了张口,想要申辩什么,那个青年便举手制止了他的解释。

"发现了鸦片船,我们是要把相关的人处死的。然而我们已经查了,这批货物不是你的,所以我们只处决了货主以及收货上船的船长。我们不会杀了你们,但要没收你们所有的货物。如果你们交不出赎金来,就要充当苦役。我想,这是合理的。"青年淡淡地说。

"是的,是的,我完全赞同。"格拉斯普尔说。

"一切都是为了您能安全地回去。"凉亭里的女人声音很美,格拉斯普尔莫名地想起女妖塞壬来,传说中她的歌声,能够诱惑过路的航海者不知不觉想靠近她,而往往在靠近她的时候,他们的船就会触礁沉没。

格拉斯普尔深吸一口气,手紧紧攥着,手心全部是汗水。

"您的意思是,我能安全地回去?"

"那就要看您能让我们得到什么了。"她说。

这是格拉斯普尔和他笔下的海盗女王 Ching 夫人的第一次见面。

Ching 这个姓氏,后来被翻译为秦夫人、清夫人,甚至是金夫人,但实际上,那只是中国南方一种方言的发音,她的正确姓氏,应该是"郑"。

二　交叉小径的人生

他姓张,名保,小名保仔。

人生有时候选择的范围小得惊人,只能在迷宫无数的狭窄小径中迅速决定往左走还是往右走。而不管往左还是往右,每一个选择你都不知道是对是错。路径都是这么狭窄,眼前都是这么黑暗。

有时候需要用尽全身所有的力气,才能在一次次濒临死亡的搏杀中获得一线生机,挣得出人头地的微小可能。无尽的疲惫中,或许一点温情、一缕香气,就能够让人一次又一次获得在血海杀场中搏命的勇气。

保仔在十五岁以前的人生里没有穿过完整的衣服,甚至没有过自己的鞋子,然而在此以后,他的生命需要一次又一次回忆这段甜蜜的岁月,才能够支撑着过后面的苦难。

虽然只是贫家子弟,"保仔"两个字,足以证明,他也曾经是父母心目中的宝贝孩子,他们希望所有过路的神祇都来保佑这个孩子。或者是他们诚心的祈祷让某个过往的神祇听到了,他仍然是个命大的孩子。在经历过无数次生死体验以后,保仔想,或许他能够活下来,这个名字起到了作用吧。

当他第一次成为一艘船的指挥者,看着那面红色旗子升起来的时候,和他在一个渔村一起长大的四十三个孩子,只剩下了三个。

那些人有的死于大海的风浪,有的死于劫掠时的对战,有的死于官兵的剿杀,而更多的,是他在十五岁那年亲眼目睹着死去。

那一天,他们渔村的船队无意中撞入了大盗郑一和官兵的剿杀之战。那一仗,官兵输了,所有在场还活着的人都成了俘虏。他们被关在寨子里,等候发落。

一部分人在家人交上赎金后离开。而交不出赎金的人,只有两种下场,一是死,二是入伙。

饥饿和干渴如同一把火,烧灼着保仔的五脏六腑。他趴在地上,嘴唇已经干裂,感觉到所有的力气在一点一滴地流失,而他只余最后一丝坚持……他不愿意入伙,于是就没有得到伙食,海盗窝里不养没用的人。关在一起的人一个个地离开了,最后只剩下他一个人。

不是没有小伙伴来劝他,答应吧,出来吧,低头吧……然而他只倔强地摇头。他想他的爷娘,他不想回到村子以后,会被人指指点点说他是盗匪,这样的话,疼爱他的爷娘会无颜见人吧。

少年的心,如此单纯,又如此倔强!然而他就是凭着这么一个简单到可笑的理由,支撑着自己的意志。

就在他的意志渐渐陷入昏迷的时候,有人扶起他,给他水喝。这水是那么甘甜,他不受控制,毫无意识地贪婪地喝着,一直到被呛到,他才敢睁开眼睛。

夕阳反射下,她的脸有些朦胧,但她的声音很温柔:"为什么不出去?"

保仔抹了抹嘴边的水,有些依依不舍地看着那水壶,依旧倔强地一扭头:"我不当海盗。"

"为什么?"她问。

"当海盗要被人指着脊梁骨骂的。"他说。

"你怕回到乡里被人骂?你怕你爷娘被人骂?"她冷笑,骂道,"你怎么不想想,你连命都要没有了,还听得到骂声吗?你爷娘连儿子都没有了,还怕人骂?"

他抬起头来,看到她正一手叉着腰,一手指着他骂。忽然间,他不想死了,他想活。连她都能够明白的道理,他怎么就没想明白呢?

这一年,他 15 岁,她 21 岁。同是被大盗郑一掠到寨子中来的肉票,同样因为没有赎金,面临着生死选择。

她是蛋家妓,他是渔家子,都是底层贱民,都是在苦海中挣扎着要活下去的人,抓住一切机会,活下去。苍茫大海,生命如蜉蝣,朝生不知暮死,看着一个个同伴和一个个猎物及敌人搏杀,他觉得死亡并不给任何一方更多偏向,只有最机敏的人、最快的船、最好的装备和最充分的准备,才能够获得更多的生存机会。

一场场战斗打下来,他渐渐站住了脚跟,从船上的杂役水手,渐渐成为冲锋的主力,到成为队长,再到执掌一条中型的船。

最终,在一场海上战役之后,他被带回大本营,来到红旗帮帮主郑一面前。这是他第一次见到这位传说中的总首领。

郑一,只是人们对他的匪称,他官名叫郑文显。有一种说法是,他们这些海盗是郑成功的旧部,但自郑成功之孙郑克塽降清以后,部分旧部拒绝归降,因而不容于清廷,于是率余部横行于东海和南海。还有一种说法是,他们是郑成功的父亲郑芝龙的旧部,在郑芝龙降清的时候就已经脱离他成为海盗。他们在清王朝建立的时候,就已经以反对派的姿态而游走于海上,力量渐渐增大。

郑一身形魁伟,为人爽朗,谈笑间片言就能折服人。如果说从一开始,保仔是有过怨恨和倔强的,然而他为了生存而屈从以后,倔强已经消失。而郑一和他在帮中的身份隔得太远,连怨恨都被时间和距离所冲淡。当和海盗们昼夜共处、同生共死一段时间以后,他从身到心,都已经认同了这个团队。

此刻见到郑一,他只有面对首领的紧张;面对他的询问,他害怕自己会令他失望;得到他的夸奖,他只有兴奋和荣光。

过于单纯的少年,最容易被影响,也最容易崇拜强者。能够在无数次厮杀中活下来,并且越活越好,他是机敏的,也是最擅长抓住任何细微的机会勇于发动进攻的。而他抓住了这次机会,向所有海盗最敬仰的首领,适时表达了自己的崇拜,展示了自己的观察与分析能力。

"你很聪明,做我的义子吧。"郑一说。他喜欢少年,少年代表着新血,代表着持久补充的后备力量,所以他更喜欢用超常规的手段,让这些少年发挥出超常规的作用。

保仔很兴奋。集团中有一些规则和传闻,做义子代表着一种殊荣和嘉奖,代表着更加接近集团核心,代表着他可能掌握不止一条船,甚至可能掌握着一个小型的攻击船队。

成为"义子"的集团成员,到目前为止,只有二十多人,从将近三万海盗竞争中脱颖而出的二十多人。而他,仅用了一年多的时间,就达到了目标,进入了核心决策层。

郑一这时候正在进行着一项艰巨的工作。他要凭自己的实力、自己的威望、自己的人缘,把这片海域上的七支队伍合并到一起,组成一支真正的无敌军团。

只有联合才能垄断,只有垄断才是获取最大利益的手段。

海上并不平静,除去朝廷围剿,欧洲各国也开始了大航海的探索,包括东印度公司在内的这些商业组织背后,都有所在国家提供的最先进武器和官方支持,目前势力渐向南海扩张。郑一也吃过几次大亏。

目前南海的势力,已经粗具合并的基础。各海盗帮以红、白、黑、蓝、黄、青、紫七色旗而区分,互划地盘,不抢客源,遇到朝廷围剿则守望相助。然而在郑一看来,这仍是远远不够的。

首先是组成人员的差异。虽然七色旗有一半是郑家旧部,但终究也已经传续数代人,原来的宗旨理念早已渐渐淡忘,后人自然也各生心思;随着时间的推移,还有帮派之中人员替换的、中途折损的、新进势力坐大的,到如今七色旗实际上是各行其是,为理念为利益的争端在所难免。

而今时又不同于往朝,随着清廷坐稳江山以后,力量渐至边远海疆,更有洋人的坚船利炮,如今在爪哇各岛渐成势力,对他们也形成威胁。

合则强,散则会被各个击破。这其实也是各旗之中的共识。然而海盗们都是桀骜不驯的,谁都知道联合的好处,可谁都不愿意臣服于他人,哪怕是郑一这个于群盗中实力威望、慷慨义气都毋庸置疑的首领人物。

于是,连横合纵、拉拢分化、克难定易……接下来的日子,郑一往来于各旗首领的寨子,游说征服。保仔等一干义子,随从护卫。

在往来的身影中,郑一身后,往往跟着一个女人。保仔看着她为郑一出谋划策,在某些郑一因为碍于情面不便出言,或被言语挤对,或犹豫不决时,她甚至亲自上前,巧辩强驳、娇笑叱喝,化争执为无形,化刀剑为谈笑。

保仔从第一天起,就认出她来了。

那个声音曾经多少回在梦里回响,那个身影曾经多少次于生死一线时闪现。她本就是一个让人一见难忘的女人,更勿论在一个情窦初开的少年心中,无人可以取代。

一年多刀口舔血的恐惧中,在无数次生与死后的空虚中,在夜晚甲板的燥热中,在已经知道无法归去的茫然中,他常常会想起她来。是真是幻,他无法分清。或者,她更像是他无望生涯中的海市蜃楼,苦海中的一滴蜜汁。想着她,就能够让他在绝望生涯中多撑一刻,再多撑一刻。

他曾经潜回旧居,父母已死,故园已荒。那一刻,他茫然不知所措,甚至连死亡都显得空空荡荡。

但他还是回来了,他已经无处可去。

他为什么回来,他不知道,或者只是人对生的渴望,或许……

这一份未知,于再度见到她以后,变得清晰。他想,他是想还她一条命,或者还她那一杯水,或者,是圆自己一个梦想吧。他就想这样跟在她的身边,只要远远地看着她,就好。

他活着,她也活着,多好!

就这样跟着她,保护她,一生一世,别无所求。

三　血海飘香

她姓石,小名香姑。

她是疍家妓,一双天足只能踏在船上,不能踏上陆地。

所谓的疍家人,也叫蛋家人,生活如同蛋壳一样,漂浮无依,一不小心,就碎了。疍家人的历史不知道是从何时起,只知道,他们成为朝廷的罪人之后,不准上岸居住,不准读书识字,不准与岸上人家通婚。甚至严格意义上,他们都不能算是天朝的子民,只能算是"贱民"。寻根、寻陆、寻出头之路,几乎是世世代代永远的梦想,然而,永远无望。

香姑的父亲亦是海盗。疍家为海盗者,郑、石、马、徐为其中四大姓。这个姓石的海盗,曾经风光过,然而最终还是死于非命,只余孤女寡妇,苟延残喘于世。

罪人和贱民的双重身份,使得母女生存更加艰难。母亲在这种煎熬中死了,而她,成为船妓。

然而她却没有放弃过努力。她依稀记得,小时候她的双脚是踏上过陆地的,她的身上是着过丝绸的,她的眼睛是见识过繁华的。她记不得更多具体的事,然而脑海中残留着的点滴记忆,如同蜜汁,让她能在睡梦中有一丝甜美。

一场无意中卷入的劫杀,她成了海盗的女人。

如同保仔成为了郑一的"义子"一样,对于没有赎金的肉票,能够活下来的,顺从依附是唯一的选择,除此之外,就是进鱼虾之腹。

海盗们很少有固定的伴侣,也无法拥有。女人是稀缺的,生命是无常的,一票成功便狂欢发泄,一朝身死便什么也没有。唯有部分首领,或能够在某一段时间里拥有某个情人。她们通常是美丽的、聪明的,甚至是厉害的。然而,终究只是一个首领拥有的物件,而没有独立的身份。

但是石香姑一开始就是不一样的。

她识字,她有见识,她会有意识地学习,甚至很快能举一反三。郑一开始带着她,只不过是途中解闷,但很快他发现,她过目不忘、举一反三、擅长交际,甚至非常果断。

奔波数月,海上联盟终于成立,七色旗齐聚到了郑一麾下,南海号令从此归一。

而在这一过程中立下大功的香姑,正式得到郑一的承认,成为他的妻子,也成为盗帮的"一嫂"。这绝不只是一个妻子名分的承诺,更是众家兄弟的认同,甚至是部分权力的分享。

作为一个在死亡边缘来回数次的亡命之徒,不得不说,郑一或许是在冥冥之中能够感应到自己的死亡,而提前做了这么一个决定。

联盟达成后,各旗的融合渐成,号令推行越来越通畅,就在郑一威望达到顶点时,也许有人预感到,这是最后一搏的机会了。

一次出海的行动中,郑一的船队遇上了风暴。一片混乱中,郑一落海,受伤而死。

"你说,他的死,真的是意外吗?"

夜深了,一身素衣的女人,站在灵堂前,问保仔。

白天的喧闹已经散去。那不知真假的致哀,那杀机暗藏的探问,那号哭背后的心机,她都须一一分辨。没有人真正关心未亡人的悲痛,也没有人关心她独自站在那儿,迎着风刀霜剑时,是否已经千疮百孔。

血海中活下来的没有弱者,也没有人在乎弱者是否活下来。

她要面对的是生存,是自己的生存,也是她身后这一拨原来红旗帮叫她"一嫂"的兄弟的生存,更要面对整个联盟的生存。从所有人的面孔中分析着敌我双方,从血海杀出来的警惕性和危机感让她活到了今天,她还要继续活下去。

"我已经在查了。"保仔说。

在生死厮杀中,能够练出人的原始本能来。在危难当中,她从所有的"义子"当中,迅速捕捉到谁对她保持了最大的善意和忠诚,其次,才是看中他的机敏。保仔成为"义子"们的首领,和她最信任的人之一。

随着追查的深入,似乎人人都有可能,可是不管是谁,都是让她无法面对的。

她看着灵堂,屈指数来:蓝旗帮乌石二与郑氏兄弟为旧交,当年曾全力扶助郑一;黑旗帮郭婆带,是盗帮中难得的书生,为郑一出谋划策;白旗帮梁保自郑一堂兄时就追随郑家兄弟,忠心耿耿;黄旗帮吴知青受过郑一救命之恩;绿旗帮李湘清为人保守忠厚;紫旗帮郑流唐更是同族兄弟……

每个人都可能是凶手,每个人都有可能不是。

追查在进行,内讧也在潜滋暗长。

乌石二要拥立郑一之侄继位,郭婆带欲假借娶她而接手红旗帮,梁保与郑流唐发生争执,吴知青和李湘清拥兵袖手。

最终,灵堂前血光再起,郑流唐率先出局。他被众人指为凶手,虽然在搏杀中冲出重围,然而部属被杀,他自己亦无路可走,最终只能带着脸上的一个刀洞,率余部380余人,投降了曾为世敌的清廷。

案子似乎已经告一段落,又似乎更陷入扑朔迷离。这是一桩不解之谜,哪怕过去了很多年,依旧无解。

情况又回到了郑一组建联盟之前的情况,人人都知道组成联盟的好处,可桀骜不驯的海盗们,谁也不愿意臣服于他人。郑一死了,人人都想坐上总帮主的位置,可以郑一之能力威望,都无法避开莫名身死,还有谁能够让这各旗帮主对他低头臣服?

好不容易聚拢的联盟,就算大家心里各有算计,也不愿意看着它解散了,但是谁也不服谁。在这种诡异的情况下,竟然达成了一种平衡和统一。

"既然大家都无法决定,那就由一嫂来做这个大当家吧。"黑旗帮的帮主郭婆带提议说。

这是一个看上去文质彬彬的人,手不释卷,一副读书人模样,在诸海盗中,显得有些格格不入,他同样也轻视这些鲁莽粗汉。然而他手段了得,执掌黑旗帮几年时间,就把它发展成仅次于郑一红旗帮的第二大势力。

他像一只野猪群里的孤狼,众海盗不喜欢他,然而又畏他心机深沉,下手毒辣。不愿意附和他,然而又不得不为他的话语所动。

沉默良久,蓝旗帮乌石二终于也点头了。他之所以一力主张扶植郑一的侄子,也无非是为郑一一系争取权力。郑一身死,只余孀妻弱侄,他并不看好一个女人。这是与郭婆带实力相较不下的另一股势力,最大的争斗其实是发生在他和郭婆带之间。这两人决定了以后,余者就没有再跳出来挑头说不同意见了。

于是,事情就这么决定了。在郑一死后,诸旗在郑一灵前拥立郑一嫂石氏为新首领。

刚开始,谁也没有真正重视过她。在他们眼中,她虽然看上去较寻常妇人更有胆色、更聪明些,然而,终究只是一个女人罢了。

乌石二视她为过渡人物,更用心在对郑一之侄的培养拉拢上,欲联合红旗帮这一支势力而称尊;郭婆带殷勤讨好,处处附和相助,不过是想以情诱之,借她的手来控制红旗帮。

然而,世事未必如人意料。

她没有想到,她会成为海盗们的首领,可是既然命运已经推着她一步步走到这个位置,她就不能再跌下来。因为跌下来,就是粉身碎骨。

她学习驾船、学习射击、学习搏杀……学习走到无数杀人如麻的海盗面前,威慑他们,征服他们,让他们听她的号令。

第一次发号施令时,她迈向台上,每一步都比迈向刑场更恐惧,看着台下黑压压的人头,无数双血红的眼睛,几近失语;第一次临战的时候,她的耳朵里只塞满了枪声、炮声、喊杀声,而根本无法判断情势……

做海盗不难,做一个优秀的海盗首领,却不容易。她要懂得看洋流、看天气、看海图,甚至是把握风向的变化、火炮的射程、火枪的种类、船只的航速,才能够在两船相遇的时候,迅速谋划如何进攻,判断何时开火、何时接舷……

而这一些,只是初步的能力。

然而只有她自己做得了这一切,并且做得比别人都好,才能够让众人心服口服。

慢慢地,义子团臣服于她,红旗帮帮众拥戴了她,渐渐连其他五色旗中人,也无法再将她视为一个傀儡。

她对部属约法三章:私逃上岸者杀,私窃公物者杀,强奸女票者杀。

海盗纵然在海上,然而根在陆上,一衣一食,无不取诸陆地。她再下令,劫掠只以官船、洋船为主,对于商船则以收"保护费"为主。只要取得七色帮旗号,航行海上不但无忧,还可得到海盗们的保护和帮助。于平民百姓,则施恩众人赢取民心,凡于百姓处购买东西,便加倍付钱;如有强取百姓东西者,立即处死……

红旗帮日渐扩张,她择数海岛为根据地。最终,大屿山成为她的最佳选择。于是她立起营寨,附近百姓亦依附前来交易。这里不仅曾有数万人定居交易,更有她为了整个六旗联盟而建立的船厂、弹药厂等基础设施。她与澳门的葡国人交易,与广州的英国人交易,与爪哇的西班牙人交易……

西方的药品、武器甚至造船方法,没有什么是无法买到的。随着红旗帮的力量不断强大,当红旗一帮的人马和装备已经超过其他五旗联合时,六旗联盟的总首领,从有名无实,终至名副其实。

诸旗首领,重聚大屿山上的营寨中。看到他们臣服之后复杂的眼神,她笑了。

人群散去,保仔轻轻走入,给她披上外衣:"夜深,防凉!"

她回头看他。这些年来,他从少年长成青年,一直默默地站在她的身后,护卫着她,为她出谋划策,为她身先士卒,甚至为她装神弄鬼,为她脏了双手。

"保仔,你要什么?"她问。

只要他说得出来,她给得起。

他什么也没有说,只拉着她的手,缓缓走过山径,走到水边。营寨依水而建,一只小船就能够通到大海,这是沿海而入的那条江的一个分支。

水边有一丛白色香花,散发着袭人的香气。她循香走到花前,有些惊喜。

她的名字中有一个"香"字,她一直喜欢所有带香气的植物,然而她从来没见过这种花。所有她见过的花,都没有它香得这么嚣张,小小一束,发出侵盖方圆十余米的香气。这花,开得这么艳丽,她从来不知道白色的花竟能够用艳丽来形容,艳丽如蝶,简直下一刻就能够从她的手中飞舞起来。它更是旺盛的,小小一簇,三四个花苞,就能够开出十几朵花来,怒放夺目。

"这是什么花? 从哪里来的?"她小心翼翼地捧着花,下面带着新土,显见是刚种下的。

"我也不知道是什么花。船经过婆罗洲的时候,偶然看到这种花,我觉得你会喜欢,于是把它带上船,种在这里。"保仔偷偷看着她,那灿烂的笑,连手中的花也相形失色。

"是,我很喜欢。"她说。

这是一种生命力很强的花。到第二年的时候,这花就长遍了水边。花季时,花瓣落在水面,顺着水流入江,漂入海,郁郁香气,经久不散。

人们说,这条江是香的,就叫香江吧。

四　风起云涌

公元十九世纪初,南海。

英国东印度公司的舰队,再一次遭遇海盗的伏击。这一次,他们损失了数百箱的鸦片,价值数十万两白银,这是他们今年第七次遭遇海盗的袭击了。

公司高层震怒,今年报表上的庞大利润将因为这些海盗化为泡影。如果没有足够的白银运回国内,他们将会面临被召回的命运,甚至会失去许多特权。而这些特权,比鸦片更令人迷醉。

英国东印度公司并不只是普通的贸易公司,他们是有皇家特许状,可以拥有火器和海军舰队。他们来到远东,殖民侵占、掠夺财富、发动战争、杀死国王、洗劫国库,甚至灭亡国家……

这个远东的国家,有着丝绸和茶叶,还有瓷器,每一项运回欧洲都是暴利。然而这个国度自给自足,并不需要多少物品进口,所以当从美洲运回的白银又流入这个国度时,东印度公司是不满意的,直到他们发现鸦片令人上瘾的功能。于是这种原本在医学上用来麻醉的植物,变成了可怕的毒品。黑色的鸦片流入中国,雪白的银两流入东印度公司,报表上的数字,才令人满意。

但是这两年,南海的海盗频频劫掠,令他们损失惨重。

商行的威尔逊先生想到董事会的警告,有些心寒。他召来了雇佣军的亨利少校,问他:"你有什么办法解决这些海盗?"

亨利少校摇摇头:"先生,海盗是无法被剿灭的,您知道。"

是的,威尔逊比谁都知道,英国人就是从海盗发家的。当年的英国内忧外患，伊丽莎白一世为了取得海上的霸权，不惜折节给海盗投资，为他们提供武器和后勤保障，甚至封爵授勋。著名的海盗德雷克，就因为多次伏击西班牙商船，甚至同法国海盗合伙抢掠，不但大发其财，而且深得皇家钟爱。

据说，某次他沿着美洲东海岸，绕麦哲伦海峡横渡太平洋做了一次环球抢劫，女王在收到其分红以后，欣喜若狂，亲临其座舰，当场封其为爵士。在整个伊丽莎白女王时代，海盗们带回的"分红"高达 1200 万英镑。官员们不胜自豪地记录着："英国的财政，从来没有像 1580 至 1581 年冬季那样繁荣过。政府有力量去还清债务，去改善国外的信贷情况，同时也能执行比较强硬的外交政策了。"

到了一定时期，海盗们摇身一变成了大英帝国的海军，甚至打败了当时被称为"无敌舰队"的西班牙海军。海盗挟英王名义在世界海域抢劫金银、贩卖奴隶、参加海战、镇压叛乱，英国自此逐步称霸海上，开启了"日不落帝国"的序幕。

从某种意义上来说，东印度公司也是在继承当年海盗的衣钵。所以，他们格外不能忍受，大英帝国居然会在别的海盗手中吃亏。

"是的，海盗是无法被完全剿灭的，但是我们至少可以想办法把这股海盗剿灭。"就在威尔逊跟他的其他合伙人商议这一点时，另一个东印度公司的资深职员潘义理说。

潘义理英文名字叫查理，有犹太血统。他早年在印度和牙买加从事商贸，后受东印度公司委派长驻广州，负责与十三行贸易接洽，属于地道的"中国通"。他甚至像中国人一样，穿起长袍戴起瓜皮帽，还给自己取了一个中国名字——潘义理。

威尔逊知道潘义理在中国官场是有许多朋友的，听了他的话，不禁问他："查理，你有什么办法？"

潘义理说出了他的办法："我们可以让中国的官府替我们去消灭这些海盗。"

"这怎么可能？"威尔逊摇头，"中国的官府如果认识到海盗的价值，我们甚至不能再在远东待下去了。"

"可他们永远也不会认识到这一点，他们和我们不一样。只有岛国才最渴望征服海洋,而中国的陆地面积太大,大到他们认为自己不需要海洋。"潘义理说。

他们的官员只会认为那些海盗是不肯驯服的庶民。两广的海上贸易如此活跃,海盗的存在让这些官员的私下收入受到很大损失,这些官员深恨海盗。他们或许可以出动小股的军队去保护他们的相关贸易,但海盗已经进化到康采恩的级别以后,官员的私下交易就不是他们的对手了。所以潘义理认为他可以游说这些官员,用官方的力量去打击海盗。

"我不认为那些官员能够剿灭海盗。"亨利少校首先摇头。他是个苏格兰人,早年加入皇家海军,后来在东印度公司服役。他从军事角度否决了这个建议。他怀疑地看着潘义理,觉得对方更像是个准备假借此名义从中套取巨额游说资金的骗子。

但是深谙中国官场规则的潘义理告诉威尔逊,清朝的官员对付他的子民比他们这些西洋人更有办法。

"我们就算有最好的船和火器,也无法捕捉到这些海盗,而且我们军队的人数比不上他们。但是清朝的官员可以弥补我们的不足。我的建议是,我们可以和葡萄牙人一起,帮助他们共同组建联合舰队,这样就可以彻底剿灭这些海盗。"

亨利却不肯相信:"我倒是认为,这些官员会投资这些海盗,就像我们曾经做过的一样。他们的战斗力很强。我觉得我们在远东的投资应该收缩,印度才是我们的殖民地。"他耸了耸肩,"这个国家并不是印度,我觉得,我们会失败。"

威尔逊在心里是认同亨利的,然而他觉得他必须向董事会表明他对远东市场已经尽了所有的努力了,所以虽然对潘义理的设想不感兴趣,但还是给了他游说经费,作为他在远东努力的备案。

但他万万没有想到,他这份投资,居然获得了重大转机。

潘义理和他的中国代理人们开始行动了。先是官府接到数处上报,说是海盗们袭击了村镇,然后广东水师开始去对这些海盗进行围剿,但不幸的是,在对海盗们的阻击中官兵们并没有占到便宜。当事情愈演愈烈,最终摆到两广总督案前的奏报上时,已经成了一件大事,好像这拨海盗不得不剿,否则就将会影响清廷统治。尤其是这拨海盗属于郑氏余部,就更为大清官员围剿海盗之事增加了政治正确性。

当时,清朝官员和海盗其实保持着一种微妙均衡的关系,成为既敌对又利益共同的群体。而这种关系,是瞒上不瞒下的。一旦官员们想要对贼们采取行动,这种行动往往在执行过程中会被消解掉,让他们既无奈又愤怒。当有更大的压力下来的时候,这种均衡又会被打破,然后就会有一拨人在政治风暴卷入后被消除。再过一段时间,会有新一拨人上来,再继续保持这种微妙均衡。

而现在,显然这种微妙的均衡,被在海上频频受打劫的洋人和买办们打破了。当发现了可操作空间的时候,威尔逊和他的伙伴们大喜过望,迅速追加了游说方面的投资。

收到好处的官员们开始整顿军纪,他们不能容忍这些下属为了自己捞得一点好处,而让他们的福利落空。

红旗帮遭受了前所未有的围剿。官府派出的军队越来越多,层级越来越高。最终,保仔的受伤,使冲突彻底走向极端。

保仔是在一次救援友军的行动中受到埋伏,被炮弹击中。尽管避开了要害,但他仍然身受重伤,体内有数十枚弹片,需要手术取出。

"这需要西医。"帮里的大夫对一嫂说。

而西医只有广州城和澳门有,不是和英国人有关系,就是和葡国人有关系。

一嫂沉默良久,击案而起:"那就动手吧。"她看着保仔苍白失血的脸,握着他的手,说了一句:"保仔,我会让他们付出代价的。"

此时,英国人势力渐长,而葡国人势力渐弱。葡国人据有澳门,令英国人十分羡慕。然而此时英国人虽难以有机会重演葡国人当初借用澳门的渠道,但仍然不断为此而进行努力,并为此制造出一些事件作为契机。于是英国兵船一方面驰入广州湾炫耀兵威,另一方面又有英兵船十三艘泊香山鸡颈洋,率兵三百擅入澳门,占据炮台。

这一日,本来只在远洋活动的红旗帮海盗们忽然出现在广州湾,攻击了英国船队,并俘获一艘英舰,斩杀数十名英国士兵,令英军震怒。驰入澳门的英舰转向广州,夹击海盗。

而此时,红旗帮的潜伏人员,已经在澳门悄悄地将著名西医周飞鸿劫到船上,送至大屿山。周医生在保仔身上取出了数十枚炮弹碎片,将他的生命挽救了回来。

保仔被救回以后,红旗帮对清廷的报复行动也展开了。海面上官兵海盗炮战,火光冲天,两边的冲突日益加剧,海盗势力延伸到福建、浙江一带。

海盗们如此猖狂,这事最终无法控制在两广,传进了北京城。

皇宫内,嘉庆皇帝大怒,数番严责两广总督必须尽快剿灭海盗。

误判形势的部分两广官员骑虎难下。一开始他们只是收了厚礼,认为可以将这些海盗轻易消灭,然而他们没有想到海盗们的强悍和报复心出乎他们的意料。如果只是海面上发生冲突,他们大可以将这些事情掩盖掉,然而海盗们似乎发现他们最害怕的是什么。他们上岸劫掠,甚至骚扰邻近省份,使得邻省的地方官员、士绅对他们怨气十足,纷纷上书,把他们想要遮掩的事情给捅了上去。

事情闹大了以后,两广总督那彦成也在后悔。他不应该因为顺从部分官员的贪婪,而打破了原有的平衡之势。然而此时悔之已晚,他只能不惜一切调集大军,对海盗们进行剿杀,企图在皇帝发怒之前,挽回自己的政治失分。

然而现实比他想象的更为冷峻,六色帮在马洲洋大败清军,擒杀虎门总兵林国良;随后,又在阿娘滩大败清军参军林发;紧接着,于广东桅夹门大败清军总兵许廷桂,逼得许廷桂自刎而死;再于浙江打死水师提督徐廷雄……

终于,事情再也掩盖不住。清廷震怒,嘉庆皇帝连罢两任两广总督那彦成、吴熊光,仍然不能挽救颓势,再调云贵巡抚永保为新任两广总督。不想永保忧急之下,还未到任,就死在了路上。

嘉庆皇帝无奈,只得起用颇有争议的山东巡抚张百龄为两广总督。

五　两广总督

在路上走了一个多月,这位在三月份任命的两江总督终于在五月份到任。

此时的广州,已经酷热如蒸笼了。

张百龄坐在客厅中,虽然旁边的茶几上放着冰山,但暑气并没有减弱多少。这时节就是穿单衣也难以承受,何况他是已经 60 多岁的老人。但他还是端端正正穿着里外两层的官服,头上还戴大官帽,蒸腾得汗珠不断往下流。

然而他已经顾不得暑热。眼前的海患,让他没有办法安坐,更没有时间回后院解开衣服放松乘凉。

他想到临行前,去宫中觐见皇帝的情景。

嘉庆皇帝也将近 50 岁了。这位看上去比他实际年龄苍老得多的皇帝,曾经是最擅长忍耐的皇子,他的父亲就是著名的乾隆皇帝。这位长寿的皇帝终于在过完 85 岁生日以后宣布退位,把皇位让给他的第十五个儿子颙琰,年号嘉庆。

嘉庆皇帝的前半生都在等待皇位,在他终于熬过排行在前的兄弟们,等到了皇位后,却发现自己只不过是个傀儡而已,日子甚至比当皇子时更难熬。所谓皇帝,只不过是一句称呼上的改变,实质上什么也没有变化。他依旧是那个在长寿而多疑的太上皇父亲面前战战兢兢的儿子,一切权力仍然掌控在乾隆的手中。甚至他的皇后死了,他也不能对外宣布并表示哀伤,因为他年迈的父亲忌讳听到疾病和死亡。

他终于熬到成为真正的皇帝。可是还来不及欢喜,就要面对如此可怕的局面。

京畿有天理教,南方有白莲教,东南沿海有蔡牵之乱,运输上有河漕危机,俄国人在伊犁有异动,英国人在偷运鸦片……外加官员的贪腐、八旗军的溃烂、皇帝的政令推行不力,这内忧外患重重,一刻不能缓。嘉庆想解决这一切,却又束手无策。

嘉庆并不像去世的太上皇那样,有着强悍的威望和令人恐惧的手段。从本质上来说,他比他父亲善良而辛劳。然而这一切并没有换得比他父亲更好的名声和更多的尊重。他对臣下十分温和,而且推心置腹。这一次他力排众议,在朝廷面临危机时没有任用满洲亲贵,而将朝廷的门户交给汉臣,这是一重信任。

而且,张百龄当年是被赶出广州的。

对于广州,张百龄比朝上诸臣更熟悉。三年前他曾是广东巡抚,因为清查南海、番禺两县蠹吏残害无辜,罢两县知县,结果反被诬告"使用非刑毙命、逼勒供应",被两广总督那彦成弹劾,又有同僚吴熊光等一齐落井下石,他险些被贬流放。嘉庆皇帝最终按下此事,再曲折重授六品,辗转福建、湖南、江苏、京中、山东等处,仅三年时间,又重新得回二品顶戴。

君恩如此深重,为臣子岂能不感激涕零、肝脑涂地、百死无悔? 主忧臣劳,主辱臣死。看到皇帝为了两广海患,已经数日不能安睡,憔悴至此,张百龄心中固然是恨极了海盗,更恨的是两广贪官蠹吏造成大祸,残害百姓,辜负君王。

临行前,皇帝对他说,海盗可剿灭则剿,可招安则招,无论如何,要尽快解决,不要让海患再蔓延下去。朝廷烽烟处处,能扑灭一处是一处,河清海晏,方是国之幸事。

皇帝的话,一直如巨石一般压在张百龄心里,一路辛苦到了广州以后,他发现情势比自己原先想象的更加严峻。

张百龄重回两广,他曾经的强敌已经倒下,附尾之辈,惴惴不安。他拉拢一批,打压一批,整顿吏治,治理军队,更派出所有眼线,打听红旗帮内幕,渐渐摸清了所有的事情。

"郑一的起家,本是由郑七而来,郑七,原名郑连煌……"

总督府的灯火,彻夜不熄,张百龄察看着所有汇总情况。郑氏海盗帮,起于郑芝龙、郑成功父子旧部,多年来在东海、南海之域活动,但真正兴起,却与越南的西山政权有关。

越南当时分为南北两国,南部为阮氏执政,北部为郑氏执政。因阮氏末期朝政腐败,民不聊生,于是小贩阮文岳、阮文吕、阮文惠三兄弟率众起义,建立政权,因据西山寨而被称西山军。西山军初起之时,因为势力薄弱,大量招引外援,部分越南的中国侨民因多年来深受阮氏王朝歧视而投入西山军,这些人又引了海盗帮派加入。西山军得到外援,接连击败阮氏王朝和越南北方的郑氏,一统越南,结束越南几百年的割据局面。于是西山王朝便为海盗封官晋爵,如莫官扶为东海王、郑连煌为总兵大司马等。如后来的蓝旗帮首领乌石二、白旗帮首领梁保、紫旗帮首领郑流唐等亦在这几人麾下,各自得封为将军、总兵、都督等职。

只是好景不长,西山王朝方一统越南全境不久,阮文岳兄弟便因争位而自相残杀,海盗帮亦因此各拥其主,相争不下。外逃的阮氏王朝嘉隆王阮福映乘机向法国乞援,得法国相助,又引暹罗军队入境,终于剿灭西山政权,将莫官扶等人献于清廷问斩,郑七等率余部逃走,然亦死于战乱。

郑七死后,其主要势力由其堂弟郑一执掌,而部分手下则各拥旗号,最终由郑一收编,结成联盟。

郑一死后,其部由遗孀石氏掌控,麾下有张保仔、香山二、郑国华、萧步鳌等义子相助,数年来,已经真正成为东海诸盗之首。若要剿灭海盗,则应当先剿灭郑石氏掌控的红旗帮。红旗帮一灭,南海之海患便不复存在。

然而,此事说来容易,做来却是极难的。

如今的红旗帮,已经跟之前国朝所有的海盗都不一样了。若说海盗只懂得劫掠烧杀,全无纪律,但郑氏一开始就是郑成功余部,懂得行军作战,懂得集团管理。兼之郑七曾率部加入西山政权正式统军为官,海盗们已经借此熟悉了军事化的训练和管理,不再如一盘散沙。加上西山军为筑固政权曾向西洋大量购买火器,海盗们因此学会了最先进的火器技术和西洋人的海上知识。更兼整个越南的统治无力,使得数处避风良港成了海盗们与清廷交战中进可攻、退可守的地方。郑石氏主持大局之后,法度森严,甚至深得百姓拥戴。这桩桩件件,都构成红旗帮不同于普通海盗之处,使其能在海上横行这么多年。

如今光红旗帮郑石氏手中,便有将近七万部众,数百条大船,一千多门火炮,其余火器更是不计其数。这股势力,远非普通海盗能比。

就在前三任两广总督贬的贬,死的死,新的还未到任的这两三个月权力空窗期,海盗们已经骚扰了数个县城,甚至狂妄大胆到冒充官兵上岸劫掠,以至于真的官兵赶来时,百姓竟不能分辨真假,见之即逃。如今两广沿岸当真是官不官、贼不贼,一片混乱。

张百龄思索着。他面临的局面,比他原来预计的更为艰难。

六 谁才是这片海域的主人

小院中,小径分岔,凉亭依旧。

一嫂坐在凉亭中,轻摇扇子:"周医生亲至,他是替谁来游说来了?"

这个周医生就是曾经救过张保仔一命的澳门医生周飞鸿。前日,他通过红旗帮预留内线传递消息,亲自来到大屿山,转交给张保仔一封两江总督府的招降信。

保仔把信递给她看,她看完,长叹一声,放下信:"这个新总督,可真不是以前的草包昏官啊。"

自从新任总督到任以来,一反之前水师不断围剿的局面,反而是布下了一张密网,一步步缩紧红旗帮的活动范围。先是对沿海进行海禁。海盗们在海上再威风,也不可能不上岸找个栖居地,一衣一食,无不依赖岸上。如今各处海岸线封锁,他们不得上岸。可就算劫掠到再多的金银,也是不能吃不能喝的,金银又有什么用?

之后,他们在岸上的联系人一个个被清除、拔起。原来他们可以利用官兵的贪腐与争权夺利,各个击破。可是自从这个新总督到任以后,在他大力整肃下,原来曾被买通的官兵不是被调防就是被处置,竟无着手之处了。

随着生存空间步步缩小,海盗们不得已只能上岸劫掠,就算她能够控制得住红旗帮大部分人,也控制不住其他各旗。而其他各旗遇险,又迫使红旗帮不得不前去救援,甚至要带头袭击沿海,以宣示首领的地位。

如此,原来红旗帮赖以支撑的民心,也渐渐失去优势。

"我听说,乌石二、郭婆带他们,也接收到了总督府的劝降信。"保仔说。

"这是自然,给了我们,又岂会不给他们?"她说到"我们"的时候,保仔的心忽然一跳。

自从那次受重伤之后,两人的关系似乎有了一丝微妙的变化。原来,他只是在一边远远地看着她,保卫着她,愿意为她冲锋陷阵,愿意为她而死,却从来不敢想,他在她心中能够占据什么样的位置。

然而那一次,他看到了,她为他受伤而恐惧、愤怒、冲动,甚至铤而走险掀起风波,对官府发动报复性袭击。在此之前,她会打劫官船,也会打击水师,但这样有目的地发动一次次袭击,从掀起这次事件的几个水师官员,到他们幕后支持的顶级大官,甚至兴风作浪的英国人……

她的报复缜密周详,一步步有针对性地发出,既疯狂又准确。

刚开始他听说她要除去的人时,他认为她太疯狂,又认为她做不到,又怕她将自己陷于险地,可是她做到了。他又觉得,她是为了他而做的,心里既是欢喜,又是悲哀。

有些事,以为永远不可能的时候,是最无所谓的。可是一旦觉得有可能,但又达不到的时候,人的心是最患得患失,也是最忐忑不安的;既不甘心,又无能为力;想去争取,又怕适得其反,甚至是绝望。

他的心,就这么既甜蜜又酸楚着。

"你说,我们就这么下去,将来会怎么样呢?"她问。

"将来……"保仔有些迷惘。做了海盗,还会有将来吗?从他跟随海盗们出海的第一天起,他就知道,自己是没有将来的。活着的每一天,都是偷来的。下一天,都不知道能不能活着回来。

"是啊,将来……"一嫂轻叹。她也曾经以为她是没有将来的,为了活着,她努力地学习,努力地搏杀,努力地变强。可是,要变强到哪一步,才是安全的呢?

她想到那个英国人说的故事了。他说,他们的国家也曾经有许多海盗,后来他们的女王收编了这些海盗,并且封以爵位,传之子孙。而那些没有被朝廷收编的海盗,在海上再如何叱咤风云,短则一二年,长则三五八年,最终还是会被围剿、处死。

她知道郑一的堂兄郑七等人,亦是在越南的西山政权中被授以爵位,成为王家正式的水师。

她不是没想过这样的结局。跟随她的兄弟越来越多,这些年来同生共死结下的友谊,让她不能眼睁睁地看着他们继续祖祖辈辈的命运。受苦,造反,死亡,下一代再继续受苦,造反,死亡。

她想上岸,想让他们这些疍家贱民能够双脚踏上岸去,像普通人那样娶妻生子不受歧视,甚至为官为宦,恩荫子孙。

这样的梦,她原来是不曾想过的。可是一次次的仗打下去,她有了信心。知道得越多,心里的念想就渐渐引发。既然英吉利的女王可以,越南的阮王可以,为什么她不能够在清廷为自己和众家兄弟们争取?

"你知道吗,我以前最讨厌宋江。水泊梁山的众家兄弟举起义旗,过得好好的,他为什么总想着招安,简直丢了水泊梁山的脸!"良久,一嫂幽幽地说。

保仔苦笑一声:"我也是。可是,我现在却有些明白了! 官贼不相容,再厉害的贼,也没办法和朝廷斗。"他敲了敲桌子,"人家天下都打下来了,对付我们,岂能没有办法? 只不过以前事情没闹大,所以不把我们放到眼里。如今事情闹大了,天下之大,又有什么人能够对抗一个国家?"

"你的意思呢? 要不要同他们谈谈?"一嫂问。

保仔说:"我听你的。"

一嫂却摇了摇头,扬了扬手上的纸:"不,现在不能谈。"

这位张总督站得太高,高到对所有的人都是俯视的。他提出的条件,是红旗帮完全无法接受的。信中提出的条件是,要六旗全部无条件归降,为首者可以不论罪,但其他海盗有杀官者俱要问罪,余者收编或就地解散。

"那是把我们当成砧板上的肉了,想怎么剁就怎么剁!"一嫂冷笑,"我们还没有败呢,总督大人未免想得太美。"

招安的命令,被海盗们否决了,两江总督张百龄并不诧异,因为他会让这些海盗,再回过头来向他请降的。

曾经与东印度公司有过合作的水师提督孙全谋,虽然曾经在新总督上任之后,被追究其过,但在新总督对海盗们的围剿和谈判都陷入僵局以后,他重新看到了机会。

此时的情况,对于海盗们来说,固然是步履维艰,但对于张总督来说,更是度日如年。

想起临行时皇帝殷切的嘱咐,他心情沉重。想起初来时他满满的信心,就在这半年里已经泄了大半。他本以为,大清立国已经一百多年,偏远边境的几个小盗贼,如何能挡大军。只不过是官员贪腐,水师糜烂,所以才让海盗有机可乘。只要清理吏治,整顿军纪,海盗们自然不剿自灭,望风而降。

可他没想到,这股海盗,比他想象的更难缠。他们不但有严明的军纪,还有先进的火器,更有诡诈多变的手段。从年初到年底,海盗不但没有被剿灭掉,而且负隅顽抗,对地方的骚扰还更严重了。

他知道不能再继续下去了,如果到了年底,他还没有一个解决的方案,那他很可能就是第四个被换掉的两广总督。

这时候,香山知县彭昭麟匆忙来报。原来他接到线报,发现海盗们的一个秘密巢穴。这个地方,就在广州府新安县最南端一个港湾,叫作大屿山,有数百条海盗船都停泊在那里。

张百龄大喜,立刻下令水师提督孙全谋率水师前去围剿,孙全谋却面有难色。在张百龄的逼问之下,他才说出海盗火器厉害、善于海战,最好请擅长火器与海战的葡萄牙人和英国人加入海战,才能够有更大的把握。

张百龄眼也不眨地答应了,不管是孙全谋畏战,还是水师糜烂,或者是手下与洋人勾结,这些事他都不在乎,就算要追究,也要等到把这拨海盗剿灭以后。

十一月,朔风起,在香港赤沥角大屿山,红旗帮忽然被广东水师与葡萄牙及英国一起组成的联合舰队团团围困。清兵炮火日夜不停,直欲有将此孤屿整个炸沉之势。

夕阳下，一嫂负手立于大屿山，看着远方。天色渐暗，然而远处火光冲天，炮声震耳欲聋。

保仔站在她的身后，也看着夕阳。

炮声渐渐停息，天暗下来了，黑暗掩盖住了所有袭击目标。

"两广总督这是把家底都拿出来了……"一嫂忽然笑了，"他们以为我们死定了？"

保仔也笑了："是啊，他们以为有足够的人数和足够的火器就能够消灭我们！"他微微昂起了头，神情傲然："这一次，我们会让他们知道，这一片海域，我们才是真正的主人。"

"The sea invites men to engage in conquest and plunder."一嫂轻吟。

这句话，是那个洋人肉票格拉斯普尔告诉一嫂的，据说是洋人中的一位贤人说的，译成中文就是："大海邀请男人从事征服和掠夺。"然而那个洋人才吐出"男人"这个词，就看了眼一嫂，立刻改成："大海邀请人类从事征服和掠夺。"

一嫂是听得懂英语的，她也觉得正确的翻译，应该是后一句。

保仔没有说话，只是微笑。

万籁俱寂，过了一会儿，簌簌响起了树叶被微风吹动的细微声音。如果不仔细听，是听不到的。

"风起了！"一嫂说。

保仔拱手："一嫂，我去了。"

他转身，一步步走下台阶，扭头看去。天色迅速黑了下来，一嫂独立在山巅，只余夕阳剪影。

或许这一去，他可能再也见不到她了，这一刻的剪影，会是他心底最后的念想。

山下，江边，一只楼船灯火辉煌，上上下下数名道士着盛装，执法器，列于两边,恭送诸位头领进入神楼船内。这是帮中决策大事的一处地方。海盗群体文化低,因海上岁月而显得更加迷信。自张保仔主事以后,每逢大事,通常都会在神楼船召开部众会议,如遇决策不下,就会请道士卜吉问神,然后再执行。数年来,都没出过大的差错,部众也对此更加信服。

保仔决定今夜突围,而何时突围,突围能否成功,就成了关键。

道士扶乩,得出八字:"今夜子时,西北风起。"

子时未至,果然西北风起。在联军还未有所准备之时,张保仔率部众突袭,上千门大炮同时开火,向着联军舰队开火。与此同时,蓝旗帮乌石二也在珠江口外的万山群岛向清兵水军发起进攻。官兵猝不及防,首尾不能相顾,被张保仔冲出重围而去。

孙全谋率水师追击,双方在海面继续交战,此时却传来红旗帮忽袭广州的紧急军情,孙全谋只得撤兵回师,却又在中途中伏。

最终,清兵在此战中损失战船三十艘、火炮三百门、数千兵丁,广东水师提督孙全谋被擒。

消息传至广州,张百龄当场一口鲜血喷出,病倒在榻。

七　破局

世事如同一个迷宫般的花园,你不知道这一次的岔道,会走入什么样的峰回路转。

张百龄这边刚刚被联军水师大败的消息所击倒,另一边,却又传来了一个喜讯:黑旗帮首领郭婆带有意归降。

张百龄大喜,立刻封其为把总,并将其队伍收编,给予郭婆带相当优厚的待遇。

郭婆带,官名郭显学,番禺县人。他本是破落的书香门第出身,自幼好学,立志于科举显名。可是命运却阴错阳差,让他意外遇上海盗帮被掠,被迫成为一个海盗。

他本来就比别人聪明得多,又读过书。与绝大部分从不读书、行事粗鲁的海盗相比,他可算是个异类。很多时候,他像个书痴,每日里手不释卷,不管走到哪里,他的船中都会有一整间书房,他的营寨中更有无数的书籍。

虽然沦落为海盗,但他内心却是异常孤傲的。他看不上那些粗鲁的海盗。他一直觉得,他与他们是不一样的人。在自己的营盘里,他总是一袭长衫,手握书卷,翩翩然若世外高人。

郑一要各旗结盟,他内心是不服的。在他自己的地盘,他是说一不二的,如何肯向郑一那种粗鄙汉子低头?然而大势之下,他不得不虚与委蛇。但是他没有想到,那一次的宴席上,他见到了那个让他心动的女人。

他并非没有女人,甚至有些女人还颇有姿色。然而,这些女人如同他陷身的帮派一样,看似是成功的勋章,却让他心里总有一种说不出的勉为其难和降格以求。

唯有在那宴席上见到的女人,如同海之妖,清丽脱俗,又有一种异样的魅惑之气。这样的女人,怎么会属于郑一这样的莽夫?不应该,太不应该了!

郑一死了,他的确没这个福分,没当这个总盟主的福分,也没享有这个女人的福分。

灵堂上,她一身缟素,弱不胜衣,惹人怜惜。为了争那个总盟主的位置,他与乌石二相争不下,最终,乌石二转拥郑一之侄,而他转拥石氏。

她名唤香姑,真是人如其名。他是爱洁的。在大船上,不管是船上还是营寨里,总有一股挥之不去的鱼腥味。但一走近她的居处,他总会闻到一股若有若无的香气。她喜欢在住的屋子周围遍植香花,从栀子到茉莉到米兰,可到最后,到处种的都是张保仔从南洋移过来的那种白色香花。

他恨那个不知死活的小子。刚开始的时候,他并没有把那小子放在眼中。那只不过是个未脱乳臭的小孩子,他根本不认为她会看得上那个孩子。郑一初亡,她刚接手红旗帮时,他经常过去找她,吟风弄月,怜香惜玉。而当她用那种微笑带着鼓励的眼光看着他时,更让他升起知己之感。渐渐地,他会讲更多她想听的东西,比如他是如何从一介书生成为一旗首领,海盗们是如何粗鄙无知的,他是如何挑起事端又平息事端,从而掌握人心的;什么叫兵法,什么叫军纪,如何与洋人交易,如何与官兵周旋……

他以为自己一日日在接近目标,却不知道,自己离目标一天比一天远。他知道其他诸旗中,抱有与他一样心思的并非一二,于是他使出全部的精力,来打压他们,帮助她稳固位置。

她的心思一直游移着,他的心思就一直不安着。就在这游移与不安中,他完全没有感觉到,事情已经不受他控制了。等到她的羽翼渐丰,等到她的发号施令不可违拗时,他才恍然大悟。她的心思从来就没有游移过,她也并非是在几个首领中选择不下。她的心思早定,她早就有了选择——她要自己当首领。

悔之已晚!

然而他是不甘心的。如果她就一直这样完全不属于任何人,他或许也就死了这条心。可是随着时间的推移,那个他曾经看不上的小子越来越多地停留在她身边,成了她最信任、最倚重的人,甚至在某些时候可以代她发号施令。他愤怒而不甘,最终某一刻,嫉妒如蛇,咬噬了他的内心。

兵困大屿山,他本应与乌石二联兵,帮助红旗帮脱困。然而他在那一刻,却做出了相反的举动,在张保仔的舰队就要冲出大屿山的时候,他不但没有拖住清兵,反而故意纵放了清兵,甚至在张保仔最危险的一刻,他想将其一举消灭。

他没有得逞。保仔不但逃走了,而且给了清兵反戈一击。清兵逢此大败,短时间不会再有元气进攻。一旦红旗帮恢复元气,那头一个要算账的,就是他。

或者那一刻的举动是嫉妒,也或者是绝望,更或许是被张百龄的游说所动。身为海盗,本非他所愿,难道就真的这样一生流浪于海上,甚至朝生暮死?家乡多年未返,父母坟丘未葬故园,他何曾不想叶落归根,他更想自己一身所学显于人前,而不是沦落于盗巢。

就在清兵攻击大屿山战败后不足一月,黑旗帮首领郭婆带,领部众向朝廷归降。

郭婆带的黑旗帮在当时七旗联盟中势力仅次于红旗帮,他的归降,引起剩余联盟的震动。

从郑流唐到郭婆带,此时七旗联盟已经有两旗降清,而其他的五旗,又还能撑多久呢?

"黑白旗向来交好,郭婆带降了,我看梁保的白旗帮只怕也是不保。"张保仔沉声说。

一嫂没有说话,她沉思着。

"一嫂,您拿个话出来吧。"保仔说。

"现在,我们可以同他们谈招安了。"一嫂笑了。

保仔诧异:"既然你同意招安,当日为何拒绝他们?"

"现在不是我们接受张总督的条件,而是张总督要照我们的条件来办,我要保得住你我的身家性命,也要保得住众家兄弟的性命前程。"一嫂冷笑。

保仔皱眉:"就怕官家不肯。如今他们得了郭婆带归降,只怕更是嚣张了,能同意我们的条件吗?"

"只要他还想让皇帝满意,就必须和我们谈。"一嫂说。

"只怕我们拖不起。"张保仔想到这一场大战下来,虽然官兵损失惨重,红旗帮仅折损四十余人,但是环境却更险恶了,官兵们如疯了一般地追剿着他们。

"我们是拖不起,但是官家更拖不起。因为我们不是走投无路任由宰割,而是,我们拿出了实力来,打疼了他们,他们就不得不和我们谈。如果,事情再拖延下去,这个总督就要走人。"一嫂判断。

"这么说我们可以拖延到张总督走人,等他走了,这一切还是属于我们。"保仔眼睛一亮,转而黯淡,"不,不管换多少总督,只怕都要围剿我们。"

"是。就算下一任总督来,他依然还要围剿我们。而且新官上任,会更急于求成。我们能打多少次必胜之战? 我们总有一天会被朝廷逼到无路可走。"一嫂说,"但是,张总督气势已衰,如果我们能够给他一个机会,在他任内完成招安,那他必须得答应我们的条件。"

张保仔站了起来："我去。"

一嫂阻止："不，这次我去。来而不往非礼也。既然总督兵马临我营寨，我岂能不往？"

得到郭婆带归降的清军喜出望外。郑流唐归降时太早，对郑石氏执事时期的事几乎没有了解的机会。但郭婆带不同，他的黑旗帮势力既大，又对红旗帮了解甚多，甚至多次共同作战。于是一次次围剿都是既准又狠。

张百龄也加紧了对红旗帮的招降。可就在人员刚刚出发不久，忽然间讯息传来，郑石氏与张保仔率兵数万，数百兵舰，泊临虎门，要总督亲至海口面议。

原话是："总督大人要我们率部招安，我们来了，请总督大人自己来与我们谈判吧！"

满衙文武官员，呆若木鸡。

张百龄心腹朱尔赓额见状只得上前劝道："想来海寇自知有罪，此是做垂死挣扎。标下以为，大人不如撤兵马，亲临海上，诣以恩威，必能令其归降。"

张百龄亦有几分胆子，慨然答应，就要前行，吓得众人连忙阻挡，于是另行派官员前去，不久，就带回了招安的条件，与之前所提，天差地别。

总督府官员连夜商议，最终答应了大部分条件，但有几条却是无论如何也不肯答应。一个是郑石氏要留下一个船队作为私兵自卫，另一个是赦免杀官的海盗，还有一个是不能跪拜受降。

海盗招安，还要留下私兵？这几次剿匪死了一大批重要官员，若是不惩治凶手，那些官员亲属故旧如何肯甘心，张百龄岂能无端为自己树敌？下跪受降，更是重中之重，海盗目无王法，若是招降不跪，朝廷颜面何在？

在这几条上，朝廷不能答应，而红旗帮不肯让步。最终虎门炮声连连，不管是两广总督，还是红旗帮，都陷入骑虎难下的两难境地。

张百龄一夜未睡，眼窝凹陷，心力交瘁。一场大战在即，而他的前程、性命亦是一片黯淡。

他咬牙深恨这些海盗不给他退路。能答应的,他俱已答应,而海盗们的要求,他根本无法答应。就算他答应了,朝廷也不会答应,只会问罪于他;而不答应就是战,不管胜败,在虎门交战,损失难计,问起罪来,恐怕他下场连贬去伊犁的前两任总督还不如。

他已经再度派人前去与海盗们沟通,这几项条件,他是万万不能答应的。只要这几个关键条件能够退让,他宁可把给几个海盗头子的官职再提升几级,赏赐再厚几分。

就在此时,就听得外面有人递上拜帖,张百龄接过拜帖,一怔,只见上面端端正正写着:"民妇郑石氏拜上。"

"他们来了多少人?带了多少武器?有多少船?"张百龄问。

"连郑石氏一共十八人,皆为妇孺,听说只划了一条小船进来。"门房答。

张百龄一口气堵在胸口,好半日才转匀了,目中寒光一凛:"这妇人,好胆色!"

总督府外,人声鼎沸。传闻中的海盗总瓢把子不带护卫,十八妇孺独闯总督衙门,这就算是话本中的孤胆英豪。广州城的百姓只闻其名,未见其人,听到这样的消息,自然是围了个里三层外三层的。

但见总督府一个青衣少妇,跟着身后十余名或老或少的妇人,老的将有五十,小的才不过七八岁,就这么站在贴着重金悬赏她人头的布告前,对着众人负手而立。

总督府的官兵满头大汗,围成一个大圈,将这十八名妇孺围在当中,如临大敌。耳中传来爱听说书的百姓们好奇的议论声:"好胆色!这是黄天霸独闯连环套吧!"

"呸,黄天霸是男的,我看啊,这是扈三娘大战东平府。"

"嘿,只听过关二爷单刀赴会,没见过关二娘独闯江东啊!"

"唉,你说总督大人会不会把她给杀了?"

"哼,两国交兵不斩来使,总督大人也不能不讲道上规矩吧,否则岂不让江湖中人耻笑!"

"啐,总督大人又不是江湖中人……"

而此时,她已经走在总督府的回廊中了。

她来,张保仔是不同意的:"太冒险了,若是他们扣留你怎么办? 若是他们下杀手怎么办?"

她笑了:"我不过是一介妇人,张总督的性命前程比我金贵,他是不会冒这个险的。"见保仔还想劝说,她摆手阻止,站了起来,走到保仔身边,按住他的肩头轻轻地说:"上一次我留守,你出击;这一次,我出击,你留守。若是情况有变,便如前约。活着的人,带着众家兄弟,拼个鱼死网破,快意恩仇!"

这一局,朝廷不肯退,他们不能退,变成了死局。而她,就要做这个破局之人。

八 传说

总督府书房。

铜鼎香烟袅袅,两人捧茶对坐。

茶端在手中,谁也没有喝,只是作为一种缓冲表情的道具罢了。

"郑石氏,你好大的胆子,孤身前来,不怕死吗?"张总督笑吟吟地说。

"我为和谈而来,总督杀我,不怕谈判破裂吗?"一嫂亦笑。

两人俱是掌过十数万乃至数十万兵马的人,生死早若等闲,真正的威慑,反而不在声色俱厉,而在温言笑语中。

"擒贼先擒王。你是群盗之首,拿下了你,自然海盗溃如散沙。"张百龄收了笑容。

"我一介妇人罢了,如今谁不知道帮中事务俱听张保号令,我纵死亦无伤大局。但张总督这一刀下去,只怕南海失控,后果堪虞。"一嫂依旧在笑。

"老夫出京,受圣上之命平定海患,可不是一句空话。"张百龄说。

"我等本平民百姓,官府压迫,铤而走险,咎在何人?"一嫂说。

"粤人苦于海患，百姓不宁，朝廷不容。"张百龄说。

"我并不扰民，只劫富济贫，是你苦苦逼迫……"

唇枪舌剑一番，最终图穷匕现。

"总督大人上任一年多，若不能收拾残局，只怕朝廷问罪。"

"老夫便是问罪，尔等海寇又能逍遥几时，覆灭亦是可期。"

"大人为官一生，难道不想有个收梢?"

"非是老夫不肯让步，实是你等冥顽不化。"

于是，那些在表面上不能答应的条件，一条条细细地掰开看可操作空间。

"留一船队，只为食盐经营，非为私兵。大人，此点，可行?"大家瞒上不瞒下。

"既然杀官之盗不可赦免，那几个人，不招安，不受封，不会再出现在大清境内，所以他们已经死于海战，可否?"只要这些人不出现，就当他们已经死了，你也好交代。

张百龄忍了又忍，问："难道他们还想再为海寇?"

一嫂微笑，只说了两字："澳门。"

澳门已经租借给葡萄牙人了，洋人自行筑起城防，有枪有炮，谁也查不到这里来。

张百龄暗捶扶手。

"蓝旗帮郭婆带是把总，不知红旗帮率其他诸旗来投，是何职?"

"自然是要高于郭婆带。"张百龄微笑。

"延平王、施靖海自有先例，张总督未免小气。"一嫂亦笑。

张百龄差点噎倒。延平王是指郑成功之孙郑克塽，归降后是一品公爵。施靖海即台湾降将施琅，归降后是一品大将军。这妇人胃口未免太大。

"只可惜你一介妇人，要此品级何用?"张总督忍不住讥讽。

一嫂肃然而立，拱手："民妇自然知道，朝中是没有女官的，此为红旗帮如今首领张保所请。"

张百龄惊得站起："如此，你置自己于何地?"

一嫂微笑："我孀居多年,与张保情投意合,正有婚姻之约。可否请总督大人上报朝廷,为我二人赐婚?再则,还请总督大人为我二人主婚,可否?"

"为何?"张百龄被这惊人的转折所激,已经不能反应了。

"一则,有朝廷正名,将来无人敢诘;二则,招安之日,便是成婚之时,还请总督大人于两军阵前为我二人主婚,我与夫君当大礼拜谢!"一嫂看着张百龄,在"大礼拜谢"四字上用力说出。

张百龄顿悟,好一个妇人,此一招以退为进,表面上是委身嫁于张保,然既解决了受降跪拜问题,又解决了她以妇人之身不能列入朝廷官秩的麻烦,一举数得,进退自如。竟是叫人既咬牙切齿,又不得不服。

她只解决这几项最重大的事情。之后诸事,张百龄再百般设计游说,她只端着茶,微闭着眼睛,表情漠然,一言不发。

最终,双方达成协议。总督答应了海盗的所有条件,不能答应的也以表面能糊弄过去的方式折中完成。

两人一起登舟,直至虎口,于万众瞩目中,在两军阵前,完成了皇帝赐婚、总督主婚的海上婚礼。

两广总督上报朝廷。嘉庆十五年四月,巨寇张保畏王师之威,携船 270 多艘,大炮 1200 门,刀、矛等兵器 7000 多件,部众 16000 多人归降。

自此,南海的海盗之患平定。

蓝旗帮乌石二不肯归降,被张保率部剿灭,其余两旗远遁南洋。张保积功升至副将,从二品,妻石氏为命妇,生一子一女,子张玉麟荫封千总。

十二年后,张保死于澎湖任上,妻石氏率子女及旧部隐于澳门。

红旗帮招安以后,南海势力成真空地带,南洋、印尼、越南等亦逐渐为西洋各国势力所据,洋人商船往来无忌,鸦片倾售数量不断增大。

1840 年,鸦片战争爆发。

1842 年,中英《南京条约》签订,大清国割地赔款,自此而始。而英国人只要了一块在清廷眼中微不足道的角落,叫香港。

负责谈判的官员告诉皇帝,这只是一个"小渔村"而已。他们自然不知道,曾有数万人在此安营,曾有过兵工厂、造船厂,有过宝藏,更有过传说。

只有英国人知道,这里有个女人曾经让他们吃过多大的亏。所以,香港对于他们来说,很重要。

他们在她曾经藏兵的地方重修港湾,用另一个女人的名字命名,叫维多利亚港湾,这是英国女王的名字。

1844 年,当英国兵船在修建一新的维多利亚港湾鸣响汽笛时,石香姑在澳门寿终正寝,终年 70 岁。

传奇湮灭。

多年以后曾经有人认为,如果当时清政府没有去剿灭这些海盗的话,那么也许鸦片的贸易额不至于大到可怕。就是这可怕的利润,在英国为是否要触发与这老大帝国的战争而犹豫不决时,加了最重的一块砝码。当这老大帝国的第一块肉被撕下以后,这血腥味才引来了群狼撕咬。甚至他们还认为,如果清政府像英国的伊丽莎白一世一样,以海盗为海军,那么,中国的这一页历史将会不一样。

而这一切,或许就像那个小径分岔的花园一样,在无数分叉的时间点上,有无尽的可能。

碧城明因

一 津门车站

1904 年,天津火车站。

这一年,是光绪三十年,大清朝进入了倒计时。百日维新失败,八国联军打到京师,慈禧太后仓皇出逃,庚子赔款达四亿五千万两白银,让国人对这个朝廷彻底绝望。

"沉舟侧畔千帆过,病树前头万木春。"与此同时,世界风起云涌,新事物、新思想不断涌现——电报、电话、报纸、杂志,以及这条由詹天佑亲自指挥铺轨的塘沽至天津铁路。

火车停下,车上的人陆续下车,离开。

人越走越少,此时独自站在月台上的一个少女,变得明显而寂寥。

她站在那里,独自遥望,似乎进退两难。

忽然背后传来一个声音:"姑娘,你没事吧?你要去哪里?"

佛照楼旅馆的老板娘也在同一列车上,她被家人接到以后,无意中回头一望,看到月台上那个纤弱中带着倔强的少女身影,不由得上前问了一声。

那少女一回头,老板娘首先看到的就是一双晶光四射的黑眸。

她并不算很美,尤其是不适合这个时代对女性的审美。五官偏硬朗,尤其眉宇间透着英气,眼神中更是有一种不容冒犯的骄傲。

然而她此时还是稚嫩的,如一只刚从窝里探出头来看世界的小兽,带着些不安、茫然和畏怯。纤细的小手紧紧握着手袋,似乎这就是她用来抵御万物的挡箭牌。

每一个被世事销蚀了梦想的庸常妇人内心都曾有过一个勇敢无畏的少女。老板娘开着旅馆,并不是闲来爱做好事的,可是此刻内心却有一种冲动,走到她身边,主动问话。

那少女犹豫了一下。她想摇头,想拒绝,可是之前冲出家门的举动,似乎耗尽了她所有的勇气。眼见天色渐晚,是回,是留?是走向茫然未知,还是放弃自我去投降?回,不甘心就此向命运投降;留,却对未来全然无知,茫然失措。

终于,她开口了:"我、我没地方去。"

老板娘仔细打量着她,一身衣着看得出来自富贵人家,她手里拿着的一只小手袋也是西洋货,可是既没有带行李,也没有披斗篷,明显不是出远门的打扮,倒像是在家门口附近闲逛。

"你这是跟家里人吵架,离家出走了?"精于世情的老板娘开口问。

那少女一震,不禁警惕地看了她一眼,看到对方善意的眼神,终于点了点头。

这趟火车是从塘沽到天津的,而此时天色已晚,就算把她送回去,也没有返程的火车了。老板娘看看天色,还是说:"我家是开旅馆的,你要信得过我,今晚先到我家住一夜如何?"

那少女想了想,握紧了手袋,嗫嚅着说:"我没带多少钱……不过,我会想办法还给你的。"

她叫吕碧城,出身书香门第。在新旧年代交错的时候,纵然是闺阁亦能够看到新气象。旧学于她,已经谙熟至极,作为一个才女,她五岁能诗,七岁能画,十岁能读史,年幼时诗作便为时人传扬。然而西风渐来,报纸杂志上宣扬的新思想,以及新式学校对于她来说,却是极有吸引力的。

她寄住在舅父严凤笙家中,严凤笙时任塘沽盐课司大使。秘书方小洲的太太正要去天津寻亲,而吕碧城亦希望能够去天津上女学,不料在她向舅舅提出此请时,却被痛斥离经叛道。一气之下,她离家出走。

然而她毕竟是从未出过门的千金小姐,等到火车到站,她才发现,既没有人接站,也没有人拎行李,更没有带上足以在一个陌生城市住下来的钱。

命运是多么玄妙的一件事,是缘分注定,还是冥冥中的安排,有时候就在转弯处展现一段新的契机。

佛照楼老板娘并不知道,她这一次好意的帮助,给吕碧城的人生带来了什么。

从飘零的孤雏,到展翅高飞的人生,她的人生因此没有回到原点,而进入新的天地。

二 佛照楼初会

英敛之一直记得当年第一次看到吕碧城的情景。

他与吕碧城的舅舅严凤笙是旧识,方小洲的太太这次来天津就是暂住在他所拥有的《大公报》报社中。于是,当方小洲的太太收到吕碧城这封信的时候,他也同时知道了这件事。

次日,他就和方太太一起去佛照楼旅馆见吕碧城,他的本意是打算规劝这个离家的少女回家去的,所以为了起到说服作用,他是和太太一起来的。

可是见了这个少女以后,他就知道自己想错了。

当门打开的时候,他看到的是一个美丽的少女,亭亭玉立,瘦弱却倔强,如同一只小兽般容易受惊,亦如一只小兽般可怜可爱。

她说:"我不回去。"

说这话的时候,她有些紧张地咬着下唇,看着眼前的来客。

"为什么?"他问。

"我想读书,我想让自己做主自己的人生。"她说。

他沉默不语。

她想了想，转身打开箱子，翻出一沓诗稿来，手忙脚乱中差点一跤绊倒，他伸手扶住。

她的脸红了，阳光映射下，脸颊还有淡淡的绒毛，面孔几乎是透明的。如此青春，如此活力。

她把诗稿递给他，有些忐忑不安，但又饱含着希望。她知道他是《大公报》的主办者，在塘沽的时候，她也看过这份报纸。能够办这份报纸的人，或许会理解她对自由和自我的追求吧。

英敛之坐下来，慢慢地看着诗稿，少女的笔迹娟秀清丽，然而内容却让他有些吃惊。这并不像普通闺阁少女的诗作，固然有些春愁秋恨，然而更多的却是对世界的疑问，有对政事的悲愤，甚至是女权的呼号："晦暗神州，欣曙光一线遥射。问何人女权高唱……""一旅挥戈，秦关百二竟无人……"

这并不是一个仅仅因为跟家长发生一时口角而离家的任性少女，她精通诗文，知道当时最前沿的理论，又具有一定的女权思想。她的离家出走，是为了追求时代的脉搏，与时代共行。

英敛之本是思想前卫之士，崇西学、推变法、办报刊、倡女权，参与创办天足会，提倡并主持新式婚礼，反对纳妾，支持妇救会等。这时代，他这样见识的名士固然不多，如吕碧城这样的闺阁女子，则更是近乎稀有。

"这样的一个奇女子，何忍让她回复闺阁，抱憾终身。若是这样，不仅是她的悲剧，更是时代的悲剧了。我们的时代，正缺少一个像她这样的女性，这样的女性表率。"他这样想着。

他看着她的诗："幽与闭，长如夜。羁与绊，无休歇。叩帝阍不见，愤怀难泻……"心中感受着她曾经有过的悲愤和无助，慷慨激昂，情难自已。

他觉得吕碧城能辟新理想，思破锢蔽，欲拯二万万女同胞，复其完全独立自由人格，并向吕碧城发出了邀请，要聘请她做《大公报》的编辑。这个决定是相当大胆的，因为那时候中国并无女性编辑。

她震撼莫名,感恩泪盈。于她,原本只是想用尽全力,打开人生幽闭之窗,看到一方天空。

然而他却把她推到了时代的最高殿堂。

这一天,他陪着她逛街、购衣、听戏、夜谈。第二天,她正式进入了《大公报》报社,成为当时的第一位女性报社主笔。

同日,《大公报》登出吕碧城的《满江红·感怀》,将她正式亮相于世人面前,由此吕碧城步入了这个社会的最前沿。

有伯乐识骥,绝代才女,横空出世。

古来能诗的才女很多,然而通常在人们眼中,吟风弄月,闺怨春愁,是她们作品的主流,然而吕碧城的诗与文,以旧学为体,刊于新报,宣扬平权,针砭时弊,关注着国家和时政,恰好是清末那个时代,在天津这个特殊地点,在《大公报》这个特殊的载体上,迅速得到"中学为体,西学为用"的文化名家注目,不管是保守派还是改革派,不管是爱才女还是倡平权,不管是清廷大员还是社会名士,都从不同的侧面,找到自己最感兴趣的热点。

吕碧城名满津门,甚至声至京华,一时冠盖往来,谈笑有鸿儒。因她的旧体诗,被老儒们称赞为"三百年来最后一位女词人";因她的新文章,又被维新派人士推崇为"新文化第一才女"。

如果说吕碧城求的是个人的革命、个人的奋斗,或许此刻,她已经得到满足。然而,出走津门的她是"铤而走险"下的一时幸运。若是她没有出走津门呢? 她的命运又会是什么? 或许过两年,她会嫁给一个男人,运气好的,如李清照与赵明诚,足以谈诗论文,然家国破碎间,凄凉离散,为小人所陷;运气不好的,如朱淑真,嫁于鄙夫,背人垂泪;再差点,甚至如贺双卿,为恶夫恶婆所虐杀。

她知道太多女性的悲剧故事,远的不说,就算是发生在她自己身上的经历,就足以让她不能够安然坐视这种只是"到处咸推吕碧城"盛况的个人成就。

"你还想做什么?"他问。

"过去我曾经想去上学,现在我想让和曾经的我一样的千千万万妇女同胞有上学的权利,去认识这个新世界,向着旧礼教说'不'。"她说。

对此,她曾经有过切肤之痛。

三 往事如梦

天津,是吕碧城人生停留的第四个地方。

她的童年是在山西度过的。她的父亲叫吕凤岐,曾任山西学政,在任上与当时的山西巡抚张之洞共同筹划创办了著名的令德书院,也就是后来山西大学的前身。这是一个有才能、有政绩、有见识的朝廷大员,吕碧城是他的第三个女儿。

她的童年是幸福的,父亲重视文化和教育,公务之余,也会在高原古槐下教养幼小的女儿,听着小姑娘娇娇糯糯的背诗声,成了他消劳解忧的乐事。

但这段日子,在吕碧城的回忆里头,却只是一个极为恍惚的记忆,因为那段无忧无虑的日子,对于当时的她来说,太短暂了。

等她略有记事,就已经是吕凤岐辞官回到安徽老家时了。她对于祖宅的记忆并不好,那些冰冷的牌坊,那高高的院墙、森森古宅里,族人们的诡异眼神和窃窃私语……父亲也看出女儿们的不安来,于是在城外另筑新宅,给了她们一个似乎隔离的世外桃源。

童年很快结束,吕碧城十二岁的时候,吕凤岐死了。很多时候人们在看到那些高高的院墙、华丽的牌坊后,以为有强大的宗族可以威吓外人,但却不知道,宗族也是弱肉强食,甚至比外来的掠食者更可怕。

"众叛亲离,骨肉齮龁,伦常惨变。"这是吕碧城后来对这段往事的记录。吕凤岐虽然曾任高官,但因没有儿子,死后所留下的孀妻弱女成了族人掠夺的对象。为了图谋吕凤岐留下的家产,吕氏族人在威逼不成以后,甚至勾结盗匪,掠走吕母樊氏。为了营救母亲,吕碧城四处给父亲旧友写信求援,一直把书信递到署理两江总督樊增祥的手上,在压力下,吕母被放了出来。然而吕碧城却因为这一对抗宗族的行为,反而受到了指责和羞辱。

就在这个时候,雪上加霜的是父亲在生之时订过婚的夫家上门强行悔婚,理由却是荒唐而可笑的。他们认为她小小年纪能够如此借助外力而对抗宗族,将来必是难以恭敬为妇。

这或许是一个理由,而更实际的理由却是,婚姻本来就是两个家庭的利益合作。吕碧城一个失父孤女,又得罪宗族,对于夫家来说,已经没有任何助益之处,更兼性情倔强难制,不如早早舍弃。

如此冷酷算计、薄情寡义、翻脸无情。他们似乎什么都为自己算计好了,却一丝一毫也不曾想过,在当时封闭的环境下,一个少女以这样的理由被人退婚,换作是别的人家,就是逼她去死。

幸而她性格足够倔强刚硬,幸而她没有视礼教胜过儿女性命的母亲,幸而她与宗族早早决裂不受要挟。

她虽没有死,然而一个才十二岁的少女,在人生最敏感而脆弱的时期,受宗族之掠害,受悔婚之羞侮,这件事成为她一生耿耿于怀的悲愤与伤痛。

安徽老家已经无法存身,母亲严氏带着女儿们,千里迢迢投奔了在塘沽的兄长严凤笙。

舅父的家,是她人生停留的第三个地方,她在这里住了六年,而她的文稿中,却对这段生活只字不提。或者,是难以言说吧。

舅父于危难中相助收留她母女,令她得到学习教育,是恩。然而寄人篱下,自由的天性和压抑的环境,令她作为格外敏感和自负的青春期少女,却有着难以言喻的痛苦。但唯其恩义却不可以有任何不满的情绪,终究不是一段美好的记忆,所以,就干脆不再提起吧。

而唯有在天津,她才真正地如雏凤腾空,长啸而鸣。为自己而鸣,亦为所有的女子而鸣。

她已经飞出檐下之笼,但中国的绝大多数女性,却仍然生活在牢笼中。

她连发数篇文章,如《教育为立国之本》《论提倡女学之宗旨》《敬告中国女同胞》《兴女权贵有坚忍之志》,呼吁女权,提倡教育,尤其是提倡女学为要,其中文字,振聋发聩:"夫以二万万之生灵,五千年之冤狱,虽必待彼苍降一绝世伟人,大声疾呼,特立独行,为之倡率,终须我女子痛除旧习,各自维新。人人有独立之思想,人人有自主之魄力,然后可以众志成城,虽无尺寸之柄,自能奏奇功于无形,获最后之战胜……女子受压制之教育,既成习惯,乍语以此二字,亦必茫然不解。是必须先为之易旧脑筋,造新魄。"

那个年代里,许多开明人士已经意识到,欲缔造新的中国,必须要有具备民主意识的新中国人。女权,亦是平权和民主的重点。

但当时能具有女性平权和民主意识的女子,实在稀有。吕碧城恰逢其时出现在天津,出现在这新旧交替时代的前沿。那个时代的有识之士,对她的关爱帮助,发自内心。

女学的兴建,也就此提到了日程上来。

四 叶公之龙

英敛之坐在窗前,有些心神恍惚,等他回过神来的时候,看到日记上的一首新词,竟是一怔:"秋水伊人,春风香草,悱恻风情惯写,但无限惆款意,总托诗篇泻……"

这样一首恋慕爱人的词,不应该在他的笔下出现,虽然那边是云英未嫁,但这边却已经是使君有妇了。

然而,他在日记中,竟也不由得记下自己杂乱的心事:"怨艾颠倒,心猿意马!"

他站起来,来回踱步,夜已经深了,可是心绪纷乱,无法平息。平心而论,人非草木,孰能无情。面对一个出类拔萃的美少女,岂能不动心?为此,他的妻子甚至生过忧虑之心。然而,他毕竟还是个谦谦君子,他所有的感情,最终还是发乎情,而止乎礼。

唯其如此,在对待她的事情上,他更加上心了。

她始终希望能够进入女学,而当时却只有私立女学,规模很小。在他的介绍下,她与直隶提学史傅增湘等人结识。英敛之亲自为学校拟写章程、筹措经费,携吕碧城一同四处寻觅校舍,招募教习人员。傅增湘特地前往北京学部咨询办学诸事,定下此次办学的程序和方向。

在英敛之的介绍下,吕碧城还结识了著名思想家、《天演论》的译者严复。严复对其才华颇为赏识,遂将吕碧城介绍给著名教育家、时任直隶学务处总办的严修,严修又向直隶总督袁世凯举荐吕碧城任女学教习。如此这番周折,女学的事宜才逐渐有了眉目。

1904 年 9 月,在时任直隶总督袁世凯的支持下,北洋女子公学成立,吕碧城任总教习。两年后,又增设师范科,此后北洋女子公学又改名为北洋女子师范学堂,吕碧城为监督(即校长)。

从女子公学到女子师范,吕碧城心中对新时代女子接受教育和树立平权思想的期望,如一粒种子,一生十,十生百,百生千千万。

建校初,她就提出学生当在"德、智、体"三方面发展,但在"德"的定位上,则全面否定了中国传统所提倡的"女德",慨然言:"世每别之曰女德,推其意义,盖视女子为男子之附庸物,其教育之道,只求男子之便利为目的,而不知一世之中,夫夫妇妇自应各尽其道,无所谓男德女德也。"尚在封建王朝,公然提出这种推翻"三从四德"封建礼教基础的理论,是需要睥睨众生的自负和勇气的。

众多新女性走进女学学堂接受新思想的洗礼,邓颖超、刘清扬、许广平、郭隆真,皆在此就学。

短短数年,那个站在天津火车站不知所措的少女,已经迅速成长,甚至成长到让她的栽培者也为之惊诧和难以置信的程度。

英敛之便是如此。

一个身世飘零而无助的才女是可怜可爱的;而一个自尊自立的才女,是可敬可佩的;但一个要超出男人给予的帮助范围,还要标新立异争抢话语权的才女,是"骄纵难驯""殊为可厌"的。

而吕碧城踏足天津的这几年,却是走得太快,走得太急,走得太不"优雅",走得太张狂自负,使得她在曾经深为感激并视为伯乐的绅士们眼中,渐渐从"可怜可爱"而变得"可恶可憎"了。

在她成为这个时代女性标杆的时候,她身边曾经帮助过她的人,一一离开。

先是她的舅父严凤笙从塘沽来到天津帮助她建学。亲人的相助对于她来说是幸运的,然而一个是长辈,一个是指挥者,遇事应该听谁的? 对于吕碧城来说,这个学校的宗旨是她对于这个时代的全力一搏,岂可妥协?

于是,舅舅严凤笙走了,曾经帮助她建学的前辈傅增湘也走了,甚至是改变她一生命运的英敛之也和她渐行渐远。

平心而论,不管是英敛之,还是当时那些赏识她、帮助她的人,于初心来说,都是发自善意的。他们对女性的帮助、扶持、鼓励和成全,于当时深受压迫和桎梏的女性来说,都已经是走在时代的前列了。但是,这种善意和关爱,却是在一定限度内的。

吕碧城的言行思想,超出了他们愿意看到的范围。

然而,这其中有时代的原因,亦有个人的原因。

吕碧城年幼时,从身为高官的慈父身边得到过宠爱和教导,也因其诗文,受过父亲那些好友的赞扬和肯定,然而因为母亲连生四女不得一男而受族人欺凌,她为救母而受退婚之辱,以及在舅家寄人篱下的压抑,以至于为了争取读书的权益愤而出走,这一切的一切,让她的性格中,不免带有不安全感,而具有攻击性。

当她到了天津以后,又因为年少成名,才高气盛,身边簇拥着不少追捧之人,而她所提倡的女权思想,又受到当时封建遗老的攻击。她既要以笔为刀,进行纸面上的战斗,也要以舌为剑,应对现实中的攻击。

她天性倔强而不肯服输,别人愈要压倒她,她愈是反弹得更厉害。

在她的眼中,世界是泾渭分明的,赞成她的,或者反对她的。然而在他人眼中看来,并不是。

国门打开,西学渐来,他们意识到中国要进步、要改良,但他们希望这一场性别之争是温良恭俭让的,有识之士逐步让女性有走出家门、接受教育的机会,但这样做的目的,也是为新时代的新人类培育"有知识的新母亲"。女性可以走出家门,适度参与社会事务,但应该定位于辅助角色。

而这也恰恰是那个时代要求独立自主的新女性,和这些绅士最大的冲突点。

吕碧城于当时而言,不管是作为女界魁首,还是作为一个才女、一个报人、一个校长,她需要这个社会从政治从财务上对女学进行支持和帮助,自然也会有大量的交际应酬。这不只是工作,也是她本性就喜欢的。

所以,在这样的场合,会经常看到她奇装异服,高谈阔论,肆意评论时事政治文化新闻等。而这样的行为,不只是保守人士侧目,甚至连一些温文尔雅的新派人士也因此对她日增不满。

严复曾写道:"外间谣诼,皆因此女过于孤高,不放一人在眼里之故。英华(英敛之)、傅润沅(傅增湘)所以毁谤之者,亦是因渠不甚佩服此二人也。"严复与吕碧城也是因英敛之的介绍得以相识。严复是中国最早推进西学的人,他的西学思想对吕碧城有过很大影响,而与吕碧城相交之后,亦令得严复在女权思想上更增推动。英敛之、傅增湘等对吕碧城有伯乐之识、引荐之功,然而他们对吕碧城的了解,可能反而不如严复。在严复的眼中,吕碧城是这样的一个女子——"碧城心高气傲,举所见男女,无一当其意者。""此人年纪虽小,见解却高,一切陈腐之论不啻唾之,又多裂纲毁常之说,因而受谤不少。"

木秀于林,风必摧之。何况吕碧城本身就是一个极具个性和攻击性的人,在她的言行举止招来无数非议的时候,不管是以保护人自居的英敛之,还是与她舅父为旧识以长辈自居的傅增湘,自然也会出面对吕碧城进行告诫甚至是训斥。

然而吕碧城12岁时与整个家族为敌,21岁时敢独自出走津门,连正牌"长辈"都敢与之斗争,更何况是旁人自以为是的指摘。

看着吕碧城"越走越远",英敛之感受到了深深的失落,他可以按下一时的心动而保持君子的本分,但还是自觉对她是有责任的。所以不避嫌疑,三番五次规劝,她走得太高太远,让他甚至觉得惶恐和陌生。

他曾经劝她,应该有女性之温柔,而不可太具攻击性,甚至曾经后悔过自己将她推到这个风口浪尖的位置上,让她"迷失了自我""耽误了婚姻"。

吕碧城的婚姻状态,也是时人甚至无数后人为之津津乐道的一方面。当时,她作为一个名满津门的才女,是受到许多名门子弟的追捧的。其中有袁世凯的次子袁克文,李鸿章的侄子李经羲等。然而,吕碧城虽然"谈笑有鸿儒,往来无白丁",有极广阔的交际应酬,但却完全没有打算从中选择其一而嫁之。

英敛之劝她成婚,反而令她更加反感。有人猜测她是因为当年被夫家退婚,因而耿耿不能释怀,又有人猜测心系英氏但又心性高傲,而不愿意介入他人婚姻,因此终生不嫁。也有人说她是挑花了眼,所以"剩女"一生。

然而,这种"多情"的猜测不过是想当然耳。

在吕碧城之前,有一位清代才女陈端生,曾经写过一部著名的弹词作品,叫《再生缘》,里面有一段主角自道说得很明白:"丽君虽则是裙钗,现在而今立赤阶。浩荡深思重万代,惟我爵位列三台。何须必要归夫婿,就是这,正室王妃岂我怀。况有那,宰臣官俸岿岿在,自身可养自身来。"

有时候我们甚至要感叹,20 世纪还有一些人把一个拥有婚姻的女人视为"人生赢家",而不明白真正的人生赢家是那些能够自由拥有自己事业的财富,不以婚姻为人生目的的女性。

乾隆年间的陈端生对婚姻的态度尚且如此,再看光绪年间的秋瑾,出身普通官宦家庭,嫁与门当户对的王廷钧,生下一儿一女。王廷钧性情温厚,仕途也不错,秋瑾生活富足,家庭美满,看上去似乎早已经是某些人眼中的"人生赢家"。然而,秋瑾却在幼女还只有五岁的时候,毅然远渡重洋,去日本求索革命之道,回国之后与家族断绝关系,数年内结交会党,储备武器,发动起义,直至失败后慷然赴义。

事实上,在这些时代先锋的女性眼中,人生有远比结婚生子更为重要的意义。人生如此短暂,要做的事情如此之多,哪里还能浪费时间去做多余的事?

对于吕碧城来说,在她进入津门以后,她生命最好的年华,是用来写作,宣扬女权,兴办女学,为了大量培养独立、自主、自由、豁达的新时代女性而努力的。她所宣扬的"唯有与男子同习有用之学、同具强毅之气,才是国家自强的根本出路"吸引了众多新女性走进女学学堂接受新思想的洗礼。

她是张扬的,意气风发的。她有着一个灼热的理想和目标,让她无暇旁顾,让人看不惯也罢,被人指摘也罢,所谓的规劝也罢,她均不屑理会。

她要做的事情太多,她想要破除那沿袭几千年来对女性宿命的既定安排。女人也是人,也有属于她们自己的人生,她们的命运并不只是到了十几岁就嫁为人妇,为人母,为人媳,完全没有对自己生命控制的权利。她想到她的母亲,也曾是有才华有憧憬的女子,嫁为人妇,不停地生孩子,却因为生不出儿子来,在丈夫死后受尽族人的欺凌。

这个时代,如果只有极少数的女性可以走出闺阁,和男人坐而论道,可以以独立的身份去做一个社会人,是远远不够的。

这并不是女性的胜利,而只是男人的优容而已。这种优容,看似显赫,但却是毫无根基的。只有整个社会更多的女性拥有这一切,让这一切不再成为特例,不再成为某一种优容,这才是女性真正的平等所在。

她也往来各权贵门第,看到很多女性对自己的向往和倾慕,何尝不是源于她们内心也有渴望自由和跳出樊笼的希冀?但她更看到和听到那种来自女性又嫉妒又排斥的眼光和声音。

在几千年的封建压迫下,许多女性却对惯常的压迫习以为常,甚至对"女权"茫然不解,不知其意为何,更不知与她们有什么关系。甚至还有从被害者变成加害者,变成宣扬"女性卑弱"的主要吹捧者。所以她更呼吁女性要"易旧脑筋,造新魄力,然后再为之出暗世界,辟新乾坤"。

而这一项工作,何等巨大,甚至为之付出一生,也难以做到。

她曾经对爱情有过憧憬,在受族人逼迫的时候,她希望未婚夫能够为她出面,帮助她对抗族人,拯救母女于苦难。但最终,拯救她们母女的,是她自己。

在塘沽苦闷的少年时代,她又何尝不是希望有一个懂她理解她的知己,能够带着她走出那个地方,走向一片新的天地。但最终,还是她自己奋不顾身地离家出走,才挣得一片新天地。

在天津时，如果说英敛之的处处关心、全力相助也曾经在她心底泛起过涟漪的话，那么她的骄傲也不允许她会有进一步的想法。

然而，她终究还是没有遇到合意的男子。或许她一开始起点太高，结交的就是像严复、傅增湘这些当世名家，她让他们看到了新时代的女性意气飞扬的一面，而他们也给她打开了一扇新世界的大门。而跟这些大家平等地坐而论道，甚至是互不相让的笔战舌辩之后，那些跟她同龄的男子，不管是思想还是深度，都无法达到跟她可以共鸣的地步。

不管是袁世凯之子袁克文，还是李鸿章的侄子李经羲，他们已经算是她的追求者中年貌相当、身份最高的人了。然而在她的眼中，亦终究还是属于"倚红偎翠""倚仗父荫"的二代。而可以跟她产生思想碰撞和共鸣的人，则都是年纪老大，已有家室了。

这个时候她已经是社交圈的宠儿，经常衣着另类，穿低胸裙纱，烫时髦鬈发，有时候头上插三根艳丽的孔雀羽毛。她坐在马车上招摇过市，呼啸而过，引得守旧人士纷纷侧目。她与文人不只是交谈诗文，更是对时事政治毫不避讳。她对时局的敏感洞见，对国家困厄与女性命运的深切关怀，更是让她站在了文坛的正中央，众星捧月，一时无两。

她越是得到众人的追捧和赞誉，越是孤高自许，放诞任性。她在这条女性解放之路上走得越是遥远，对美的追求、自我的觉醒越是深邃。独立自主的人格让她对很多事情彻底无法忍受。因此，她常常对陈腐之论表达不满和唾弃，对传统纲常致以不屑和嘲讽，言辞偏激，无所顾忌。甚至在慈禧死后，她发表了一篇讽刺她的文章，说她生前卖国求荣，死后入黄泉愧对史上名后吕雉和武则天。

而这一切，也让她和英敛之越走越远。英敛之虽然对腐败的政局不满，反对慈禧专权，但本质上还是属于改良派。但吕碧城结交秋瑾等革命党，对慈禧之死拍手叫好，作诗讥讽。她推行女权四面树敌，也连累当初一力荐她的英敛之。英敛之本身极具文人气质和大男子主义气质，最初曾被吕碧城的特立独行所吸引，只觉耳目一新，然而当她真正展现出那完全自主的独立人格时，他又被她这种独立、孤傲、目中无人的态度所惹恼,甚至后悔带她走上了这条路——"骄纵难驯",失了女子应有的品德和规范。

当吕碧城越走越远的时候,她和英敛之的决裂在所难免。而发出第一枪的,是英敛之。

这一天,《大公报》忽然出现一篇题为《师表有亏》的文章,公开批评几个女教习打扮妖艳招摇,不东不西,叫人不耐看。虽未指名道姓,但一看便是针对吕碧城的指摘。这篇文章的署名——英敛之。

这篇文章,在某种层面上来说,是一种"清理门户"式的警告。他希望能够用这种最严厉的警告,让吕碧城回到正常的"轨道"上来。但最终反而激怒了吕碧城。

从某种意义上来说,吕碧城对于英敛之还是保有一种特别的感情在,如师如友,如兄如父。跟那些看不惯她的老顽固们开火,她是毫无顾忌的,在她的眼中,那些人就如同族人一样,是压迫者,是挡路者。她之前和英敛之意见不合,在她的眼中,也顶多是如和舅父严凤笙,以及傅增湘等意见不合一样,顶多是对方表示"你的事从此与我无关"。

但是英敛之这篇文章,却是直接刺伤到她的内心了。她认为他应该是懂她的,知她的。然而这篇文章,却从她的穿衣打扮上纲上线到她的人品,甚至是师德有亏。这对于正在一力推行女学,希望自己为当代女子表率的吕碧城来说,是绝不能容忍的。

她想说,女子的装扮,不是悦男子之目,不是为男人的审美标准而委屈自己;她想说,就算招摇过市,也是女子作为独立个体的权利;她想说,真正的师德彰显是要以自己独立的人格存在为学生的表率,如果屈从于男人的评判标准而活,如何给女学的学生师德?

恰恰是这篇文章,让她忽然明白了,哪怕是这个时代最前卫最宽容的男性,对女性的态度也仅仅存在于"帮助她脱离苦难""提拔她成就文坛地位"。这或许已经胜过这世间百分之九十的男性了。但是,这种"优容""宽待"仍然是居高临下的,他们视自己为骑士帮助女子,但在心底却仍然不认为,女人可以成为另一个骑士,与他们并驾齐驱。

吕碧城坐在灯下,奋笔疾书,次日就在《津报》上发表了一篇与英敛之针锋相对的文章,更洋洋洒洒写了一封长信与英敛之辩驳。她希望英敛之能够回复,但是英敛之没有。

如果说每个少女心底都曾经有过一个白马骑士的话,若干年以后,没有白马骑士的少女回望镜子时,才发现那个能够拯救自己的白马骑士,只有她自己。

尘缘如梦,几番起伏总不平,到如今都成浮云。

挥一挥手,吕碧城走出了大公报报馆,回首凝望,她曾经从这里起步,但是,她终将飞离曾经的港湾。自此孤身上路,再无屏障羽翼可庇,却也再无约束。

若干年后,恩怨散尽,故人再聚,也只能相逢一笑,泯尽过往。

五 故人秋瑾

吕碧城的离开,不仅只是和英敛之的决裂,也有很大原因是为了避祸。

这一年的夏天,鉴湖女侠秋瑾死了。她自日本回国以后,筹建大通学堂,准备武装起义推翻清政权,失败后被官府所杀。

吕碧城得知消息时,失声痛哭,挥笔写下一阕《蝶恋花》:"寒食东风郊外路,漠漠平原,触目成凄苦。日暮荒鸥啼古树,断桥人静昏昏雨。 遥望深邱埋玉处,烟草迷离,为赋招魂句。人去纸钱灰自舞,饥鸟共踏孤坟语。"

对于秋瑾的死,她是有所预感,但却没有想到,这一天会来得这么快,而且是这么令人扼腕痛惜。

三年前,她与秋瑾初次见面。那是她初到《大公报》,在报上发表了一系列彰扬女权的文章,署名"碧城"。结果,这些文章引来了当时在北京的鉴湖女侠秋瑾。因为秋瑾曾经用过的一个笔名,就叫"碧城"。

这些文章的思想观念与秋瑾相近,用的笔名又均为"碧城",让秋瑾身边的朋友误以为这些文章为秋瑾所写。而秋瑾诧异之余,看了这些文章,也深有知己之感,于是从北京坐车来到津门,前来问个究竟。

当吕碧城看到听差走进来,跟她说"外面来了一位梳头的爷们儿"时,也是诧异的。而当秋瑾走进来的时候,她看到了一位梳着发髻却是西装笔挺的男装丽人,这才明白。

这时候秋瑾的名字,还是"秋闺瑾"三字,直至东渡日本以后,才改成传于后世的名字。她和秋瑾就是这么不打不相识了。而秋瑾得知"碧城"是她本名以后,当即表示自己原来"碧城"的笔名就此不用,世间只能有一位"碧城"。

两人一见如故,无话不谈。此时的吕碧城也是刚刚脱离旧家庭,而在她之前的人生中,有才识的男子是见过很多的。年幼时见过父亲一辈的高官名士,如樊增祥等,他们或国学深厚,或位高权重;少女时见过舅父的座上宾,或往来西洋,或富甲一方;直至津门时见到英敛之、严复等人,或怀国伤时,或名震天下。

但却是从未遇见过如秋瑾这般的女子,她有着完全不下于男人的心胸见识,然而在女权问题上的见解,不但完全和她合拍,更是在许多方面走在了她的前面。

作为一个从小就被大人称为"才女"的人,吕碧城对于自己在文坛上取得的名声并不是最看重的。她和同时代的女性愿意为之奉献一切的,是如何为这个时代的女性争得平等的权利。

而这一点,她恰恰是无法和那些欣赏她推送她的"伯乐"英敛之等名士,与那些慕她"才女"之名而来的追求者能讲的话题。

她和秋瑾,不管是对于曾经有过的经历,还是对这个世界的看法,以及对推进这个社会女性权益的使命感,都是如此合拍。

吕碧城有过被族人迫害的经历,秋瑾亦有过被乡人侧目的过去;吕碧城有着压抑的少女时代,秋瑾亦有着曾经困于后宅的苦闷;吕碧城有着挥笔抗争,兴办女学的呼吁,秋瑾更有着远渡重洋,从事革命的目标。

然而如今,秋瑾也正是在人生最犹豫最彷徨的时候。她想去日本留学,但是却遭丈夫反对。

　　吕碧城从她的话语中觉出她对婚姻的不满，关切地问："你丈夫待你不好吗？"

　　秋瑾怔了一下，露出了无奈的笑容，摇了摇头："不，他没有待我不好，但是他自己却……"她停顿了一下，轻拍栏杆，吟道："'休说鲈鱼堪脍，尽西风、季鹰归未？求田问舍，怕应羞见，刘郎才气。'如今国家衰亡如此，百姓苦难如此，我为闺阁女子，尚意气难平，他为男子，却只晓得'求田问舍'。"

　　"是，"吕碧城也不禁道，"这个时代的男子，自己后脑勺还拖着猪尾巴不肯剪掉，却只关心女人的小脚有没有缠好。"

　　秋瑾不禁失笑，为她一语双关的妙言，也为她这话语后的愤慨，她轻叹："或许我的婚姻在别人看来，是一种和睦幸福的存在。但是……"

　　这个时候的秋瑾，还在犹豫，还在彷徨，她说很多志同道合之士已经前往日本，她要加入他们一起推翻旧世界，建立一个平等的新世界。中国将会像日本、美国一样富强，中国的女性，也会像欧美女性一样拥有平等和自由。

　　然而缚住她的，有儿女，有亲情，更有一种传统伦理的牵绊。你是个有丈夫有儿女的人，你的家庭不曾压迫你，你的丈夫不曾错待你，你怎么可以为了一个渺茫飘忽的"革命理想"，而抛夫弃子离开他们？你对家庭的责任呢？你作为妻子和母亲的义务呢？

　　秋瑾愤然道："然而有时候我真厌倦这种和睦，我甚至希望他能对我暴力一些，像其他男人压迫他们妻子那样对我。这样我才能鼓足力量抛下家庭去跟世界抗争。我常常懊悔，假若不是有夫有子，我做事就无须瞻前顾后，无须有任何的牵挂和顾忌了……"

　　吕碧城劝她："或许你不必一定要离开中国，我们用宣传和教育，去唤起民众，去唤起女界的姐妹，共同去努力去奋斗，只要女权的思想浸入每一个人的思想中，就能够改变这个世界。"

　　然而秋瑾看着她，却含笑摇头："或者你对这个世界还只是刚开始认识。碧城，我这些年来为女权奔走，为女界请命，最终明白一个道理，任何成功的果实，都不可能是别人捧来给你的,或者说你自己请求得来的,而是要自己栽种,自己流血流汗,自己去摘取。任何革命,都需要有所牺牲。当年戊戌变法失败以后,谭嗣同本来可以逃离的,但他说:'各国变法无不从流血而成,今日中国未闻有因变法而流血者,此国之所以不昌也。有之,请自嗣同始。'而妇女革命,我愿做第一个流血牺牲的人。"

"身不得,男儿列。心却比,男儿烈。"秋瑾走了,她走得如此决绝,如此坚定。

她知道政治是要流血牺牲的,但她没有想到,这一天来得会这么快,快得让人措手不及。

"秋风秋雨愁煞人",津门的秋天,会经常有忽起的狂风,黄沙吹起半天高,吹得人睁不开眼睛。风起的时候,行人纷纷走避,街面上如同经历一番浩劫。

秋风秋雨,也吹到了吕碧城的头上来了。

秋瑾死后,尸骨弃于市,虽有亲人故旧,但却深恐被官府安上一个"同党"的罪名而无人敢收。吕碧城得知此事,震惊愤慨之余,与秋瑾另一好友吴芝瑛想方设法,盗出秋瑾尸体,改葬于西湖边。徐自华撰写墓表,吴芝瑛书写碑文,以书其事迹。

结果这一行为,清廷动怒,两江总督端方下令追捕秋瑾余党,吴芝瑛、徐自华被迫躲入租界。官府在秋瑾的遗物查抄中,发现吕碧城和秋瑾往来的书信,于是吕碧城被官府认为是秋瑾同党,要对她进行追捕。

危机即将落下。

六　革命尚未成功

抓捕吕碧城的消息,一日紧似一日,吕碧城颇有惶惶不可终日之惧。然而就在新知旧朋或走避或无措的时候,有一个人出现在她的面前。

"寒云,是你?"吕碧城诧异了。

那人微笑:"碧城,我向父亲说明了你的情况,父亲说,想请你到我家中屈尊做个家庭教师,以避风头,不知道你意下如何?"

吕碧城长长地嘘了一口气,看着眼前的人,郑重行礼:"寒云,多谢你了。"

那人爽朗一笑:"没什么,不过是请母亲多敲敲边鼓而已。"

吕碧城轻叹:"难为你了。"

她是知道,他这个看似毫不在意的行为,付出有多少。

眼前这个叫"寒云"的翩翩公子,就是袁世凯的次子袁克文,字寒云。不同于袁世凯的老谋深算,也不同于袁世凯长子袁克定的醉心权术,袁克文却是他这种家庭出身所罕有的淡泊名利之人。

这要从袁克文的身世说起。袁世凯曾驻朝鲜,袁克文是他在朝鲜任上所生的儿子。当时袁世凯在朝鲜几可左右政局,朝鲜王妃闵氏为了得到袁世凯的支持,将族妹金氏嫁与袁世凯。金氏也是出身朝鲜望族,出嫁时还带了两名陪嫁之女,本以为能够成为袁夫人。哪晓得回国以后,袁世凯不但家有原配,而且还有一位得宠异常的大姨太沈氏。袁世凯更将两名陪嫁之女李氏、吴氏也一并收为姨太太,金氏按年纪排序,竟然只落得个三姨太。沈氏青楼出身,手段厉害,金氏初进门就被她以"教规矩"为名跪坏了一条腿,后来因沈氏无子,袁世凯又将金氏所生的袁克文抱给沈氏。

金氏一门在朝鲜颇为显赫,出过不少王妃,本也颇为自负,哪晓得竟落到如此境遇。后来,她终日郁郁寡欢,却又自矜孤僻。而沈氏长年无子,得了袁克文以后又宠溺异常。生母、养母的两种环境,再加上袁克文本来又是聪明异常,过目不忘,竟养成一副与权贵豪门格格不入的名士脾气。

吕碧城名满津门时,袁克文正是年少气盛之时,为她的才名所吸引,一心追求。但吕碧城对于他的评价却是:"袁属公子哥儿,只许在欢场中偎红依翠耳。"不得不说,吕碧城看人是极准的,此后袁克文一生诗酒风流,妻妾成群,红颜知己无数。但这个人虽非女子良配,却疏财仗义,做朋友实是一等一的。

秋瑾出事以后,官府到处搜捕同党,抄检秋瑾住处时,已派公文让北京抓人。哪晓得此时袁克文正任法部员外郎,虽然只是作为袁公子挂名镀金的闲职,但恰好是这个差使,让袁克文第一时间得到了这个消息,立刻来告知吕碧城。

这真是飞来横祸,虽得袁克文及时相告,但吕碧城奔走津门,竟是无人能助。袁克文看着曾经倾慕的佳人惶惶不可终日,侠义之心再起,于是巧言说服父亲袁世凯,请吕碧城入袁府为家教。

袁世凯在天津时一心改革新军,练出于后世颇有影响力的北洋军队来。于文化上也是结交名流,思想开放。吕碧城兴办女学的时候,得到过他的支持,与他幕府中诸人也有相交。入袁府之后,与袁世凯渐渐熟悉,吕碧城的才华也颇得袁世凯的欣赏,后来她更成为袁世凯的机要秘书。

这似乎是误打误撞的一次结缘,就吕碧城而言,也就是想躲过风头以后,就离开袁府,再办女学。可是时局风云变幻,慈禧去世,小皇帝宣统继位三年,起义接连不断,直至武昌起义爆发,最终由袁世凯出面,劝说清帝逊位,结束了大清两百多年的统治。

而此后,袁世凯成了大总统,吕碧城先是成为总统府机要秘书,此后又担任参政。

吕碧城以女子之身走进权力中枢,成为时人羡慕的偶像。然而正当她踌躇满志,准备为推行女权一展拳脚的时候,却发现时代朝着一个令人失望的方向滑去。

民国初建时,男女平权的呼声一度达到极高,一来是因为西学影响,清朝末年连清廷官员家庭,都走出不少呼吁女权革命的新女性。二是同盟会中女将甚多,如秋瑾、何香凝、唐群英等,无不为支持革命捐助财力,发动家庭,参与革命,直至自己流血牺牲。

何香凝合家投身革命,提供自己寓所作为同盟会通信联络点和集会场所;方君瑛举族赴义参加革命,并组织暗杀团谋刺清廷要员;秋瑾与家族断绝关系,主持大通学堂,组建"光复军"以为起事并为之牺牲;卫月朗不顾丈夫反对,携女捐资参加革命……辛亥前后参加各种革命活动的女性,有姓名、事迹可查者就有380多人,她们或以自己原来的官家身份作为掩饰为起义队伍运送武器;或秘密组设机关,掩护革命党人;甚至参与暗杀与起义活动。

武昌起义爆发后,上海一带由于妇女新式教育起步较早,更组织了五个北伐军事团体参与战争,武装力量约占上海的四分之一。尤其在医疗、后勤、侦探情报等方面,女性在较有优势的地方更是担起了重任。

辛亥革命成功以后,这些曾经付出过、流过血的女性,对于参政权的要求自然提上日程:"欲弭社会革命之惨剧,必先求社会之平等;欲求社会之平等,必先求男女之平权;欲求男女之平权,非先与女子以参政权不可。""女子之有参政权,为人类进化必至之阶级,今日不实行,必有它日;则与其留日后之争端,不若乘此时机立完全民权之模范。"

1912年3月,神州女界共和协济社宣告成立。它"以联合全国女界,普及教育,研究政治、提倡实业,养成共和国完全高尚女国民为宗旨",并创设女子完全法政学堂,以为参政做准备。此后,上海女子参政同志会等联合其他各省的妇女政治团体组成女子参政同盟会。宣布宗旨:"普及女子之政治学识,养成女子之政治能力,期得国民完全参政权。"

然而,这种男女平权的要求,却遭遇了不管是革命党还是守旧派的全面打击。

革命女性期望能够通过立法和选举来实现女性参政的目的,然而不管是以孙中山为临时大总统的南京临时政府制定约法,还是以袁世凯为大总统的政府通过的参议院、众议院两院议员的选举法,一次又一次将女性排除在外。

而以唐群英为首的妇女团体,在上书大总统无效以后,愤而采取激进行动,率众冲击国会,闯入特别旁听席辩论。甚至在同盟会改组为国民党时,因删除了同盟会纲领中主张男女平权的条款,唐群英等人在国民党召开成立大会时直接冲上台前掌掴了主持者宋教仁。

一开始,吕碧城对于这些行为并不赞同。她虽与秋瑾交好,而且大力伸张女权,但是和同盟会女杰一开始并不合拍。一来是阵营所致,作为同盟会女杰和袁世凯幕府出身的她,可以说是各拥其主;二来作为以才女和新闻教育出身的吕碧城,凡事以笔战舌战居多,与唐群英、沈佩贞这样的武力冲击行为实在格格不入。

　　她一贯的理念是培养女子的才识学养,使之具有与男子平等对话、协同商量、参政议政的能力。权利不是靠打骂抢夺来的,而是双方平等协商后相互妥协订立的。她希望能用一种文明的方式来获得女性的解放,而对于唐群英等人的暴力行为,她甚至斥之为"光怪陆离"。

　　然而,当妇女参政的行为愈演愈烈,却一次次被打击凋零时,她深深地感觉到了兔死狐悲、唇亡齿寒的道理。

　　如果看世界史上女权运动的兴起,就可以看出,凡是战争期间,导致男子死于战争者众,需要大量妇女成为社会生产甚至战争支持的重要力量时,对女权的宣传就会加大,女性地位就会随之高涨。反之,当战争停止,社会和平生产恢复时,就会出现大量要求女性回归家庭的呼声,而对女性社会参与权的打击就会出现。

　　唐群英曾向孙中山申诉,但孙中山亦无能为力,对此无言以对,只能答:"党纲删去男女平权之条,乃多数男人之公意,非少数可能挽回。"并许愿女子参政当下或不可行,将来或能施行。而袁世凯当政以后,干脆下令取缔女子参政同盟会,查封了女界创办的报刊,甚至向国民党施加压力删除男女平权条款。

　　1915 年,即民国四年的夏天,总统府张灯结彩,为袁世凯贺寿,冠盖满堂,而吕碧城却是孑然一身,遗世独立。在总统府三年,她已经看尽世间尘俗。

　　虽然在袁府,她所到之处,见到的都是笑脸和奉承,但她已经从骨子里深深地厌倦,想要逃离了。

　　她站在远处,冷眼看着众人簇拥之下的袁大总统——权力的至尊者,比她当初见到的时候更加苍老、更加矮小,也更加骄横了。

　　想当初津门初见的时候,他还是个英气勃勃、礼贤下士的改革名臣,给一个初出茅庐的少女想要做前人未做的事情以赞许。

　　后来,吕碧城因为秋瑾案避祸袁府,他诚挚相约:"虽因身份所限,我无法送妻妾女眷入公学,但却希望她们能够如女士一样通晓学识,抛弃旧式思维,懂得新式思想。"那时候他的心是开放的,包容的。

直至总统府成立，她成为机要秘书，往来公文，参与政事，他亦是她的伯乐。

她也曾经听过他痛陈变法失败，世人皆误解诽谤，然他仍然努力推进维新，以至于无法在朝堂立足；也曾经听他诉说过清政府的腐败，以至于外交内政一败涂地；也曾经听他说过对欧美民主的向往和时代车轮前进的必然。

然而当时代的车轮把皇帝推下了宝座，把皇冠扔进阴沟后，这个曾经充满理想、向往新政的人，却要捡起这顶阴沟里的皇冠重新戴上，甚至不惜与时代作对、与世界作对，甚至不惜闭目塞听、众叛亲离。

那个曾经希望她把自己的妻妾教育成新女性的人，现在让他的妻妾们为了争夺一个"妃"或"嫔"的名分而几乎大打出手。他的次子袁克文因为反对他称帝，而被他关了禁闭。他的长子袁克定一心想当"太子"，伪造一份假的《顺天日报》每天只收录赞成帝制的文章告诉他"民心可用"。

以他的精明，这么假的骗局为什么一心相信？还不是利欲熏心！

那个曾经大力支持兴办女学、推广女权的人，用强权打击完要参政的女性，转身拿妓女请愿团来当"妇女代表"，只要拥护他称帝，乞丐无赖，都是他的"民意代表"。

而她呢，她站在这总统府里，看似成了这个国家硕果仅存的政治女性，可实际上，她却更清醒地知道，她的存在，已经渐渐失去了"机要秘书"的真正实质，而成了一个摆设。

如今，还有谁能够站出来，说男女平权，说女性的参政权？

那些想要争取男女平权的革命女杰，被这个男权社会有意无意地划分成好几类，各自星散。像秋瑾这样杀身成仁的，自然抬上了神位，受万人崇敬；而像徐宗汉、何香凝等亦不得不成为丈夫黄兴、廖仲恺等背后的贤妻与良母；而剩下既然无法封神又不肯退回为贤妻良母的革命女杰，自然就会被丑化诽谤打压，唐群英被诬为女流氓并由袁世凯下令通缉，沈佩贞被诬荡妇甚至入狱……

她不禁想起当年和秋瑾的一番谈话，那时候她还刚到大公报社，与秋瑾倾盖如故，长谈终夜。她曾经劝过秋瑾："我们可以用笔唤起民众，提升女性知识和能力,以逐步取得男女平等的权利。暴力革命是男人的事情,你何必抛家弃子,去流血牺牲。"

而秋瑾回答她的是:"自古革命未有不经过流血牺牲而成功的,推翻清政府如此,妇女革命亦如此。"

那时候她不能明白秋瑾的意思,然而后来的种种事情经历,才让她渐渐懂得"流血牺牲"的真正含义。她想到了与英敛之决裂之痛,也想到了这个冬天送别唐群英时的惆怅。

"我和秋瑾本以为,只要我们跟男人共赴国难,就可以在革命胜利后分享同等的胜利果实。可是我错了,世间最可恨的一刀不是你的敌人砍来的,而是曾经与你生死与共的革命同志背后插下的。我们知道清廷是敌人,列强是敌人。可我没有想到,革命成功以后,头一个被牺牲的竟然是和他们站在同一阵线的妇女同志。我知道你对袁总统还有幻想,但我告诉你,不要指望他们这些人哪一天真正给我们平等的权利和地位。对于男人来说,他们可以同情和帮助女性,但是他们不会认为女性可以和他们平等。就如同他们可以施舍,但你不能索取。他们通过解救你以彰显自己救世主般的悲悯和宽容,但你若再要伸手,就是不识好歹,就会被他们重新踩在脚下。"

袁世凯悬赏一万银圆对唐群英下了通缉令,唐群英不得不离开北京。吕碧城为她送行——她们之间曾经有过的分歧已经荡然无存,同为女权斗争的先行者,或许她们曾经殊途,但最终同归。

唐群英一字一句像针刺般扎进了吕碧城的心里。这让她想起了一个人,那个曾经对她另眼相看而后却因为她的特立独行而渐行渐远的人:"是啊。男性怎会甘愿承认自己在智识、能力、地位上与我们平起平坐呢？他们只会划出一个空间,看着女人们在这个有限空间里为了争取一点权益拼得头破血流,然后满意地点点头,看,我给你们权利了,你们应该知足。这种有限度的平等,要之又有何用?"

二人彼此对望,无限凄凉,各自叹气。然而眼中,却还有着不肯熄灭的火焰。

沉默了半晌，吕碧城关切地问道："那你今后有何打算？"

"我打算回湖南。我准备继续兴办女学，宣传女权，让男女平权的观念渗入下一代人的骨血，就像浇灌一颗种子，静静等待它生根发芽。终我们一世不能，我们的下一代、下下一代也一定能够等到这一天的到来。"

"我也打算离开北京，将来的路怎么走，我还要再想一想。"

这两个在风中对望的女子，各自转身离开。一个是在文坛上众星捧月的才女，一个是于革命中浴血奋战的女将。两个彼此性情、行为方式如此不同的人最终却在根本价值的坚守上站在了一起。

或许谁也没有想到，此时蝴蝶的翅膀轻轻扇动了一下，数年后，一位从湖南走出来的领袖才真正实现了"妇女能顶半边天"式的平等。

七 树欲静而风不止

1915 年，天津。

细雨绵绵，吕碧城撑着伞，站在一个落败的学堂前，看着手中的地址，有些诧异。

大门紧闭，她轻轻地叩门，就听得旁边小门开了，探出个头来："请问找谁？"

吕碧城没有回答，因为她看清了对方，而对方也看清了她："吕先生，是您……"

她的眼泪落了下来，飞快地走出来，拉住了吕碧城。

而吕碧城看着眼前的人，也惊诧了。眼前这个愁苦憔悴，却又强挺起肩膀的妇人，真的是她那个十年前意气飞扬的女学生吗？

如果说她前半生最关切也最得意的，莫过于在天津公学的这七八年中，苦心培育出一批女学生来，并且由她们三姐妹一起，带动了女学的推行风潮。眼前这人，就是她曾经最得意的一个女学生。

她离京前，也是她最得意的女学生之一周道如为她送行的。在她成为袁世凯的机要秘书以后，她推荐周道如代替她成为袁世凯的家庭教师。而这位女学生性格温和,深得袁府上下喜欢,前不久由袁世凯做主,嫁给他的参谋长冯国璋。

想起不久前那场鲜花着锦、烈火烹油般的婚宴,再看看眼前这破落的小学校和寒酸愁苦的另一个学生,吕碧城感受到了天壤之别的落差。

跟着这个女学生走过吱呀作响的楼板,走进她低矮的办公室,看着到处是接着天花板漏水的盆碗,吕碧城不禁问:"你……最近过得好吗? 有没有和其他同学联系? 你们还有多少人在继续教书?"

那女学生苦笑一声,摇头:"没多少了。"

随着这个女学生的叙述,她仿佛看到了那些女学生这些年来生命的轨迹。这个世界上真正的成功者永远是稀少的,吕碧城或许可能因为她自己成功地成为时代的一个表率,但生活却不会赋予后来者同样的收获。

那些她曾经精心培育出来的女弟子们,曾经寄以希望重托的女学生们,她们也曾经因为在学校所受到的教育而勇敢地站在时代的前头,做了女权先锋,而且不惜承受封建余孽的反扑打击,然而,这些只是少数;还有一些人,学成之后,却没有进入社会,而是在家长的安排下,再度回到闺阁,三年的学习,并不曾给她们的精神以提升,而只是成为她们装点门面的嫁妆,得嫁一个高于她们家庭的豪门,为人妻为人母;更有甚者退学而重新裹回了小脚回到了生活原点;而另一些仍然在继续坚持着教书事业的,成了世人眼中老大不嫁的女怪物,穷教书匠,拿着微薄的薪资,过着凄风苦雨般的生活。

如今因为局势动荡,这间小学校的生源已经断档好几个月了,随着帝位即将复辟,女权运动被全面妖魔化。家长们都起了退缩之心,女学日渐冷落。

此情此景,吕碧城无言以对。她能说什么,又能做什么? 半晌,叹息:"或许,是我误了你。"

"不,"女学生抬起头来,她才不到三十岁,却已经比同龄人显得苍老,但她的眼神却是坚定的,"吕先生,我倘若没有上过学,我的生活只会比现在更坏。现在虽然有些困难,但日子总是在自己的手里过,而不是在别人的手里过。"

吕碧城轻叹,她的心里,却是比女学生更悲观。

她回天津,曾经是抱着希望的。她已经辞职离开了总统府,那个地方即将成为皇宫,成为所有醉心名利的人如飞蛾扑火般奔涌的地方,却不是她愿意留下的地方。

她这次悄然来到天津,是故地重游,更是希望能够寻访到当年起步的地方,重寻来踪。来之前,她是有过计划的,或者是回女子公学,或者是兴办女报以宣扬自己的理念。

然而,故地却已经人事全非,天津已非昔日的天津。

过去的天津,是那些曾经向往在北京做一番大事业不遂,而不得不在天津实现自己小理想的试验地。袁世凯在这里小站练兵,英敛之在这里兴办《大公报》,梁启超在这里写作……这里最终成为中国最具前卫思想的城市。

但随着辛亥革命的成功,这里和北京仿佛倒了个儿,天津成了遗老遗少们的聚集地,失败者的聚集场,动荡的源头。

她的女生学们的经历,让她内心如受重击。

回望这些年一步步走过的路,如果女学与从政都不能给女子带来真正的解脱和独立,前路漫漫,自己又该何去何从呢?

她扪心自问,如果说“达则兼济天下”已不可得,那么她是否还能够“退而独善其身”?

她闭门想了很久,很久,终于决定,南下上海,重新开始新的航程。

这一次,她出现的地方不是文坛,也不是政坛,而是商场。

她看得很明白,那些女学生中,不管无奈出嫁的,还是困苦坚持的,令女性最终不能自立的,不只是封建压迫下的父权,更是经济不能独立的悲哀。

想通了这一点以后,她毅然选择了上海作为新的起点。

上海,是“冒险家的乐园”,在这个新旧交错、顷刻天翻地覆的时代,充满着无数机遇,也充满着无数危险。在这里可以一夜巨富,也可以一夜倾家荡产。

而幸运的是,吕碧城是前者。作为一个曾经的女报人和女校长,她在信息的敏锐度和经济头脑方面,并非一般文人可比。当初在天津兴办女学的时候,为了筹款,她可以走访无数富商劝募,也可以为办学中的费用锱铢必较,量入为出。而她在大总统府身为机要秘书的时候,参与国政,应对四方,对于西洋各国的情况,亦是过目不忘。

以她的人脉、信息和资源,在上海滩股市中小试身手,积攒起大量的财富,一时成为商界脱颖而出的女富豪,亦是顺理成章的事。

袁世凯复辟,宣布恢复帝制,自封皇帝,以"洪宪"为国号,史称"洪宪复辟"。然而这场复辟的闹剧让袁世凯只做了八十多天的皇帝梦,就不得不退位。不久之后,袁世凯在众叛亲离中去世。

三年后的上海,夏夜。气候异常闷热,整个上海像是被笼罩在巨大的蒸笼里。市中心的一处豪宅里传出了德彪西的《月光》钢琴曲,悠扬明媚的琴声似一股清凉的甘露滋润着人们的心田。

一曲毕又接着一曲,金光四射的大厅在水晶吊灯的照耀下亮如白昼,舞池中的男男女女相拥起舞,呢喃软语、浅吟娇笑,无不沉醉在这如梦如幻的意境中。

吕碧城如今已是这座坐落于上海市中心静安寺路、同孚路的独栋豪宅的主人。此时举行的是她宅第中每周特定的交际舞会。来客中有当世名门望族、有政界达官显贵,更有商界富商巨贾。

她已经三十多岁了,依旧单身一人,独居在这富丽堂皇的"宫殿"中,似一个高贵的女王般过着隐居的生活。

她的爱情和婚姻一直是人们津津乐道的话题。曾有人以此相问,她只说:"生平可称许之男子不多,梁任公早有妻室,汪季新年岁较轻,汪荣宝尚不错,亦已有偶……我之目的,不在资产及门第,而在文学上之地位。因此难得相当之伴侣,东不成,西不就,有失机缘,幸而手边略有积蓄,不愁衣食,只有以文学自娱耳!"

她本以为,已经退出了风云诡异的政坛,应该能够就此过上平静的生活。然而世事却未必能够尽如人意,女秘书送来的报纸,令她勃然大怒。

这日的报纸上,登了一篇皮里阳秋的故事《李红郊与犬》。讲了一出女富商和狗的故事,充满了讽刺和中伤。李吕谐音,红碧相对,城郊相对,分明就是指向吕碧城。

原来是前不久吕碧城的爱犬被汽车所撞,她一怒之下向肇事者发去了律师函,后来又高价为爱犬治伤。自然,作为大名人的吕碧城,她的事情在上海滩都会是新闻点,这件事就被媒体登了出来,未免有人说她重犬轻人,小题大做。这倒也罢了,却有小文人借机生事,舞文弄墨,故意编了这么一篇小说,本意是蹭蹭名人的光,发泄点仇富的内心,然而事涉单身女富豪,自然是添点油加点料,甚至用语刻薄猥琐些,也是小文人笔下意淫罢了。

然而吕碧城看到此文,却不能容忍,作为曾经的媒体人,她深知这篇故意歪曲的小说会给当事人带来多大的伤害。作为经历过无数风波的女人,她更知道这个社会对于独立女性是如何的不宽容。而这种对女性的诽谤,往往不会有人出来澄清事实主持公道,恰恰相反,社会对于女性的绯闻充满了嗜血的兴趣。

写这篇小说的小文人,很可能只是碰瓷试探,但如果吕碧城应对失措,则很可能身败名裂,万劫不复。这些人如同海上的鲨鱼,只要闻到血腥味,就会一拨拨前赴后继地扑上来,把猎物咬得粉碎。

她是亲眼看到过这样的例子,她曾经的女学生沈佩贞就是前车之鉴。

民国初年,沈佩贞为争女性参政权,手段激烈,以至于剑走偏锋。一边率众怒打反对的男性政客,另一边又频频向袁世凯等当权者示好拉拢,以求能够达到目的。而她的行为,也引起许多人的憎恨和算计。对沈佩贞的暗算,就源起捕风捉影、造谣生事的小报。某日,小报《神州报》指名道姓地称沈佩贞与步军统领江朝宗有不雅暧昧行为,语涉下流。沈佩贞对于这种侮辱人格的行为勃然大怒,要求对方赔礼被无视以后,愤然打上门去。不料正中圈套,对方借机告上法庭,而开庭当天,京津媒体云集,法官故意要求当事人诉说详情,借机将报纸上的下流谤言、双方对骂时的污言秽语一一详细讲述,令沈佩贞颜面扫地,更判她入狱半年。经大小媒体添油加醋的转载,沈佩贞被妖魔化为淫妇、女流氓,自此销声匿迹。

如今，同样的局面，也摆到了吕碧城面前，她应该怎么办？

这个叫平襟亚的人，刚从江苏乡下来到上海滩没几年，在一份揭露名人秘辛、极具讽刺的小报《开心报》上撰稿。过去农村有一种欺负人的方式叫"踹寡妇门，挖绝户坟"，作为一个小文人敢和名人富豪叫板，无非也是看到对方是个独身女性，无所倚仗。如同《红楼梦》里贾瑞敢调戏王熙凤一样，通常他们敢这么做的心理，不过是男人跟女人耍无赖，只有女人吃亏的份儿。

正如吕碧城所预料的那样，如果她仅仅对他上门警告要他澄清，只怕会得他几句取笑；若是她打上门来，只会被他借此炒作上位，而让自己更难堪。

然而吕碧城对于这种手段，自然是精通的。

这个小文人没有想到的是，吕碧城递上来的是一张状纸，她将对方告上了租界法庭。

而这一下，平襟亚害怕了。这时候，他才明白，虽然吕碧城是个单身女性，但和那些农村的单身女子不一样，在城市里更倚仗的是权和势的护身。她与许多政坛大佬是故交，甚至她的好友袁克文还在袁世凯死后给自己买了个青帮大佬的位置当当。黑白两道，她有的是能力摆平他。

此时，平襟亚才真正意识到自己惹到的是什么样的人，吓得不敢出庭，还躲了起来。吕碧城自然不肯饶过，她拿出慈禧太后当年的画师所赠的有"慈禧太后亲笔所绘"字样的花卉立幅为悬赏，对平襟亚发出"江湖通缉令"，谁若是能将他找出来，便以此画相赠。

这一风声传出，逼得平襟亚自此从上海滩消失，直至吕碧城离开上海几年以后，才敢重新回来。当然，后续就是平襟亚经此一事，苦练讼辩能力，打通法庭内外，此后在上海滩屡起诉状，在打官司上再没吃过亏，成为上海滩文人中的"白相人"。而他自此之后也与女作家结怨甚多，曾与张爱玲因为一千元稿费而发表多篇文章进行攻击，又揭陆小曼隐私打上官司……

但是这件事，对于吕碧城来说，却不如表面上的志得意满。恰恰相反，平襟亚这个人或许对于她来说微不足道，然而他的行为，却给她此时的安逸生活，敲响了警钟。

表面上看来，她的确成功了，跻身上海上流社会，成为令人敬畏和不容小觑的女富豪。住豪宅、开名车、往来权贵、仆从者众，片言只语都为时人所注目，在财富中她似乎找寻到了真正的自由和平等。

然而，就在今天，却连最底层的一个小报人都敢用这种猥亵的态度撰文来欺负她，这无疑给了吕碧城当头一击，将她自以为取得的平等敲得粉碎。

如果自己是男人，拥有这样的财势和地位，恐怕不会有人胆敢如此放肆。而对方敢这么做的原因，只不过是认为她是一个女人，一个在当时社会大多数只能依附于男人生存而不具备独立人格的女人。哪怕她并不是这样的女人，哪怕她拥有比这个世界上大多数男人更高的名望、身份、地位、财富，然而在这个时代，人们却是仍然只以性别而给她定位。

她虽以霹雳手段，拿这个小文人杀鸡儆猴，一时震慑住了这些宵小，但是，在这样的大时代里，又能够震慑住他们多久呢？

她捂住了脸，忽然间，曾经如噩梦般的童年记忆又涌上心头，那高高的院墙，那冰冷的牌坊，那凶恶的族人……

她的母亲，何尝不是官家小姐？何尝不是闺中才女，嫁得高官丈夫，生儿育女？然而这种看似成功的生活又是何等脆弱。一旦她没有儿子可倚仗，一旦夫婿去世，那些哪怕是平头百姓的族人，也敢上门欺凌夺产，甚至掳人毁名节。

她颤抖着手，翻开曾经的诗稿："晦暗神州，欣曙光一线遥射。问何人女权高唱……"

那时候，她正年少，意气飞扬。而今，历经沧海桑田，一心退缩。只想避无人处，自在逍遥。

而终究，这个世界对所有的女人都是一样的不公平。

树欲静而风不止。

避无可避，只能重启航程。

八 归路何方

吕碧城离开了上海,远渡重洋。

她来到了美国,进入哥伦比亚大学新闻学院。这是世界上第一所新闻学院,而这个学院的"普利策奖",是新闻行业的最高奖,这是一所从事新闻行业的人所向往的圣殿。

而吕碧城进入这里,是为了求学,更是为了求路。

当她意识到作为一个孤身女性,无论你在学界、政界和商界取得多大的成功,但人们贴上的唯一标签却是"大龄未嫁女人",权力财富声望,都还不能够让人把她当成一个独立存在的人,反而视为一个"没有男人保护的女人"一样充满了侵犯欲。

这令她愤慨不平,也令她无奈无力。

欲改变这种状况,首先要唤起民众,甚至是再来一次革命。

而如何唤起民众,就凭着一腔热血的呐喊,或者是愤怒的攻击,这一切都有现实验证过,不是解决的良方。

于是,她一边在学校里认真听课,一边在美国本土四处游历,并将自己的所学所思,以及美国的政体、风俗、民情撰文发回国内。

她虽离开了,却还想以笔作刀,重启征程。

在这里,每一个受过教育的女性都在积极宣扬着女性解放,在她们身上,她仿佛看见了自己的影子。

关于她这段时间在美国的豪富小段子,也时常被传回国内。她希望人们看到她想传达的精神,但人们关注的,却反而是那些奇闻逸事。

虽然在哥伦比亚大学学习的四年,她过得很愉快,也很自在,但她终究还是心系着中国,她想知道她这四年的学习,是不是能够带来新的改变、新的道路。所以学业结束以后,她并没有多停留,而是立刻回到了中国。

然而这次的归国,她得到的是更深的失望。此时中国的情势,甚至比她出国前更坏。袁世凯倒台,并没有使情况更好。正相反,如今的中国陷入了军阀混战的深渊,人命如草芥,朝不保夕。报纸上充满了"革命""征伐""剿灭"等词,甚至有人婉言相劝:"如今没有人看文言文了,吕先生还是写白话文吧。"

她拒绝了。终其一生,她执着地用文言文写作,而拒绝白话文写作。这也让许多研究她的后人叹息,这份孤高,让她的文名影响,止步于这个时代,而没有得到后世更多的知名度。

她拒绝白话文,拒绝过激行动,拒绝暴力革命,拒绝了很多更符合这个时代主流的行为。

她是不幸的,一生曲折,孤独飘零;然而她也是幸运的,她以她的才气得到这个时代与他人相比更多的包容和帮助,而始终没有面临人性最坏最黑暗最残暴的一面,所以她宁可为文士,而不能为战士。

然而这个战争的时代,已经没有她的容身之所了,四年后,她再度去国离乡。

这一次,她不再是学习,而是走了许多地方,从美国纽约,到法国巴黎,从瑞士雪山,到意大利那不勒斯维苏威火山。

她走着,看着,追寻着,询问着。

此前的欧洲,倚着坚船利炮打开了腐朽老大帝国的国门,是让无数有识之士埋头学习各种著作,向往其中的"德先生"和"赛先生"之国,是让人相信只要效仿就能够成为民主强盛之国的灯塔。而此时的欧洲,却是满目疮痍,一片废墟。

此时的欧洲各国正处于战争的创伤期,国家更加动荡,思想更加分裂,冲突更加激烈。到处是炮火轰炸后的残垣,田园荒芜,人丁凋零。

如果说新科技、新思想是社会前进的标杆,当人类拥有更多、欲望更多的时候,带来的到底是什么? 是更加残酷的战争,更多的死亡,更大的破坏和伤害?

她困惑了,茫然了,无助了……

回首来时路,她想着这一生,抛开早年父亲的亡故不论,来沪前,母亲竟也逝世了,独身的她从那刻开始真正感到失了家;同年,四妹坤秀病逝,才刚刚 27 岁,女子风华正茂的年纪;几年后,大姐惠如病逝于南京,因姐夫早已亡故,她的家又遭遇了她们少时曾经历过的家产纠纷；至于二姐，曾经因为英敛之而发生的矛盾，让她们更无法和解……

年轻时，她意气飞扬，独立离家，登上时代的火车，走出了自己的新路。然而在外人看来，她在文坛、政坛、商界一路登顶，走在时代的顶端。但却只有她自己心里明白，她的路，却越来越不知方向。

一开始，她并没有想这么多，她只想有能够拥有上学的自由；她想让更多跟她一样的女性有上学的自由，有发声的自由，有人权的自由，但是在这条路上，无数同行者付出了鲜血、付出了生命、付出了名誉、付出了自由、付出了教训，但前方却似乎越来越没有路，同行者越来越少。

最后只剩下她一个人茕茕孑立，形单影只。

她越发地孤独了。她似乎与这个时代越发地格格不入。为了摆脱苦闷，她开始向往那种缥缈无限的世界。她曾经有一段时间，醉心于道家的遁世修炼，也曾入佛寺参禅，向着西方友人问过基督教义，最终，一个偶然的契机，让她在犹豫摇摆中确定了选择。

那一天下午，她与孙夫人在纽约街头走着，说起时局，也说起女权，也说起她们共同相识的那些女权革命同道，尤其是前不久方君瑛的死，更是令人唏嘘不已。

方君瑛家族有一半的人参加革命，世称举族赴义。她是广州起义的参与者，也曾为暗杀组组长，为人豪侠坦荡。在辛亥革命以后，方君瑛认为革命已经成功，怀抱着科学救国的理想前往法国学习，节衣缩食，只为有朝一日回来报效祖国。谁知道回国以后，却发现国内政局动荡，贪腐成风，甚至比清末时有过之而无不及。当年那些抛家舍命的革命者，头颅算是白抛了。百姓疾苦如故，国政混乱如故，革命的成功只不过造就出一批新的官僚和军阀。

如果说当年，他们抛头颅洒热血还存着一个新时代的期盼，那么如今呢？他们纵然头颅尚在，为何而抛，热血仍沸，为谁而洒！一念至此，竟觉得眼前漆黑如夜，举足无路可行。

经济困厄、宵小骚扰、整个社会在上层操纵和底层群氓的结合下对独立女性联合发起的抹黑攻击,再加上在法国遭遇车祸留下的神经衰弱后遗症,这些细细小小的事,在一腔热血空洒之后,成了压垮方君瑛精神的最后一根稻草,最终方君瑛留下一封遗书,自尽身亡。

"为国事累卵,民苦倒悬,而同志泄沓弗振,社会尤腐败之极,自恨不能力济,只有死耳。"

吕碧城轻轻地背出方君瑛的遗书,心中愤懑痛楚,感同身受。方君瑛的绝望,方君瑛的无助,方君瑛的迷恋,何尝不是她曾经经历过的心态? 甚至此刻,她都未必能够肯定,自己会不会走上方君瑛之路。

然而更令人愤慨的事,是在方君瑛死后,小报流言、无赖文人,忽然连篇累牍地大写特写方君瑛之死,乃是与陈璧君争夫,被"正房打了外室",而羞愤自杀。

"因为他们不能看到,一个革命者因为痛感社会黑暗而以死抗争,而这个烈士竟还是一个女人。对于他们来说,女人的死,只能是为了情爱,为了羞愧……一个女人的生命重心居然不是为了男人要生要死,一个女人要争的不是后宅宠爱,而是国家和民生,对于他们来说,是无法容忍的!"孙夫人愤然道。

"所以每一个胆敢走上社会的独立女性,都必须是'不正经'的,都必须是个'公众娼妇'。必须恐吓得让她们没有后来者,没有效仿者……这样,这些'大人先生'们才敢睡得着,而不必担心家里的'女奴'们会把他们掀下桌子去。"吕碧城冷笑。

"碧城……"孙夫人忧虑地看着她。

忽然间一声禅唱,一个佛教徒正在纽约街头,口念佛号,派发传单。

孙夫人拉了拉她:"走吧。"

吕碧城却说:"不,我想看看。"

"欲知前世因,今生受者是;欲知来世果,今生作者是。"吕碧城久久注视着这句话,念着念着,片刻失神。

她没有看到孙夫人忧虑的眼神,没有理会孙夫人让她离开的叮咛,忽然间,这一首偈语,似乎和她这些年的迷惘困惑交织在一起,分不开了。

真的有前世今生吗?我们历经的所有痛苦磨难都是前世因果的轮回?这些被灾难夺去生命的人会不会去了另一个无灾无难的乐土呢?

她被脑海中蹦出的这些问题困扰着,折磨着。以前,她可以不去思索这些,她相信凭着自己的努力可以改变一切。但在经历了这么多的生离死别和向内向外的求索无果后,她认识到许多时候能力、努力恰恰是这个世界上最没用的东西,面对不可预知的灾难,人类的无能为力只会让人陷入更深的绝望。于是她恍惚了,迷茫了,不知所措了。

这个时候,佛学与她的再次相逢,好像充满了魔力般诱使着她进入这个空间。而她自己好像一个溺水的人抓住了一根稻草,不论它是否有解救人心的力量,她都愿意抓住这一线解脱的生机。

她开始去探寻佛学的真谛,她为自己取了法号"明因"。世间之事皆有因果,明因识果是悟道之始,明了前因,不妄生憎恶,遂能摒弃执迷,自然放下。

尽管,是不得已的放弃;尽管,是无所归路的择路。

最终,她在努力和挣扎、迷茫和软弱中找到了归路。

从宣扬女权,到宣扬佛法和素食,是进步,还是退步?吕碧城无所选择,而世人也无法给她以公正的判断。

她手拈佛珠,慢慢踱步。

师友来信,问她是否皈依。

真的要身入佛门吗?那就是要舍去世间繁华,再无回头之路。

佛门苦行,非用尽生命之人不可轻入。唯有尝尽酸甜苦辣才具备理解生命的质素,就像一粒种子若没有历经盛放和凋零,便难以理解果实的意义。

她手抚佛经,佛经上说有四断:自性断、相应断、缘缚断、不生断;又有四舍:财舍、法舍、无畏舍、烦恼舍。

她这一生,又何尝不在断与舍中。

生命中不断的割舍,终究以另一种方式让她重新得到。那么,如今的她,是否能舍弃喧嚣热闹的人世,舍弃"吕碧城"这三个字所代表的一切尘世繁华,获得宇宙的真理和内心的永恒宁静呢?

清晨,日内瓦湖畔,阳光直射进居室,一名白衣女子静静倚在窗前,望着一池碧波荡漾的湖水,心如止水,宁静自得。

阳光温暖地打在脸上。她的口中诵念着《佛说八大人觉经》:

"世间无常,国土危脆,四大苦空,五阴无我,生灭变异,虚伪无主,心是恶源,形为罪薮,如是观察,渐离生死……"

在人生困惑中参悟真理,她终是放下尘世,在佛前洗净了铅华。

从此,缁衣参佛,素餐斋戒,无欲无求。只余耳畔般若梵音。

然而不久之后,世界又再次陷入了战火的硝烟中。新秩序还未建立,第二次世界大战便将整个世界文明席卷入炮火和死亡之中。

她不得已将寓所迁至香港,香港不久后也沦陷了,她只能寄寓宝莲禅院。

1943年1月24日,吕碧城于香港九龙孤独辞世,享年61岁。她于病榻前写下最后一首诗:"护首探花亦可哀,平生功绩忍重埋。匆匆说法谈经后,我到人间只此回。"遗言命人将自己的遗体火化后以面和为丸,投入大海。这一世,她最喜食鱼,死后便让鱼儿食己,也即了了因果。

她的一生都在探索女性解放之路,最后无奈地发现女学、文坛、政治、经商之路都不能赋予女性真正的尊严和自由。度人无望,只能投身佛门,向内度己。在世人眼中,她或者是成功的,然而只有她自己知道,她这一生是令她失望的。

然而,"沉舟侧畔千帆过,病树前头万木春"。她死时,犹在战火纷飞,没有看到二战结束,没有看到日本投降。她更没有看到,恰恰是因一战、二战造成的人丁凋零,使大量社会岗位由妇女充任,带来了女权事业的再度高涨,令女性地位更加平等。

逝者如斯夫,不舍昼夜。

图书在版编目(CIP)数据

衡量天下 / 蒋胜男著. —杭州:浙江文艺出版社,2018.1
ISBN 978-7-5339-4719-4

Ⅰ.①衡… Ⅱ.①蒋… Ⅲ.①小说集—中国—当代 Ⅳ.
①I247

中国版本图书馆CIP数据核字(2016)第281519号

策划统筹　柳明晔　王晶琳
责任编辑　王晶琳
插　　画　呀　呀
装帧设计　荆棘设计
责任校对　许龙桃
责任印制　朱毅平

衡量天下
蒋胜男　著

出版　浙江文艺出版社
网址　www.zjwycbs.cn
经销　浙江省新华书店集团有限公司
印刷　豪波安全科技有限公司
制版　浙江新华图文制作有限公司
开本　700毫米×980毫米　1/16
字数　202千字
印张　14.25
插页　1
版次　2018年1月第1版　2018年1月第1次印刷
书号　ISBN 978-7-5339-4719-4
定价　36.00元